明日の食卓

Michiko Yazuki
椰月美智子

角川書店

明日の食卓

ユウが、おもねるような表情でこちらを見る。その顔が腹立たしく、頬を思い切り打つ。恐怖でゆがむ顔に、さらなる憎悪が湧いてくる。さっきとは反対側の頬を打ちのめし、肩を押してその場に倒す。

馬乗りになって平手打ちをし、髪をつかんで頭をゆする。立ち上がろうとするユウを、力いっぱい突き飛ばす。まだまだこちらの思い通りになる九歳の身体。

壁にぶつかったユウが、大げさなうめき声をあげる。その声に神経を逆なでされ、思わず蹴《け》り上げる。それでもまだ向かって来ようとするユウを、思い切り突き飛ばす。

血液が逆流したみたいになって全身が熱くなる。なにかに突き動かされるように、髪をつかんで力任せに頭を床に打ちつける。肩が持ち上がるほど息が荒れ、汗がしたたり落ちる。

ぐったりしたユウを見て、ひとつ仕事を終えたような感覚になる。もやが晴れるみたいに、ようやく頭のなかがクリアになっていく。

朝六時二十分。あすみは、夫の太一《たいち》を駅まで送っていく。この時間は道路が空《す》いていて、六時三十五分には到着できる。

駅のロータリーに一時停止したところで、太一が「行ってくるね」と、右手人差し指の節であすみの頰に触れる。新婚当初は頰にキスだったが、いつの間にかこれに変わった。人目を気にしてのキスよりも、人差し指でやさしく頰をなでられるほうが愛情を感じられると、あすみは思う。

「行ってらっしゃい、たいちゃん」

運転席から手を振って、太一を見送る。ここから新幹線で、東京まで一時間十五分。職場は新橋《しんばし》にある。

あすみはそのままロータリーを一周して、今来た道を戻って家に戻る。七時。優《ゆう》を起こす時間だ。

「優、起きて。朝よ。おはよう、優」

二階に上がって、優の部屋のカーテンを開ける。薄暗かった部屋が一気に明るくなる。

「ほら、起きて。遅刻しちゃうわよ」

ううん、ふうん、と声にならない声を出しながら、優が目をこする。朝の光が優の顔を照らし、金色の産毛が白い肌を輝かせる。顔を近づけて、さっき太一になぞられた自分の頰を、優のほっぺたにくっつける。とても柔らかくて温かい。

優、起きてー、と言いながら、あすみは、ぎゅうっと優を抱きしめる。子ども特有の甘い匂い。小学三年生に進級したばかりで、小柄な骨格はまだあどけない。かわいい息子。あすみは優が、かわいくてかわいくて仕方ない。

「チュッ」

わざと大げさに音を立てて、優のほっぺたにキスをした。

「やめてよう」

「さっさと起きない優がいけないのよ。ほら、早く起きなさい。ご飯できてるから、顔洗って、着替えたら下りてきてね」

のろのろと起き上がった優を確認して、あすみは階下に下りていく。

トースターに食パンを入れて、コーンスープを温め直す。ブロッコリーの芽とトマトとレタスのシーザーサラダに、ハムエッグ。優の好物のピーナッツバターを、トーストに塗って食卓に出す。

「あら、優。また、その服着たの？　他のお洋服がたくさんあるのに」

二階から下りてきた優が、おとといと同じ長袖《ながそで》Tシャツを着ている。ドクロの絵にキラキラのビーズが施されているものだ。

「これが好きだからいいの」

そう言って、はにかんだように笑う。

登校班の待ち合わせ時間は、七時五十分だ。朝食を食べ終えるのを見届けて歯を磨かせ、家の前の道路まで一緒に出る。

「忘れ物ない？」

「うん」

「行ってらっしゃい」

「うん、行ってきます」

優の小さな背中に、ランドセルはまだ少し大きい。校帽をかぶって走っていく背中を見つめているだけで、涙ぐんでしまいそうになる。優の姿が見えなくなっても、あすみはしばらく手を振り続ける。今日も一日、たのしいといいね、友達と仲よくできるといいね、と祈るように思いながら。


太一と優を送り出して、ようやくほっとひと息つける。リビングの大きなテラス戸から見える庭を眺めながら、あすみはゆっくりと朝食を食べる。自分用に、甘さ控えめに作ったイチゴジャムをトーストに塗ってかじりつく。サクッとした歯触りのあとの、ジャムのしんなり感。ああ、今日もいい一日になるなあと、なんの根拠もなく思う。

春の薄黄色の光が、テラス戸から差し込んでいる。水色のきれいな空。四月半ばの火曜日だ。今日は午後から、習い事の習字教室がある。さあ、洗濯物を干して掃除にとりかかろう。

窓際に立って、大きく腕を伸ばし深呼吸をする。昨日の雨で、ウッドデッキが汚れているのが目に入った。ここを作るとき、人工木にするか天然木にするか迷ったけれど、天然木にしてよかったと、あすみは思う。いつもきれいにしていれば問題ないし、時が経つにつれての風合いも趣がある。そろそろ、デッキで食事ができる季節だ。ここで朝食を食べたり、バーベキューをしたり、優が寝たあとに、たいちゃんと二人で星空を見ながらお酒を飲んだり。あすみは半月後の自分の姿を思い浮かべ、すでに満たされたような気持ちになった。

静岡県にある太一の実家を建て直したのは、優が小学校にあがるときだ。それまでは都心のマンションに住んでいたが、一人暮らしの太一の母のこともあり、いずれ一緒に住むのだからということで、引っ越しを決めた。子育てするにも、緑の多いこの土地のほうがいいだろうと、夫婦で話し合った。

唯一、気がかりだったのは、優の学校のことだ。あすみは、私立の一貫校に通わせたいと思っていたが、引っ越しのあれこれで事前準備が間に合わず、結局公立の小学校に入学させてしまった。暇を見つけては、ここから通える私立中学をさがしているが、めぼしいところはまだ見つかっていない。

ウッドデッキの掃除をしていると、義母が顔を見せた。同じ敷地内に平屋の一軒家を建て、義母はそこで暮らしている。あすみたち家族とは生活を共にしておらず、あすみにとっても、まだまだ元気な義母にとっても、互いに快適な距離感を保っている。

「おはようございます。いいお天気ですね」

「ええ、とても心地いい気候ね。春はいちばん好きな季節よ。あすみさん、お掃除に精が出るわね。偉いわ」

「いえいえ、きれいなほうが気持ちいいですから」

義母はゆっくりとうなずく。義父が早くに亡くなったため、茶道と華道の教室をしながら、太一を育てたと聞いた。義父は入り婿で会社員だった。地主である義母の収入は、教室の月謝よりも多かっただろうと思う。

「わたし、これからお友達と歌舞伎に行ってくるので、今日は遅くなるわね」

「はい、わかりました。行ってらっしゃい」

笑顔で義母を見送る。こうして家族に「行ってらっしゃい」と言える今の生活を、あすみは気に入っている。家内を整えて、おいしい食事を作り、子どもの世話をし、夫に気持ちよく過ごしてもらう。自分には主婦が向いているとあすみはつくづく思う。

庭木の新緑がきれいだ。そろそろ庭師に連絡して、草むしりと剪定《せんてい》をお願いしよう。そう算段して、あすみは洗濯と掃除にとりかかった。

習字を習おうと思ったのは、冠婚葬祭が思った以上の頻度であったからだ。頼まれて熨斗《のし》袋に夫の名前を書く際、あまりにも稚拙な字なので、夫に対して申し訳なく感じたのだった。「石橋《いしばし》太一」という名前は、「橋」の字画だけ多く他の字画は少ないので、バランスが取りづらい。それでもまだペンはなんとかなるけれど、筆となるとどうしても見た目が悪くなってしまう。

市内に名の知れた書道家の先生がいると知り、去年から通っている。純和風の先生の自宅の一室で、落ち着いた雰囲気のなか指導してもらえる。火曜のこの時間の生徒は六人で、年配の男性と女性が二人ずつ。もう一人は先月入会したばかりの、あすみと同世代の女性だ。

「筋がいいですよ、石橋さん」

好々爺《こうこうや》というにはまだ早いが、いかめしさからは程遠い温和な先生だ。月謝は少し高めだが、やさしく、指導がうまいので生徒たちにも人気がある。もう少ししたら、優にも習わせたいと、あすみは考えている。美しい字は一生の宝だ。

優は現在、スイミングと絵画教室に通っている。スイミングに行きはじめてからは、風邪をひかなくなった。絵画教室は大好きで、絵を描くのがたのしくて仕方ない様子だ。そろそろ、塾にも通わせたい。中学受験をさせるなら、早いうちに準備をしておかなければならないだろう。

「ここは一度とめてから、はらってくださいね」

「あ、はい、すみません……」

少しでも他のことを考えていると、すぐに先生に見抜かれる。あすみは雑念を振り払って、

そのあとの時間、集中して筆を動かした。

「もしお時間ありましたら、お茶でもしていきませんか」

教室が終わり、帰ろうとしたところで声をかけられた。若杉《わかすぎ》さんという、先月入ったばかりの女性だ。はっきり言って、あすみは面食らった。年に一度、生徒さん全員と先生とで忘年会を行うが、それ以外で誘われることはなかった。

それは、木曜に通っているお菓子教室でも同じだった。生徒同士の仲が悪いわけではなく、教室が終わったらすぐに解散するのが、暗黙の了解となっていた。嫁入り前の若い娘さんたちは、声をかけ合って一緒に帰ったり寄り道をしているようだったが、いわゆる家庭のある主婦たちは、まっすぐに帰宅していた。

あすみはスマホで時間を確認した。二時をちょっと過ぎたところだ。優の今日の授業は六時間。帰宅は四時頃だろう。その前に夕飯の買い物に行かなくてはならない。

「少しだけだったら」

あすみがそう返事をすると、若杉さんは「わあ！　うれしい」と言って、その場でぴょんと跳ねた。まるで子どもみたいだ。思わず、くすっと笑った。

「このあたりは気の利いたお店がないので、ファミレスでいいですよね。国道まで出てもらっ

ていいですか」

あすみは車だったし、その店は帰り道の途中なのでちょうどいい。

「わたしも車なんで、それぞれに行って、向こうで待ち合わせしませんか」

「ええ、そうしましょう」

十分とかからず互いに店に着き、あすみはドリンクバーを頼んだ。

「石橋さん、それだけなんですか？　わたしスイーツも頼んでいいですか」

「もちろんどうぞ」

彼女はベイクドチーズケーキとドリンクバーを注文した。

「失礼ですけど、石橋さんっておいくつですか？」

「え？」

「あ、ごめんなさい。そういうのって聞いちゃいけないんでしたっけ」

屈託なく若杉さんが笑う。それは決して嫌な感じではなかった。

「三十六歳です」

「あ、同世代。わたし三十八歳です」

もっと若いと思っていたので驚きだった。あすみもたいていは若く見られがちだが、若杉さんは自分よりも年下だと思っていた。二つ年上ということは、夫と同い年だ。

「お子さんいらっしゃるんですか」

結婚の有無を聞かずに、いきなり子どものことをたずねてきたのは、あすみの左手薬指の結婚指輪を確認したからだろう。それにしても、とてもあけすけな人だ。

「三年生の男の子が一人います」

「うちは四年生の男の子が一人」

子どもがいるように見えなかったので、あすみはまた少し驚いた。彼女の薬指には、オレンジがかったブラックオパールが輝いていた。

「若杉さん、お若く見えるので独身かと思っていました」

そう言うと、ちょっとやめてえ、と若杉さんは明るく笑った。

「敬語もやめようよ。若杉さんもやめて。わたし、菜々《なな》っていうの。石橋さんは？」

「あすみです」

「あすみさん、って呼んでいい？　あ、やっぱり、あすみちゃんでもいい？」

くるくると変わる表情が豊かで、あすみは笑ってうなずいた。

「じゃあ、わたしも、菜々さんで」

年上だと聞いたので、菜々ちゃんというのは、いくらなんでもと思った。

「わたし、お習字をはじめたときから、ずっとあすみちゃんとお話ししたいって思ってたの。なんとなく気が合いそうだなあって」

悪い気はしなかったが、ママ友の厄介さを、あすみは充分承知していた。優が幼稚園の頃、つまらないママ友同士のいざこざは嫌というほど見てきたし、巻き込まれたこともあった。基本あすみは、ママ友はいらないというスタンスだった。夫と子どもさえいれば、それでよかった。

実家のある横浜には地元の友人がいるし、大学時代の仲間とも連絡をとろうと思えばいつでもとれる。わざわざママ友を作らなくても、さみしさや嫉妬《しっと》のような感情はなかった。ママ友を頼らなくても、必要な情報は自分でいくらでも収集できる。

もちろん優が仲よくしている友達のママとは、自分の好みはさておき、良好な関係を築いている。優のためを思えば、多少の支出や時間の捻出《ねんしゅつ》は、どうということもなかった。

「あすみちゃんは、他にもなにか習い事してるの？」

「ええっと、お菓子教室に」

菜々の質問に少し戸惑いつつ、あすみは答えた。あすみは、習い事をしていることを、他のママ友に話したことはなかった。あっという間に噂が広がるに決まっていた。余裕があっていいわねえ、などと、顔を合わせるたびに言われることだろう。

「わあ、あすみちゃんにぴったりね。レースのエプロンが似合いそうだもの」

嫌みにとれそうな言葉も、菜々が言うと、むしろ褒められているような気がするから不思議なものだ。

「菜々さんは、なにか習っているんですか」

「もう、敬語やめてって。わたしは、クラシックバレエと英語」

驚いた。子どもがいて、三つも習い事をしているなんて。それこそ余裕があるのだと、ひそかに感嘆した。

「クラシックバレエのほうは、子どもも習ってるの」

「え？　男の子なのに？」

言ってから、言い方がまずかったと、あすみは唇を結んだ。

「あはは、そうなの。びっくりするでしょ？　男の子なんてうちの子だけよ。わたしが習いはじめたら、自分もやりたくなったんだって。男の子がバレエなんてって思ったけど、『リトル・ダンサー』もすてきな映画だし、日本の男性のバレエダンサーも活躍してるしね。あっ、

『リトル・ダンサー』って知ってる？　男の子がバレエに夢中になる映画なんだけど」

「知ってる。大好きな映画よ」

　あすみは、その映画を見たときの感動をまざまざと思い出していた。そして、菜々の息子のことを、とても好もしく感じた。

「息子さんは、他にも習い事してるの？」

「あとは将棋だけ。将棋は習ってるというか、ただ指しに行ってるだけよ。バレエに週四回も行ってるから、他の習い事をする時間がないのよ。わたしはもっと、他のものも習わせたいんだけどね。空手とか水泳とかそろばんとか」

　ますます感心した。ひとつの物事に打ち込める息子さんを、あすみは純粋に尊敬した。しかも、男の子には珍しいクラシックバレエだ。四年生ともなればまわりの目が気になって、たとえ本心でやりたいと思っていても、恥ずかしがって辞めてしまう子もいるだろう。将棋というのもすてきだった。きっと、とても賢い息子さんなのだろう。

「息子さん、バレエはいつから習ってるの？」

「二年生のときからなの。まったく、男の子なのに不思議な子よね。ちなみにわたしは、月に二回しか行ってないんだけど」

　そう言って笑う菜々の態度にも好感が持てた。ひけらかすこともなく卑下するわけでもなく、いい距離感で息子さんに接しているのが伝わってくる。

　菜々の息子は、隣の市にある私立校の初等部に行っているとのことだった。幼稚園から通わせているのだという。

「このあたりは、選べるほどの学校がなくて。わたしとしては、中学生になったら少し遠くに通っても大丈夫かなって思っていて、べつの中学を受験させようと考えてるんだけど、本人は今の学校がすごく居心地がいいらしくてね」

と、菜々は言ったが、菜々の息子が通っているのは、あすみも考えていた一貫校だった。あすみは、優を受験させたい旨を伝え、いろいろと質問をした。菜々はなんでも快く答えてくれた。ドリンクのおかわりをする間も惜しく、学校や子どもの話でひとしきり盛り上がった。

菜々の夫は、県東地域で大手スーパーチェーンを展開している社長だということだった。あすみもよく利用している店だ。地元スーパーより少々値は張るが、生鮮食品は新鮮だし、調味料の品数も多く、評判の菓子類なども置いてある。

あすみは自分のなかに芽生えた、外に向かって放たれていくような広々とした感覚に胸が躍った。この地に来て、ようやく気の合う友達に出会えたような気がしたのだった。

優の通う小学校にも仲のよいママ友はいるが、男の子で中学受験を考えている人など聞いたこともなかったし、習い事をしているママ友も知らなかった。

また、菜々のところもあすみと同じ一人息子ということに、親近感を覚えた。優のクラスで一人っ子は少なかった。あすみも太一も二人目を切望していたが、授かることはなかった。

「地元で話が合う人がなかなかいなくて、つまらない思いをしてたところなの。今日、声をかけさせてもらって本当によかったわ。あすみちゃんとは仲よくなれそう」

菜々の言葉に、身の内から喜びがあふれてくるのをあすみは感じていた。

「わたしのほうこそ、声をかけてくれてどうもありがとう。お話しできて本当によかったわ。とてもたのしい時間だった」

こんなふうに、偽りのない自分の気持ちを友達に伝えたのは一体いつ以来だろう。素直な言葉を言えた自分が、あすみはうれしかった。

「すごくすてきな人なの。バレエをやってるから背筋もピンとしてるし。一見カジュアルなんだけど、よく見れば洋服だって髪だって、ちゃんとお金をかけているのがわかるの。ご主人がハイマートの社長さんだっていうのに、ぜんぜん気取ってなくてね」

今日は太一の帰宅が早かったので、あすみは太一をつかまえ、菜々のことを話した。誰かに聞いてもらいたくて仕方なかった。

「なんだよ、あーちゃん。おれとハイマートの社長を比べないでくれよ。こっちは一介の会社員なんだからな」

困ったような笑顔で、太一が言う。

「そんなこと言ってるんじゃないわ、たいちゃん。わたし、なんだかうれしいの。こっちに来て、ようやく本当の友達ができたような気がするんだもん」

そう答えたら、思いがけなく語尾が震えて、あすみ自身驚いた。

「なに、どうしたの、あーちゃん。泣かないで。そっか、ごめんね。もしかしたら、東京から引っ越してきてずっと、あーちゃんに辛《つら》い思いさせてたの？」

「ううん、違うの違うの。ただうれしくて」

言うそばから、涙があふれてくる。

「ごめんね、あーちゃん」

太一が謝り、あすみの髪をなでる。

「ゴールデンウィークは、奥さんサービスしなくっちゃな」

太一が言う。軽井沢《かるいざわ》の教会で、今から十年前、太一とあすみは結婚式を挙げた。毎年、結婚記念日の五月五日に、軽井沢に行っている。優が生まれてからは、三人で出かけている。今年も、すでにホテルはとってあった。

「十周年記念だから、ダイヤモンドでも買うかあ？」

太一の、その冗談みたいな口調がおかしくて、あすみは笑った。なんともいえない、気恥ずかしいような幸福感に満たされる。自分はとても恵まれているし、幸せだと、あすみは思う。

「ママ！　友達んち、遊びに行っていい？」

学校から帰ってきて、ランドセルを下ろす間もなく、優が言う。三年生になってから、優の活動範囲は一気に広がった。友達と遊びたくて仕方がない様子だ。

「宿題は？」

「あるけど、帰ってきたらすぐやるもん」

「ふうん。いいわ、約束ね。誰のおうちに行くの？」

「レオンのうち！」

獅子《しし》と書いて、レオンと読ませる。竹内《たけうち》さんというお宅の次男だ。騎士と書いてナイトと読ませるお兄ちゃんが五年生にいて、レオンくんの下には一年生の女の子がいる。宝石と書いてジュエルと読ませるらしい。

お母さんはおそらくまだ二十代だ。十代で長男を産んだと聞いたことがあった。授業参観や懇談会で何度か見かけたことはあるが、まだ話したことはない。このところ、頻繁にレオンくんの名前が出てくるので、優とは仲よしなのだろう。

よく遊ぶ子のお母さんとは、連絡先を交換し合うのは最低限のルールだが、レオンくんのお母さんだけは、なんというのか、自分からは遠い存在のように思えて気がひけていた。けれど、近いうちに連絡先を聞かなければならないだろう。

「レオンくんち、おうちにお母さんはいるの？」

「いないよ。お仕事だもん」

「誰もいないおうちで遊ぶの？」

「お兄ちゃんがいるから大丈夫だよ。たまにお父さんもいるし」

お兄ちゃんといっても、小学五年生では頼りない。それに、お父さんが日中在宅しているというのも気にかかる。

「五時までに帰ってきなさいね」

「えー？　みんな六時だよ。ぼくだけ先に一人で帰るの？　やだよう」

そう言って、ぐずりはじめる。まだまだ子どもらしくてかわいいけれど、いつまで経っても、こんな泣き虫で大丈夫だろうかと心配にもなる。

「だーめ。今日は五時までよ。いいわね」

優は涙を拭《ふ》いて、ちぇーっ、と大仰に言った。

「このお菓子持っていって、みんなで食べてね」

既製品の菓子をいくつか持たせた。

「行ってきまーす」

「はい、行ってらっしゃーい」

優の笑顔は本当にかわいらしい。色白で、笑うと両頬にできるえくぼ。幼稚園のときに仲のよかったママ友から、ジャニーズに入れなさいよ、と言われたこともあった。

「気を付けてね」

大きく手を振って、いつまでもこちらを振り向いて走っていく息子。親の自分が言うのもなんだが、優はとてもやさしいし、賢い。幼稚園のときには、すでにひらがな、カタカナも書け、自分の名前は漢字で書けた。足し算や引き算も、あすみが教えるとすぐに理解し、学校で習う前にできていた。

動物が大好きで、犬を見かけると触らないと気が済まないし、猫を見かければ辛抱強く近くに来てくれるのを待っている。ディズニー映画を見て涙を流し、募金箱があると自分のお小遣いを寄付する。幼稚園のときも、一、二年生のときも、先生に、「優くんはとてもやさしくて、友達思いです」と、言われていた。

よく耳にする、男の子特有の乱暴さや落ち着きのなさなど、幼児のときからまるでなかった。優を産んだとき、この子は天使だ、と思った感覚のまま、子育てができている。ママ友にうらやましいと言われるたびに、優のかわいさは募っていく。けれど、たとえ優が乱暴で落ち着きがない子どもだったとしても、自分は今と寸分違《たが》わず、惜しみない愛情を注ぐはずだと、あすみは確信している。

かわいい優。あすみは、優のことが好きで好きでたまらない。もちろん、親だから当たり前なのだが、優とは心が通じ合っていると感じる。男の子だからというのもあるのだろうか。女の子は口が達者で生意気よ、と口をそろえて、女の子のママたちは言う。

将来、優に彼女ができたとき、自分はどんな気持ちになるだろうと、あすみは考えることがある。三年生の今は、優の口からクラスメイトの女の子の話などが出ると、優と仲よくしてくれてありがとう、と素直に思う。けれど、本当の彼女ができたら、自分はその子にやきもちを焼くのだろうか。あすみは、そんな先の心配をする自分がおかしかった。


「ちょっと！　あんたたち、いいかげんにしなさいっ！」

　近所のスーパーで、縦横無尽に走り回る子どもたちに向かって、留美子《るみこ》は声を荒らげた。子どもたちは、留美子の声も耳に入らないようで、おにごっこを繰り広げている。

「悠宇《ゆう》！　巧巳《たくみ》！」

　留美子は二人をつかまえて「走らない！」「他のお客さんの迷惑にならないように！」と言い聞かせた。

「わかった？」

「うん、わかった！」

　三年生の悠宇がそう言うと、一年生の巧巳も「うん、わかった！」と返事をした。

「真似すんなよ！」

　悠宇が言って、巧巳を押す。

「痛いっ！」

　巧巳が泣きはじめる。わざとらしい子どもの泣き声ほど、イラつくものはない。なんだってこう、すぐにケンカをはじめるのか……。留美子は目をつぶって心を落ち着かせようと試みる。

　巧巳は留美子が助けてくれないと判断すると、すぐに泣き止んで、悠宇につかみかかった。

「なにすんだよ、やめろ！」

「そっちが先にやったんだろ！」

スーパーの通路の真ん中でケンカがはじまる。

「やめなさい！」

留美子が二人を引きはがすと、巧巳がまた泣きはじめた。だってぇ、だってぇ、としゃくり上げる。

「お兄ちゃんが先にやったんだよう。おれ、悪くないもん」

「うんうん、痛かったね。大丈夫大丈夫。巧巳、じゃあ、お母さんのお手伝いしてくれる？　カートを持ってきてくれるかな」

「いいよ！」

笑顔になった巧巳が返事をすると、隣で聞いていた悠宇が、我先にと走り出した。

「待ってぇ！　おれが頼まれたんだ！」

巧巳があとを追う。

「二人で仲よく持ってきて！」

留美子が言うと、二人でなにやらこそこそと耳打ちしはじめた。話がまとまったようで、二人がそろって走り出す。

「ほら！　走らないっ！」

留美子の声で二人は一瞬ぴたりと止まって、そろそろと歩き出すが、カートの直前で悠宇が抜けがけダッシュをし、つられるように巧巳もダッシュする。奪い合うようにカートを取り合っている。

「ゆっくりでいいから、まわりを見て！」

と、留美子は声をかけたが、どちらがカートを押す主導権を握るかで、すでに小競り合いがはじまっている。留美子は二人のところに行き、カートを持ってきてくれた礼を言い、

「わたしが押すから」

と言って、カートを引き受けた。

「やだ、おれが押す！」

悠宇が、留美子の手からすばやくカートを奪い取り、そのまま勢いよく走り出した。

「待ってぇ！」

巧巳がすかさず追いかける。

「ちょっと！　待ちなさい！」

留美子が声をあげるが、まるで聞いていない。巧巳が追いついて、二人でカートをジグザグに動かしはじめる。

「やめなさいっ！」

二人はゲラゲラ笑いながら、勢いよくカートを走らせている。

「あっ！　危ない！」

二人が押していたカートが、近くに立っていた年配の男性にぶつかった。瞬時に血の気が引く。留美子はいそいでかけ寄った。

「すみませんっ！　大丈夫でしたか？　怪我はありませんか。本当にごめんなさい」

年配の男性はこちらをにらんで、大きな舌打ちをした。

「申し訳ありません！」

留美子が深々と頭を下げると、男性はもう一度、チッと舌打ちをして去って行った。大事にならなくてとりあえずよかった、と胸をなでおろす。

「悠宇！　巧巳！」

カートをぶつけたことを謝りもしないで、お前のせいだろ、そっちが悪いんじゃん、などと言い争っている子どもたちに、留美子は有無を言わさず、ゴン！　ゴン！　とげんこつを落とした。

「いってぇ」

悠宇と巧巳が、頭をさする。

「あんたたち、何度言ったらわかるの！　さっき言ったばかりよね！　ここは運動場じゃないの！　みんなが買い物をする場所なの！　カートがぶつかって、大怪我することもあるんだから！　今日はアイスなし！　いいわね！」

留美子の言葉に二人が、ちぇーっ、アイスなしかよ！　ケチ！　などと口をとがらせる。反省もせずに、アイスのことしか頭にない子どもたちに、留美子は心底うんざりする。子どもたちと一緒だと、夕飯の買い物すらまともにできない。

「鼻くそタッチ！」

いきなり悠宇がそう言って、人差し指を巧巳の肩に押し付けた。

「ぎゃー！　やだあ！　ばかー！」

巧巳が半泣きで絶叫しながら、逃げた悠宇のあとを追う。

「ちょっと！　待ちなさいってば！」

留美子の呼びかけむなしく、あっという間に二人の姿は見えなくなった。

はあーっ。

大きなため息が自然と出る。いっときだって、おとなしくしていられない。どちらか一人ならまだ聞き分けがいいが、二人そろうとまったく手に負えない。

留美子は子どもたちを追うのをやめて、とりあえず最低限必要なものをカゴに入れて、先を急いだ。

鮮魚コーナーのところで、悠宇と巧巳を見つけた。めずらしい魚が発泡スチロールの箱のなかにいるようで、二人で興味深げに眺めている。真剣な顔つきだ。留美子は安心して、二人に近づいた。男の子は生き物が大好きだ。

ほっとしたのもつかの間、二人が魚を触りはじめた。

「だめよ。売り物だからね。見るだけにして」

留美子の声に二人が顔を上げ、その瞬間、悠宇が手についた水を巧巳の顔にひっかけた。

「このやろーっ」

巧巳も負けじと、悠宇の顔めがけて水をかける。床に水滴が落ちる。

「やめなさいっ！」

悠宇が、「やばい！」と言って走り出した。巧巳もあとを追って走り出す。ここで留美子が追いかけようものなら、さらに興奮してやかましさが倍増するので、ぐっと我慢する。制御不可能な子どもたち。一体いつになったら、ごく当たり前の買い物ができるようになるのだろうか。

二人はまた、おにごっこをはじめている。子どもたちが生まれてから、留美子の眉間《みけん》のしわは寄りっぱなしだ。険しい顔をして、毎日声を荒らげている。留美子自身、日々こんな大きな声を出すようになるなんて、子どもを産む前までは思いもしなかった。

二人の先に、腰の曲がったおばあさんがカートを押していた。ぶつかったら大変だ。

「走らないで！」

子どもたちはまったく聞いていない様子で、ふざけながら走っている。

「こらあっ！　走るなっ！」

たまらず鋭い声を出した。近くにいた若い女性が、驚いたように留美子を見る。留美子を糾弾するような目つき。なにか言いたげな雰囲気だ。

女性と一瞬目が合ったあと、留美子は、すっと視線をそらした。自分もあのくらいの年齢のときは、口うるさい母親が子どもを叱りつけているのを見ると、なんてひどい、もっと言い方があるでしょう、と思ったものだった。なにも知らなかったあの頃。今となっては、世間知らずだった当時の自分を、それこそ叱りつけてやりたいと思う。

留美子は無視して通り過ぎたが、女性はしつこく留美子に視線を送っていた。

――同じ状況になったら、あなたにもわかるわよ――

留美子は、胸のうちでそうつぶやく。子どものやることなんだからもっとおおらかに、もっと大目に見てあげて、と言う人だって、今みたいな子どもたちのふるまいを親が放っておくのを目にしたら、なぜ注意しないんだ、と思うに決まっているのだ。親が怒るのを見てはじめて、「まあまあ、そんなに怒らないでもいいじゃない」と、言えるのだ。

留美子は、子どもを放置している親を見ると、腹立たしさを感じる。みんなに迷惑をかけているのに、なぜなにも注意しないのだと説教したくなる。少しでも叱ってくれれば、こちらも納得して、本当に大変ですねと同情できるのに、はなから、子どもなんだから仕方ないでしよ？　という親の図々《ずうずう》しい態度には苛立《いらだ》ちを感じる。

コーナーを曲がったところの冷凍ショーケースの前で、二人を見つけた。悠宇と巧巳は叫び声をあげ、冷凍ショーケースに付着した霜をむしっては投げ合っていた。近くを通るお客さんが、眉《まゆ》をひそめながら二人を避けて通っていく。こめかみがぴくぴくと、怒りで震えた。

「なにやってんのおっ！」

悠宇と巧巳は悪びれる様子もなく、にやにやしている。

「い・い・か・げ・ん・に・し・な・さ・い！」

仁王立ちになって、強い口調で一言一言はっきりと口にし、もう一発ずつ二人にげんこつを落とした。

「いってえ！」

「走ったら、またげんこつだからね！　もうちょっとだから、いい子にしててよ」

さっきより強めにげんこつを落としたせいか、二人とも殊勝にうなずく。

レジは、長蛇の列だった。

「ここ混んでるから、向こう側で待っててくれる？」

レジの向こう側の作荷台のほうを指さして、留美子は子どもたちに言った。二人は素直に列から離れたが、作荷台にあるロール状のビニール袋を巧巳がいじりはじめた。

「あー！　いーけないんだ、いけないんだ！　おかーさんに言っちゃおう！」

大きな声で悠宇が歌い出す。巧巳はむきになって、ぐるぐるとロールを回す。

「だめよ、巧巳。無駄にしないで」

と留美子が声をかけたところで、悠宇が「逃げろ！」と言って走り出した。巧巳もあとを追う。お客さんの間を縫うようにすばやく走り、あっという間に自動ドアに突進していく。自動ドアの向こうは駐車場だ。

「危ないから飛び出さないでっ！」

留美子の大きな声に何人かが反応して、自動ドアのほうに目をやった。二人は自動ドアの前で、蹴り合いをはじめている。

「すみません……」

小さくつぶやいてから、留美子はここに来て何度目かわからない大きなため息をついた。結局今日も、ずっと怒鳴りっぱなしの買い物だった。


「レジに並んでる間だって、気が気じゃなかったわよ。蹴り合いが終わったと思ったら、自動ドアを挟んで、またおにごっこしてるんだもん。そのうち巧巳が走って飛び出して、年配のおばさんに、『ちゃんと見ていてあげなくちゃ。車にぶつかったら大変よ』って、わたしが叱られちゃったわ。レジでお金払っているときに、どうやって見てればいいのよ？　もう、ほんと嫌になっちゃう。なんで男の子ってこんなアホなの？　パパも子どもの頃、こんなにアホだったた？」

子どもたちを寝かせたあと、帰宅した夫の豊《ゆたか》をつかまえて、留美子は今日のスーパーでの出来事を話した。

「まあ、男の子なんてそんなもんでしょ。兄弟、仲のいい証拠じゃない」

「なに言ってるの。仲なんてちっともよくないわよ。朝から晩まで二人でずうーっとケンカしてるじゃない。それで結局、どっちかがやられて大泣きするの繰り返し。結託するのは、今日みたいに悪ふざけするときだけ」

「あはは。お疲れさん」

豊が笑いながら、留美子の肩を揉《も》む。

「でもどうせ、そのこともブログに書くんだろ。子どもたち様様じゃない」

「どうせ、ってなによ」

と返しつつ、今日のことをさっそくブログに書こうと、留美子はノートパソコンを立ち上げた。

留美子はフリーのライターだが、現在はほとんど開店休業状態だ。悠宇を出産するまでは週刊誌の連載などもあったが、一年で復帰しようと思って申し込んだ保育園の抽選にことごとく漏れた。ようやく入園が決まったと思ったら、悠宇がしょっちゅう熱を出し、休んだり呼び出されたりで、仕事どころではなかった。そうこうしているうちに巧巳を妊娠した。

悠宇が年長になった頃からめったなことでは風邪をひかなくなったので、ライター仕事の売り込みをはじめたが、ブランクは大きく、かつての知り合いも異動していたりで、なかなか仕事は舞い込んでこなかった。

ブログをはじめたのは、ちょうどその頃だ。誰に向けてというわけではなかった。ただ無性に、自分の気持ちを書きたかった。流れていく話し言葉ではなく、文字にして記録に残したかった。

留美子は、子どもが生まれてからの日常を書いた。閉塞《へいそく》された空間で、子どもと過ごすのは拷問に近かったこと。日がな一日、子どもたちの世話に明け暮れた日々。もちろん我が子はかわいかったが、自分の時間がほんのひとときもない生活は、精神的にも身体的にも苦痛だった。

豊の帰宅は遅く、まるで頼りにならなかったが、フリーのカメラマンである豊の仕事が順調にいっていることを思えば、仕方ないと思えた。豊に稼いでもらわなければ、生活が立ちゆかなくなる。留美子は割り切って考え、家事と子育てを一手に引き受けた。

千葉にいる留美子の両親は健在だが、兄家族と同居しており、悠宇と巧巳と同い年の孫も二人いるので、そうそう当てにはできなかった。豊の母親はすでに亡くなっており、父親は岐阜で一人暮らしをしている。遠くに住み、高齢である義父に頼めるわけもなく、むしろ面倒を見なければならないのはこちらの方だった。

幼い子どもたちを連れて外出するのも、今と違った苦労があった。巧巳を背負い、悠宇をベビーカーに座らせ、その間も悠宇はじっとしていることはなく、そうこうしているうちに巧巳が泣き出す。留美子の気持ちが子どもに伝わるのか、留美子があせればあせるほど、子どもたちは落ち着きがなくなった。

電車に乗るのは最大の恐怖だった。他の乗客に迷惑がかからないように気を付けながら、子どもたちの安全を確保するのは、容易なことではなかった。かと言って、車に乗せるのも厳しかった。チャイルドシートにじっと座っていられるわけはなく、必ずどちらかが泣き出し、つられてもう一人が暴れ出す。子どもの泣き声を聞きながら、平然とハンドルを操ることは不可能に近かった。

どこかに遊びに連れて行ってやりたいと思っても、そこに行くまでの子どもたちの負担と自分のストレスを考えると、近所の公園に連れ出すのがせいぜいだった。その頃は、豊の出張も多く、ほとんど母子家庭状態で過ごしていた。

食事をさせるのも、風呂に入れるのも、おそろしく体力を消耗した。あの頃、自分の洗髪やら洗顔やらをまともにやっていたのかさえ、留美子は思い出せない。椅子に座ってお茶を飲む時間なんて、どこを探しても見つからなかった。美容院に行く時間すらなく、半年に一度、区のサポートセンターに頼んで、たまった用事を済ませていた。

病気や怪我も多かった。一人が発熱すると、治った頃にもう一人が熱を出し、そうこうしているうちに今度は留美子の体調が悪くなるという具合だった。保育園に入園したらしたで、流《は》行《や》るものはなんでももらってきた。手足口病、水いぼ、結膜炎、溶連菌、胃腸炎、インフルエンザ……。毎日のように病院へ通っていた。

そんなこれまでの日々を、留美子はひとつずつ思い出しながら書いていった。多少時間が経過したことにより、冷静に書くことができた。よくぞここまでがんばった、と留美子は自分をほめてやりたかった。

子どもたちの様子と成長を書き、子育ての喜びと苛立ちを綴《つづ》った。書けば、くすぶっていた感情が少しずつ消化されていった。

最初は日記のように書いていただけだったが、読者が増えるにしたがって、留美子は誰かに読んでもらうための工夫をするようになった。悲《ひ》愴《そう》感を排除して、おもしろおかしくコミカルに、子どもの行動と親の思いを書いていった。

読者は順調に増えていき、それならばいっそ副収入にしたいと考えた。サイトに登録し、広告を掲載させることにした。「鬼ハハ＆アホ男児diary」というタイトルだ。今では、ちょっと多めの小遣い程度の収入を得ている。

―スーパーでの死闘―

と、今日の見出しを書いた。スーパーでの出来事を綴っていく。こうして書いてみると、あんなに腹立たしく思ったことも、なぜか笑えてくるから不思議なものだ。

げんこつを食らわせたことを書こうとしたところで、留美子はふと手を止めた。これは書いていいだろうか。子どもに手を上げることは悪だといわれている昨今だ。すぐに虐待だと声をあげる人も多い。

「ねえ、パパ。げんこつしたこと書いていいと思う？　まずいかな」

いつの間にか風呂から上がって、缶ビールを手にしている豊が「ん？」と、画面をのぞきこむ。

「げんこつくらいいいんじゃない？　しつけだと思わせるように書けば問題ないでしょ」

「……まあねえ」

これまでも、体罰については何度か書いたことがあった。反応はさまざまだったが、留美子のブログの読者は擁護派が多かった。多くは、似たような騒がしい兄弟を持つ親たちだ。留美子の日常に共感し、おそらく同じような悩みを持ち、似たような日々を送っているのだろう。

反対に、どんなことがあろうとも、絶対に手を上げてはいけないという意見もあった。もちろんその通りだと、留美子も思う。よくわかる。ちゃんとわかっているつもりだ。

けれど、そういう意見の人の子どもたちは、決して怪獣ではないのだ。同じ男児でも、聞き分けがよく育てやすい子どももいる。仲のいいママ友のところも、悠宇と巧巳と同じ三年生と一年生だが、兄弟仲がよく、互いに手を出したことはこれまで一度たりともないという。

「下の子を妊娠したときに、お兄ちゃんに、『世界一のあなたの味方が来るよ』って、ずっと言い続けてきたからかなあ」

そのママ友はそう言っていて、ああ、うちもそう言い聞かせておけば少しはよかったかもしれない、などと思ったりしたが、きっとそればかりではないだろう。環境ももちろんあるけれど、生まれ持っての資質もあるのだと、留美子は思う。

本当にうちの子たちときたら、朝から晩までケンカして小突き合っている。仲がいいのは、寝ているときと悪巧みするときだけだ。ケンカして擦りむいたり、あざを作ったりするのは日常茶飯事だ。

去年は、乗り込んだ車の後部座席でケンカをし、巧巳が悠宇に押されて、開いていたドアから転げ落ち、頭を二針縫う怪我をした。今年のはじめは、悠宇が階段からジャンプして、足首を捻挫《ねんざ》した。ついこのあいだは、兄弟で取っ組み合いのケンカをして、テレビボードのガラスを割ったばかりだ。幸い怪我はなかったが、ＤＶＤデッキにガラスの破片が入って使えなくなり、ガラス扉はそこだけない。

はあーっ。

「なに、大きなため息ついちゃって。疲れてるんじゃない？」

豊が隣に立って、わざと変な顔を作る。留美子は、疲れてるに決まってるでしょー、と、同じく変顔を作って答えた。

「いちごでも食べる？　今日おすそ分けでもらってきたんだ」

「うん、食べる食べる」

オッケー、と言って、豊が台所に立つ。普段の家事は一切やらないけれど、気が向いたときはこうして動いてくれる。本当は、もっと子育てに協力してほしいところだけれど、その時間が取れないのだから仕方ない。不在の人間を頼ってはいられない。

とにかく夫には、仕事をがんばってほしいというのが、今の留美子の第一願望だ。互いに不安定な職種なので、稼げるときに稼いでもらいたい。子どもの養育費も、これからどんどんかかっていく。結婚したときに購入したマンションのローンも、あと五年残っている。

留美子は結局、ブログにげんこつのことを書くことにした。わざと誇張して書くようなことはないが、わざと書かないことはある。けれど基本、ありのままの出来事を書くことに決めている。

げんこつへの批判は真摯《しんし》に受け止める覚悟だが、留美子はひそかに、その程度のことを声高に否定するような人間こそが悪だと思っている。いくら口で注意しても、聞かない子は聞かないのだ。げんこつで、一瞬でも聞き分けがよくなってくれればそのほうがまだましだ。

「いちご、どーぞー」

豊の声に、留美子はパソコンの前から離れ、ダイニングチェアに座った。

「甘くておいしい」

と留美子が言うそばから、豊はいちごをつぶして砂糖と牛乳をかけている。

「いやだ、もったいない」

「いちごは、これがいちばんうまい」

そう言って、顔をほころばせながら食べる。四十六歳のいっぱしの大人のくせに、豊の味覚はまるで子どもだ。

「今日の撮影はどうだったの？　『Gold moon』だったんでしょ？」

『Gold moon』は三十代女性をターゲットにしたファッション誌だ。豊の腕を買ってくれ、もう三年ほどの付き合いとなっている。「撮影　石橋豊」というクレジットを見つけるたびに、留美子はうれしいような誇らしいような、安堵《あんど》するような心持ちになる。

「うん、まあ、いつも通りだよ。でも、モデルもどんどん替わっていくなあ」

「まさか、手を出したりしてないでしょうね」

留美子が言った瞬間、豊が、ぶっ、と牛乳を噴いた。

「やだあ、汚いー」

思わずそう言うと、「おかしなことを言うからだっ」と、口のまわりを拭《ぬぐ》いながら豊が叫んだ。

豊はバツイチだ。留美子と結婚した当時はすでに離婚してひさしかったが、元奥さんは雑誌の読者モデルだったそうだ。

豊とは、ライター時代に知り合った。旅行ガイドブックの仕事で、取材に行ったときのカメラマンが豊だった。留美子よりも三つ年上だが、少年をひきずっているような表情や、ぶっきらぼうにやさしいところに惹《ひ》かれた。短気な面もあるが、顔を合わせることが少ないので、ケンカにもならない。

「明日はオフだから、どこか行こうか」

「めずらしいじゃない。どういう風の吹き回し？　やっぱり浮気でもしてるんじゃない？」

「なんだよー。あ、もしかして、おれに浮気してほしいとか？」

「そうねえ、家族に迷惑かけないならいいよ」

「……寛大なのか見放されてるのか、わかんねー。ていうか、実は留美子が浮気してたりしてな」

豊の言葉に、留美子は声をあげて笑った。

「もうそういうあれこれ、ほんっとどうでもいい。セックスなんて、これから一生しなくてもなんの支障もないもの」

留美子の言葉に、豊が一瞬固まる。男というのは本当にロマンチストというか、夢見がちだと、留美子は思う。

実際、恋愛なんてどうでもいい。若いときは、常に誰かと付き合っていなければ気が済まなかったが、今となっては、恋だの愛だのは、銀河系のはるか遠くにあるシロモノとなっている。夫の浮気についても、留美子はどうでもいいと思っている。したければどうぞ、という心持ちだ。もちろん、気分的におもしろくはないだろうけれど、こちらに火の粉が飛んでこなければ、好きなようにしてくれてかまわない。

そんなことにかまけている暇があったら、留美子は自分の仕事をしたかった。巧巳も就学し、いち段落したところだし、そろそろ本格的にライター仕事を再始動したいと思っている。豊もその点に関しては、応援してくれている。

「今、この芸人、勢いあるなあ」

テレビに映ったお笑い芸人を見ながら、豊が話題を変える。

「うん、悠宇が大好きで、よくモノマネしてるわよ」

「へえ、そうなんだ」

豊が子どもたちと過ごす時間は少ない。一年生と三年生の子どもたちは、もしかしたら豊のことを、六年生くらいの上級生男児くらいに思っているのかもしれない。豊が参加すると、子どもたちはさらにパワーアップするが、男三人で笑い合っている光景を見るのは悪くない。

明日はどこに行こう。どこに行っても、悠宇と巧巳は騒がしいに違いないけれど、ひさしぶりに家族四人で出かけられる。声は嗄《か》れると思うけれど、たのしい日曜日になればいいなと、留美子は思った。

⚽

―勇《ゆう》くん。おはようさん。今日は雨やで。長ぐつはいてってな。わすれもんない？　体いくぎもった？　食パンとゆでたまごとトマトたべてってな。ハハより―

裏面が白紙の折り込みチラシに書いたものをテーブルの上に置き、加奈《かな》はそうっと家を出た。雨のせいか、外はいつもより暗い。それでも、日の出の時間が確実に早くなっているのを感じる。先月はこの時間、外はまだまっくらだった。早朝の刺すような寒さが和らいできたのが、加奈はなによりうれしい。寒いのは苦手だ。

雨合羽《あまがっぱ》を着て、自転車にまたがる。頭のフードは風を受けると外れてしまうので、事前にピンでとめた。加奈はふくらはぎに力を入れて、ペダルをこぎはじめた。バチバチと音を立てて、雨粒が合羽にぶつかる。無防備な顔は数秒でびしょぬれだ。

「つめたっ！」

そう言いながら、少しでも早く着こうと立ちこぎをする。なだらかな上り坂が続く。

パート先のコンビニに着いたときには、肩までぐっしょりと濡れていた。

朝の五時五十分。

「おはようございます。お疲れさま」

深夜シフトの学生アルバイトに声をかける。眠たそうな目で、あくび交じりに「おはようございます」と返ってくる。加奈はタオルでごしごしと髪と顔を拭いて、ユニフォームを着た。

「お先に失礼しまーす」

学生が頭を下げて、加奈の前を通り過ぎる。関西訛《なま》りのない言葉。生まれは関東なのだろう。

「お疲れさま」

学生は覇気のない顔で店を出ていった。二十二歳と聞いている。加奈が勇を産んだ年齢だ。

加奈は、届いた商品の検品作業に入った。おにぎり、サンドイッチ、パックに入ったお惣菜《そうざい》。続いて、飲み物とお菓子の品出し、補充にとりかかる。客足はまだ少ない。この時間は、店長と二人で切り盛りする。早朝シフトは入れる人が少ないらしい。

降り続いている雨のなか、空はいつの間にか明るくなっている。そうこうしているうちに、通勤、通学のお客さんで店内が混んでくる。レジの前にお客さんが列を作る。加奈はバーコードを読み取り、お弁当を温め、釣り銭を渡しながら、勇のことを考える。

ちゃんと起きられただろうか。朝食は食べただろうか。長靴を履いて、学校に行けただろうか。

ちらと時計を見ながら、レジをこなしていく。

「いらっしゃいませえ」

「ありがとうございました」

ポケットに入れた携帯電話に、小学校からの着信はない。勇は無事に行ったのだろう。

九時からのアルバイトの女の子が来たのと入れ替わりに上がり、加奈はそのまま大急ぎで自転車を走らせる。雨が小降りになってきたのがありがたい。

九時半からは化粧品会社での仕事が待っている。いつもギリギリになってしまって申し訳ないが、みんなななにも言わないでくれる。

九時二十八分にタイムカードを押して、大急ぎで着替え、ライン作業に入る。充塡《じゅうてん》ラインでのキャップ閉めとシール貼りだ。単純作業だけど気は抜けない。隣の人と言葉を交わすこともなく、身体が覚えている動作で作業を進めていく。次から次へと目の前に届く化粧品の瓶。延々と続く作業。けれど地道にひとつずつ仕上げていく。

交替の時間になり、お昼休みとなった。長時間立っていることには慣れたが、ほんの小さな達成感を覚える。作業なので身体中が凝り固まっている。加奈は腕と首をゆっくりと回し、前屈と後屈をする。ふわーと、血液が身体じゅうに巡っていくのがわかる。

「石橋さん、お昼にしようや」

パート仲間の小林《こばやし》さんが、加奈の肩を叩く。四十代の小林さんはいつも元気だ。体格がよくて短髪なので、男性に間違われることもあるらしい。

「加奈ちゃんの弁当は、いつも男前やなあ」

小林さんが大きな声で笑う。加奈の昼食は、六枚切り食パン二枚とゆで卵二個とトマト丸ごと一個。勇の朝食と同じメニューだ。朝は時間がないので、今日はじめての食事だ。

「そやろ。父親代わりまでやってるから、男らしいねん」

加奈も笑いながら答える。五時に起きて身支度をし、洗濯物を干すだけで精いっぱいだ。自分の弁当など、お腹が膨れさえすればなんでもいい。

勇の今日の給食はなんだろう。給食のありがたさを感じているわりに、加奈は献立表をろくに見ていなかった。今日こそは見ようと思っても、慌ただしさでつい忘れてしまう。

「キャラ弁とかアホらしなあ！」

小林さんがひときわ大きな声で言い、まわりの人たちが笑う。

「あんなん、食材こねくりまわして不潔やん。おいしくなさそうやしな」

そう言う小林さんは、大きなおにぎりを頬張っている。パートの人たちは、みんなやさしい。年配の人が多いこともあり、一人親で子どもを育てている加奈のことを娘のようにかわいがってくれる。

「加奈ちゃん、新聞持ってきたで」

「おおきに。助かるわあ」

ひと足先に食べ終わった五十代の大和田《おおわだ》さんが、昨日の新聞を加奈に渡す。

「資源ゴミに出さんでええから、こっちも助かるわ。まとめてしばるだけで、ひと仕事やもんな」

加奈は再度礼を言って、大和田さんから新聞を受け取った。

「加奈ちゃんは明るくて働きもんで、見てて気持ちええなあ。うちの娘に、加奈ちゃんの爪の垢煎《あかせん》じて飲ませてやりたいわ」

そう言って大和田さんは、加奈と同年代の独身の娘について、ひとしきり嘆いた。

加奈の家では新聞はとっていない。読みたいとも思わないし、読む時間もない。なによりお金がかかる。

勇が図工や習字の授業で新聞紙を使うときは、これまでコンビニで買っていたが、その話をしたところ、大和田さんがこうして前日の新聞を持ってきてくれるようになった。折り込み広告も一緒にくれるので、近所のスーパーの特売品もわかるし、広告でくず入れを作ったりメモ用紙に使ったりと、なにかと助かっている。

「さぁてとっ、お腹もいっぱいになったことやし、午後もがんばらんとなあ！」

小林さんが言って太鼓腹をぽんっと打ったので、みんなで笑って席を立った。

その後、加奈は十七時半まで黙々と仕事をこなし、勇の小学校へ向かった。学童保育のお迎えだ。一人で帰ってきてほしいが、十八時までに保護者が迎えに行かなくてはならないという決まりがある。

空は灰色の雲に覆われていたけれど、雨は止んでいた。顔に当たる風が気持ちいい。

校舎の裏門のチャイムを押す。はーい、と学童保育の指導員の声が届く。

「三年三組の石橋勇です」

インターホンに口を近づけて、子どもの名前を告げる。はーい、とまた返事がし、「勇くんお母さん、お迎えに来たでえ」と雑音に交じった声が聞こえる。しばらく待っていると、勇と年配の女性指導員さんが出てきた。

加奈の顔を見た勇が、はにかんだように笑う。勇は今日はじめて、加奈の顔を見たことになる。

「勇くん、おかえり。お疲れさん」

加奈が言うと、「お疲れさん」と勇も返す。

「いつもギリギリになってしもて申し訳ありません。おおきに。どうもありがとうございました」

指導員さんに笑顔を返され、封筒を渡される。来月の学童保育のおやつ代、千五百円の集金だ。

「ほなな、勇くん。また明日な」

勇は手を振ってバイバイと言って、かけ出した。

「あー、あんた。長靴履いてへんやん！」

勇は素知らぬ顔で水たまりを飛び越えている。

「スニーカー、それ一足しかないんやからな。明日濡《ぬ》れたままやで！」

「もう、きついねん」

「きつい？　長靴が？」

「みんなや」

「もうきついんか！　ものすごい成長やなあ」

スニーカーも長靴もきついということは、当然、上履きもきついのだろう。そういえば、週末に持ち帰る上履きのかかとはいつも踏んである。

「ほな、土曜日に買いに行こかー。日曜はサッカーの練習試合やもんな」

加奈が声をかけると、勇は振り向かないままで、こくんとうなずいた。

「さあ、急いで帰るで。ランドセル、自転車のカゴに入れたるから、勇くん、走り」

勇はランドセルを加奈の自転車のカゴに入れ、走り出した。加奈がこぐ自転車に必死でついてくる。下り坂なので、ブレーキをかけつつ車輪の動きに任せていたら、あっという間に勇に追い越された。

「危ないでえ。気い付けてな」

前を行く勇が、手を上げる。

「勇くん、速いなあ」

走りでは、自分は勇に追いつけないと加奈は思う。小さい頃、道路に飛び出した勇を、慌ててつかまえたことがあったけれど、今ではもう間に合わないだろう。

「あっという間に大きなってもうたなあ」

大きな声でそう言ってみたが、勇はもうずっと先に行ってしまい、加奈の声は聞こえないようだった。

アパートに着いて、加奈は大急ぎで夕飯の支度をした。冷凍ご飯を解凍し、キャベツと豚肉の炒《いた》めものと、豆腐と玉ねぎの味噌汁《みそしる》を作る。

「できたでー」

勇は学校で借りてきた本を、夢中で読んでいる。

「勇くん、お母ちゃん、先に食べるでえ！」

大きな声でそう言うと、勇は本を置いて、テーブルに着いた。小さな二人用のテーブル。リサイクルショップで二千円だったが、作りがしっかりしていて気に入っている。

「いただきます」

加奈の声のあと、勇も「いただきます」と言って箸《はし》を持つ。加奈は五分で食べ終わり、先に席を立った。簡単に口をゆすいで上着をはおる。

「じゃあ、行ってくるな。勇くん、ちゃんと風呂入って先に寝ててな」

「うん」

口をもごもごさせながら、勇が手を振る。

外に出て、勇が鍵《かぎ》をかけたのを確認して、加奈は自転車に飛び乗った。十九時から二十二時まで、またコンビニでのパートだ。

勇が三年生になってからは、平日はだいたいこのシフトで働いている。朝六時から九時までコンビニ。九時半から十七時半まで化粧品会社。十九時から二十二時までコンビニ。一日十三時間労働だ。身体は楽ではないが、慣れてしまえばどうということはなかった。夜はぐっすり眠れるし、規則正しい生活なので、以前より体調もよかった。

　品出しをし、商品の発注をし、レジを打つ。仕事帰りであろう、疲れた顔をしたサラリーマンがお弁当やビールを買っていく。なかには毎日見かける人もいる。

　お金を受け取って商品を渡すだけの店員と客の関係だが、加奈はときどき、この人たちはどんな家に住んで、どんな生活をしているのだろうかと考えたりする。家族はいるのだろうか。一軒家だろうか、マンションだろうか。帰ったらすぐにテレビをつけるのだろうか。湯船には浸《つ》かるのだろうか、それともシャワーだけだろうか。

　勝手な想像をするのは、店員同士の上滑りなおしゃべりよりも、はるかに気休めになった。二十二時。暗い夜道を自転車で走り、家に向かう。もうすぐ今日も終わる。そして、すぐに明日がやってくる。

　アパートに帰ると、勇はまだ起きていた。

「なんや、まだ起きてたんか。九時には寝なあかんて言うてるやろ。どないしたん」

　加奈が問うと、勇は難しい顔をして、

「白の絵の具がないんや。言うの忘れとった。明日図工で使うねん」

　と言った。

「もうこれっぽっちもないんか」

　加奈がたずねると、ない、と小さな声で返ってきた。きっと、加奈がコンビニのパートに行っている間に絵の具のことを思い出し、明日の図工が気になって眠れなかったのだろう。

　誰かに貸してもらい、と言おうとして、思いとどまった。友達から、ものをもらったり借りたりするんやないで、といつも言っているのは加奈のほうだった。

「隣町に二十四時間の百均あったなあ。しゃーない、お母ちゃん、ちょっとひとっ走り行ってくるわ」

　時刻は二十二時十五分。一時間もあれば行って帰って来られる。勇が泣きそうな顔で加奈を見る。こんな時間になって絵の具のことを思い出した自分を責めているのだろう。勇は、泣きそうな顔はするけれど、実際に泣くことはない。

「大丈夫や。すぐや。お母ちゃん買《こ》うてくるから、勇くんは先に寝とき。約束やで。明日の朝、起きられへんからな」

「……うん」

　伏し目がちに勇がうなずく。

「心配せんでええ。すぐやからな。おやすみ。鍵ちゃんと閉めといてや」

　加奈はそう言って、外に出た。雲が流されたのか、星がいくつか見えた。

「勇くん、きっとギリギリまで言えへんかったんやなあ。白い絵の具をちびちび節約して使《つこ》うてたんや。けど、とうとうどうにもならんと思ったんやなあ。堪忍やでえ」

　大きくひとり言を言いながら、加奈は自転車を走らせた。勇はとても我慢強い子だ。家計が苦しいことをわかっているから、欲しいものがあっても自分から口に出すことはめったにない。学校で使うもんはなんでもすぐに言うんやで、と言ってあるが、それでも遠慮している。

「堪忍やでえ、堪忍やでえ、勇くん」

　こうして勇に謝らないでも済むように、勇をうしろめたい気持ちにさせないように、しっかりと生活を支えていきたいと思いながら、加奈は強く強くペダルを踏んだ。

酒を飲むと、母や加奈たちに暴力を振るう父親から逃げるようにして大阪に来たのは、加奈が小学一年生のときだった。

普段はおとなしくてやさしい父だったが、酒が入るとそこらじゅうのものを投げつけ、母をめちゃくちゃに殴った。母を守ろうと、止めに入った加奈や三つ下の弟にまで手を上げた。小さな弟が父に突き飛ばされて、ぽーんと飛んでいったのを覚えている。

加奈の額には小さな傷痕《きずあと》があるが、これも父に突き飛ばされたとき、窓ガラスにぶつかって切ったものらしかった。この傷についての記憶はないが、そう言われればそんなような気もした。

当時のことは薄ぼんやりとしか覚えていないが、なんの抵抗もしない母を殴り続ける父は、人間ではないように加奈の目に映っていた。人ではないなにかが乗り移って、その何者かの命令を、父は忠実に守っているように思えた。

その後、母は女手ひとつで加奈と弟の正樹《まさき》を育ててくれた。朝の新聞配達から始まり、夜遅くまで清掃員として働き、家にいるときは内職をしていた。

食事作りや洗濯は、ほとんど加奈が担っていた。日常生活で不自由だと思うことはさほどなかったが、とにかく冬が寒かったことだけは覚えている。こたつだけでは、芯《しん》から温まることはできなかった。

加奈は勉強が好きだったし、保育士になりたいという夢もあったが、進学はあきらめた。自分の希望を叶《かな》えるにはどうすべきかという情報は、加奈のもとまで届かなかったし、高校まで出してくれた母にそれ以上のことは言い出せなかった。

商業高校を卒業後、加奈は運送会社に事務員として就職した。寮が完備されているのが、なによりの魅力だった。狭いアパートで、母と当時まだ高校生だった弟と三人で暮らすことに、それぞれがストレスを感じていた。

同じ職場で、運転手として働く英明《ひであき》とは、出会って間もなく恋に落ちた。同い年ということで話が合って、自然と結婚を考えるようになった。互いが二十三歳になったら結婚しようと決めていたが、二十一歳のとき加奈の妊娠がわかった。結婚が少し早くなっただけだと、急きょ籍を入れて一緒に暮らしはじめた。

加奈のつわりはひどく、安定期になっても一向におさまらなかった。仕事も休みがちとなり、これ以上職場に迷惑はかけられないと、加奈は運送会社を退職した。英明も、奥さんには家にいてもらいたいタイプで、仕事を辞めることに賛成してくれた。

今思えば、あの頃がいちばん幸せだったかもしれないと、加奈は思う。体調の悪い加奈を気遣って、英明は率先して家事を手伝ってくれたし、生まれてくる子の将来を考えるのはたのしかった。

出産は大変だった。四十時間もかかり、帝王切開の準備をはじめようとしたところで、ようやく勇が生まれた。産後も体調は思わしくなく、臥《ふ》せっている日も多かった。勇はかわいかったが、はじめてのことばかりで戸惑い、ホルモンの乱れからか意味もなく涙することも多かった。

「好きな人ができたから離婚したい」と、突然英明が言い出したのは、ようやく加奈の体調も戻ってきて、勇へのいとしさも増してきた頃だった。

「加奈のことも大事やけど、愛美《あいみ》のことをたまらんくらい好きになってしもた」

と英明は言った。聞けば、愛美というのは、加奈のあとに運送会社に事務員として入った女だった。

「そんな勝手、許されへんわ。勇がおるねんで」

「知らんがな。お前が勝手に産んだんやろ」

勇のことは英明もかわいがってくれていたので、その言葉は衝撃だった。

「あんたの子やっ」

「今は愛美がいちばんなんや。一緒におらんと死んでしまう。誰がなにを言っても無駄や」

英明は悪びれる様子もなく、そう言った。

英明は、十万円だけ置いて出て行った。家賃とおむつ代でひと月で消えた。養育費も慰謝料ももちろんない。しばらくは働いていたときの貯金を切り崩して生活していたが、家賃が払えなくなり、加奈は勇を連れて母が住む実家のアパートに転がり込んだ。弟の正樹は高校を卒業して、九州に就職していた。

その頃の母は、とても疲れていた。仕事を減らし、家にいるときは横になっていることが多かった。もともと、加奈の結婚は早すぎると言って反対していた母だ。妊娠がわかった際、子どもを堕《お》ろすことも考えたほうがいいと言われたときは耳を疑ったが、苦労した母なりに、思うところがあったのだろう。

保育園に片っ端から申し込み、空きがあったところに勇を入園させた。勇が保育園に行っている間に、実家近くのスーパーで働いたが、急な呼び出しや、勇が熱を出して休むことも多く、収入は小遣い程度にしかならなかった。母は母なりに勇をかわいがってくれたが、体調のこともあり、子どもの声を嫌がる日も増えていった。

加奈は一念発起して、勇の就学を機に引っ越しを決めた。その際、消費者金融でお金を借りた。敷金礼金を払って、勇の入学準備をし、最低限の生活の場を整えた。

加奈はとにかく働くことを第一の目標として、勇との新しい生活をスタートさせたのだった。

土曜日は化粧品会社が休みなので、コンビニで朝の六時から十二時までのシフトだ。人手が足りないときは、夕方や夜に入るときもあるけれど、基本は午前中で終わる。日曜日は一日、休みをとっている。

雇用保険は化粧品会社のほうで引かれている。月収は、手取りで二十三万円ほどだ。児童手当と児童扶養手当がおよそ四万円。所得を制限すれば、児童扶養手当は多くもらえるが、その分生活費は減る。働けるうちは働いて稼ぎたいと、加奈は思う。

家賃が六万八千円。返済ローンが七万円。金利は思った以上に膨れ上がっていた。今年から返済金額を大幅に増やしたので、あと二か月で完済できる予定だ。

母子家庭は六割が年収二百万未満の貧困層だと、このあいだ大和田さんからもらった新聞に書いてあった。古紙をもらってもいつもは読むことはしないが、たまたま目に入った記事だった。加奈は貧困家庭で育ったという自覚はなかったが、おそらく自分はそうだったのだろうと思った。

また、貧困は連鎖しやすいとも書いてあった。その背景には、離婚や虐待があるとあった。加奈はその記事を読んだとき、冗談じゃないと思った。そんなことには絶対にさせないと思った。もちろん、一人親は裕福ではない家庭が多いかもしれないが、勇にひもじい思いだけはさせたくない。

生活するうえで、お金はなによりも大事だ。なにをするにもお金がかかる。身体が動くうちはたくさん働きたい。働いて働いてお金を貯めて、勇が望めば大学にも行かせてやりたい。目下の目標は、車の購入と貯金百万円だ。まだまだ及ばないけれど、この調子で働いていけばいつか必ず達成できると、加奈は思う。


仕事を終えて帰ると、アパートの前の空き地で、勇がサッカーボールを蹴っていた。

「勇くん、ただいま」

大きな声で手を振ると、勇も手を振って返した。

「今日、サッカーやろ。ご飯作るから、そろそろ家に入り」

勇は「わかったー」と言って、それでもまだボールを蹴っていた。

勇は三年生になってから、サッカーをはじめた。地区のサッカークラブなので、学校とは直接関係ないが、月、水、金、土と小学校のグラウンドで練習がある。日曜日は練習試合が多く、保護者の当番制ということもあり、加奈はこのために、日曜の仕事を入れないことにしたのだった。

勇は幼いときからボールを蹴るのが好きで、一年生の頃からサッカークラブに入りたいと言っていたが、三年になるまで待ってもらった。申し訳ないけれど、とてもそんな余裕はなかった。

少しずつ貯金して、サッカーボールやユニフォームやスパイクを、この春ようやく買ってあげることができた。

勇をサッカーの練習に送り出して、加奈はたまった家事をした。掃除をし、買い物に行って、冷凍保存できるおかずをいくつか作った。色柄の洗濯物も週末に片付ける。

「あれま、勇くんのTシャツ、こんなにくたびれてしもたわ。新しいの買わんとなあ」

三年生になって、勇の身長はぐんぐん伸びはじめている。洋服にも下着にも靴にもお金がかかるが、勇の成長はなによりうれしい。

世の中の三十歳の女性が、どんな生活をしているか加奈は知らない。加奈は、ここしばらく服も靴も新調していなかった。美容院にもひさしく行っていない。毎日、鏡もろくに見ていなかった。

加奈は洗面所に立って、鏡に映った自分に無理やり笑いかける。

「うわあ、こりゃえらいおばはんやなあ。三十歳にはとても見えへんなあ」

今日はこれから勇のサッカーの迎えに行き、そのまま買い物に行こうと思っている。加奈はひさしぶりに化粧をして、髪を整えた。試供品の化粧品やシャンプーやヘアクリームは、必ずもらうことにしている。

「これで少しは見られるやろか」

眉毛を描いて口紅を塗り、加奈は鏡に向かってつぶやいた。

最近、勇はますます別れた夫に似てきた。似てきたなあとは思うが、英明のことを思い出すことはなかった。なんの感情もなかった。英明が幸せに暮らしていたとしても、たとえ事故に遭って死んでいたとしても、加奈にはまったく関係のないことだった。

加奈はファンデーションを塗った頰を、両手でぴしゃりと叩《たた》く。

「さあ、勇くん、これから新しスニーカーと長靴と上履き買いにいこな。服も、なんやいいのあったら買うたろな。ひさしぶりに外で夕飯でも食べよか！」

鏡のなかの自分に元気よくそう言ってみたら、自然と笑顔になった。

明日の日曜は、サッカーの練習試合だ。加奈の当番になっている。おっきなおにぎり作ったるでえ！　と、アパート中に響くような声で言ってみる。

西の空に、夕暮れ間際の薄いオレンジ色が広がっていた。


今日は家庭訪問だ。優の学級担任の先生がやって来る。あすみは、朝からはりきって家中の掃除をした。

優が一年生のときの年若い男性教諭はリビングに上がってくれたが、二年生のときの年配の女性教諭は玄関先での立ち話だった。なかへどうぞ、とあすみは何度も勧めたが、どちらのお宅も玄関で済ませております、ときっぱりと断られた。

今年はどうだろう、とトイレを磨き上げながら、あすみは思う。家のなかに入ってくれるだろうか。先生にたずねたいことはたくさんある。優が学校でどんなふうに過ごしているのか、勉強のほうはどうか、友人関係は良好か、など詳しく聞いてみたい。
一、二年はクラス替えがなく、男女ともに仲がいい明るいクラスだったが、今回は、保護者たちの間ではハズレという声が多かった。騒がしくて目立ちたがりのやんちゃな男子がそろっているということで、なかにはいずれ学級崩壊になるのでは、と不安に思っている人もいるようだった。
優はおとなしいほうなのであすみは心配だったが、四月にあった授業参観では、元気な男子児童たちよりも、宇野光一《うのこういち》くんという男の子の存在が気になった。
光一くんの噂は耳にしたことがあったけれど、実際同じクラスになってみると、その行動はとても目についた。出席番号の席順で優のうしろに座っていたので、ことさら印象に残っている。

その日の授業は算数で、二年生の復習として九九の七の段をみんなで確認するという内容だった。先生の声に続いてみんなが大きな声で七の段を言い、そのあと先生が一人ずつ当てていった。七の段は九九のなかでも、子どもたちがもっとも苦手とする段だ。

出席番号一番の子が「しちいちがしち」と言い、優が「しちにじゅうし」と言い、その次の光一くんが「しちさんにじゅういち」と言ったのだけれど、光一くんはそのまま「しちしにじゅうはち、しちごさんじゅうご、しちろくしじゅうに、しちしちしじゅうく、しちはごじゅうろく、しちくろくじゅうさん」と、一人で全部答えたのだった。うしろの子たちは、非難の声をあげていた。驚いたけれど、まだ三年生だ。自分の欲求をおさえられないときだってある。

そんな光一くんを、保護者たちも微笑ましく見ていたのだが、その後もちょっと躓《つまず》く子がいると、光一くんは猛スピードで七の段全部をまくし立てた。悔しくて泣き出す子もおり、先生がやんわり注意をすると、光一くんはいきなり廊下に飛び出したのだった。ぽかんと見ていると、そのうち戻ってきて、「死にたい！」と大きな声でわめきはじめた。

あすみは、ただただ驚いていた。小学三年生の子が「死にたい」なんて言葉を使うなんて、考えられなかった。

そんな光一くんの様子を目の当たりにし、光一くんの存在を知らなかった保護者たちも、なんとなく光一くんの性質を理解し、仕方ないのだという雰囲気になったのだが、それからも光一くんはいっときもじっとはしていられなかった。

隣にいた顔見知りのママが「ほら、あそこにいるのが光一くんのお母さんよ」と耳打ちしてくれたが、その人は光一くんの行動を特段気に留める様子はなく、あっけらかんとした態度で、先生の話に声をあげて笑ったりしていた。

あすみは以前、発達障害について自分なりに勉強したことがあった。優はこれから、さまざまなタイプの友達と出会っていくだろうと考えたからだ。本やネットで事例を読みあさって、彼らの困難さは理解したつもりだったが、あすみはそれでもやはり我が子の保身を第一に考えてしまう。

授業中、光一くんは、前の席の優の背中を何度も何度も突《つつ》いていた。最初はいちいち振り向いていた優も、用事があるわけではないのがわかってからは、そのまま突かれるに任せていた。あすみはその授業参観後、優にちょくちょく光一くんの様子を聞いていた。席替えをして、今はもう光一くんとは離れたらしかったが、これから先また近くの席になることもあるだろう。手が出ることも多いらしく、泣かされる子もいるとのことだった。

今日の家庭訪問。光一くんのことをそれとなく聞きたいし、今、優が仲よくしているレオンくんのことも聞きたい。知り合いのママ友からは、レオンくんの家のいい評判はあまり聞かない。

「あら、やだ。もうこんな時間」

あすみは大急ぎで掃除の仕上げをし、簡単な昼食を済ませて、先生の到着を待った。

三年一組の佐伯《さえき》みどり先生は、三十二歳独身の女性教諭だ。授業は厳しいということだが、明るくて子どもたちにも人気がある。佐伯先生ときちんと言葉を交わすのは、今日がはじめてとなる。

二時ちょうどに呼び鈴が鳴った。時間ぴったりだ。玄関のドアを開けると、

「優さんの担任の佐伯です」

と言って、佐伯先生が頭を下げた。

「優の母です。いつも大変お世話になっております。どうぞなかへお上がり下さい」

あすみはスリッパを出し、なかに入ってくれるよう促した。佐伯先生は、おじゃましますと言って素直に入り、あすみが案内したリビングのソファーに座ってくれた。

「先生、お茶とコーヒーと紅茶、どれがいいですか」

おかまいなく、と手を振りながらも、じゃあコーヒーで、とにこやかに言い足したのが、感じよく思えた。あすみはコーヒーメーカーをセットして、着席した。

「学校での優の様子はいかがでしょうか」

一家庭の持ち時間は、十五分から二十分ほどだ。聞きたいことは頭のなかにまとめてある。

「三年生になってクラス替えがあり、まだ二か月弱ですが、優さんはクラスのみんなと仲がいいという印象です」

「最近、レオンくんとよく遊んでいるようですが」

「ええ、そうですね。レオンさんとも仲よしです。昼休みなどは、いつも一緒に外で遊んでいます」

レオンくんの家庭についてたずねたいところだけれど、まさか聞けるわけがない。

「レオンくんのところは、お兄ちゃんと妹さんがいるんですよね」

「ええ、そうです」

「学校から帰ってきて、レオンくんのお宅で遊ぶことも多いんですけど、お母さんは在宅していないこともあるらしくて……」

「ああ、そうですか。お仕事のご都合があるんでしょうね」

当たり障りのない答えが返ってくる。よその家庭のことはあまり言わないことになっているのだろう。わかっていたことだったが、あすみは少し落胆した。

ドリップが終わったので、コーヒーの用意をした。遠慮なくいただきます、と言って、先生がカップに口をつける。

「わあ、やっぱりおいしいですね。わたしはいつもインスタントなので」

あすみは微笑みながら、ご出身はどちらですか、とたずねた。

「わたしは島根なんです。大学のときに出てきて、それからは一人暮らしです」

島根。学生時代に一度、出雲《いずも》大社に行ったことを、あすみは思い出した。

「優、勉強のほうはいかがでしょうか。家ではなにもしないのですが」

先生はカバンからプリントを取り出して、あすみに見せてくれた。

「三年生になってからのテストの点数一覧です。優さんは国語も算数もいつも満点近いです」

テストは必ずチェックしているので、あすみもよく知っている。

「優さんは宿題も必ず提出しますし、忘れ物もこれまで一度もないです」

それもすべて承知していることだけれど、先生に改めて言ってもらえると、やはりうれしい。

「おうちでの様子はいかがでしょうか」

「家での様子ですか」

「ええ。変わったことはないですか」

まるで家でなにか問題があるような質問ではないかと訝《いぶか》ったが、おそらく各家庭でたずねていることなのだろう。

「今まで通りと言いますか、特に変わったことはないです。三年生になってからは、行動範囲が広がって、お友達と遊ぶことが多くなりました」

「どんな遊びですか」

「ゲームが多いですね。公園でボール遊びなどもしているようですが」

そうですかー、と抑揚なく、先生が返事をする。

「あの、優は小柄なほうなので、ちょっと心配なのですが」

「今の時期は女の子のほうが成長が早いですからね。男の子は、まだまだこれからだと思います」

そんなことを聞きたいのではない、というのが顔に表れていたのだろう。先生は、

「優さんは足も速いですよ」

と、言い添えた。足が速いことも知っている。運動のことを聞きたいわけではないのだ。

「いえ、なんというか、体格のいい子が多いみたいなので、いじめに遭ったりしていないかと思いまして」

「あ、いえいえ、そういうことはないと思います。優さんはリーダーシップがあって、みんなににこやかに接するので、一目置かれているという雰囲気ですよ」

あすみは、そうですか、と穏やかに相槌《あいづち》を打ってから息を整えた。それから、

「宇野光一くんのことですけれど、お友達に手を上げたりということはないでしょうか」

と、一気に言った。先生が少し驚いたような顔であすみを見る。先生にどう思われようと関係ない。あすみはそう思い、自分は優がいれば強くいられるのだと、身の内から湧き出るような、勇気とも励ましともいえる感情に触れて、こんなときだけれど我が子に感謝したくなった。

「優さん、光一さんからなにかされたと言っていましたか」

「いえ、そういうことは聞いていませんが、前の授業参観のときに、光一くんが優の背中をずっと突いていたので」

あすみが言うと、佐伯先生は合点したようにうなずいた。

「そういうことはよくあります。光一さんは少し多動の傾向があるんですね」

ええ、とあすみはうなずいてその先を待ったが、先生はそれきりなにも言わない。

「『死にたい』とか叫んでましたよね」

「はい、たまにそういうこともあります」

「教室を出て行ったりすることは、しょっちゅうなんですか」

「光一さんにはサポートの先生がついていますので、大丈夫ですよ」

なにが大丈夫なのだろうと、あすみは思う。

「いろんな児童がいていいと思っています。クラスメイトたちも光一さんの特性をわかっているので、みんなで協力し合って勉強したり作業をしたりしています」

学校には「ひまわり組」という、特別支援学級がある。光一くんの行動があまりにも目立つようなら、そちらに正式に移ってもらってもいいのではないだろうか。

「一組は騒がしい男の子が多いようですね」

笑顔であすみは言ってみた。

「はい。とても元気がいいです。みんな声が大きいので、夏休み前にある合唱コンクールでは一組が優勝するかもしれません」

佐伯先生がうれしそうに笑う。

「では、そろそろ」

先生が腰をあげ、コーヒーごちそうさまでしたと、カップをあすみのほうへ押し出した。

「あ、あの、些細《ささい》なことでもいいので、なにか優のことで気になることがありましたら、すぐに教えて頂けますか」

「はい、わかりました。連絡帳もありますし、石橋さんもなにか気になることがありましたら、なんでも書いてくださいね」

優の通う小学校では連絡帳が一人一冊ずつ配付されており、六年間使うようになっている。休みや遅刻、早退の連絡、体調のこと、家庭のこと、なにを書いてもいい。家庭から書くときもあるし、先生側から連絡が来るときもある。目を通したら、サインをして戻す。

あすみはこれまで、体調のことしか書いたことがなかった。優がインフルエンザにかかったときと、歯が痛くて薬を持たせたとき、それくらいだった。

コーヒーカップを片付けながら、自然と大きなため息が出た。知りたい答えをひとつももらえなかった。先生は天然なのだろうか、それともわざとはぐらかしたのだろうか。

しょせん佐伯先生は、結婚していない女性なのだ。子どもを持つ母親の気持ちなんてわからないのかもしれない。あすみは、そんなふうに意地悪く思ってしまう自分を卑しく感じ、軽く頭を振った。

とはいえ、とりあえず優の学校での様子が、自分が想像していた通りで安心したことは確かだった。子どもの交友関係に口を出すことはしないけれど、なにかあったらすぐに対応できるように心の準備はしておこうと思った。


「ねえ、優。そろそろ塾に行くのはどう?」

『世界の偉人』という漫画を読んでいた優が、顔をあげる。前にあすみが買い与えたものだ。

「塾? うん、いいよ」

「どこか行きたい塾ある? ママが決めていい?」

「うん。どこでもいいよ」

市内にはいくつかの進学塾がある。あすみはすでにリサーチ済みで、評判がよく、有名私立中学の合格者が多い塾を選んである。

「月曜日がスイミングで水曜日が絵画だから、金曜日だとちょうどいいわね」

「うん」

あすみは、そっと優の頭をなでた。勉強を嫌がらずに、素直に塾に行ってくれる我が子が誇らしい。

「今日、佐伯先生が来たわよ。家庭訪問」

「なんか言ってた?」

「クラスのみんなと仲がよくて、勉強もよくできるって」

あすみが答えると、優は照れたようにそっぽを向いた。

「それ、軽井沢の写真?」

テーブルの上で作業をしているあすみを見て、優が言う。

「そうよ。ゴールデンウィークのね。たのしかったね」

今はなんでもデジタル化されているけれど、写りのいいものだけはこうしてアルバムに貼って、ひとことコメントを書くようにしている。

軽井沢では居心地のいいホテルに泊まって、おいしいものを食べて、緑の草原で思い切り遊んだ。毎年行きたいけれど、優はいつまで一緒に来てくれるのだろう。優が小学生の間は三人そろって行きたいと、あすみは思う。

「光一くんは最近どう?」

「どうって?」

「落ち着いてる?」

「すぐに『死んでやる』って言うんだ」

あすみは一瞬息を呑《の》んでから、「まあ」と、答えるにとどめた。優がいたずらされている様子は今のところないし、あすみとはお風呂も一緒に入っているので、身体に傷やアザなどがないことも承知している。

子どもを守るのは親の使命だ。あすみは、さらにその思いを強くした。


習字教室前のランチか、教室が終わったあとのお茶。それがあすみと菜々の、火曜日の決まりごとになっていた。

今日は優の下校が早いので、ランチにしてもらった。菜々はいろんな店を知っていた。こんな田舎にも隠れた名店がいくつもあった。今日はイタリアンだ。ランチセットは、スープ、サラダ、パスタorピザ、デザート、飲み物で千五百八十円。

「アスパラおいしい！」

あすみはパスタセットを選んだ。アスパラガスと春キャベツとしらすのパスタだ。さっぱりしているのにあとをひく味で、今の時季にぴったりだ。

「マルゲリータもおいしいわよ。一切れどうぞ」

菜々が言って、あすみの皿にピザを置く。

「で、その多動の子だけど、毎日たのしく学校に通っているのかしらね」

憂いを秘めたような顔つきで、菜々が言う。あすみは、先日の家庭訪問のことや優のクラスのことを話していたのだったが、光一くんが「たのしく」登校しているかなんて、考えたこともなかった。

「死にたい、っていうのが本心なのかどうかはわからないけど、すぐ口に出しちゃうってことは、なにかしら抱えているものがあるのかもね」

あすみは自分の、狭く隔たった考えを恥ずかしく感じた。

「でも、あすみちゃんの言いたいこともよくわかる。だってなんにせよ、我が子がいちばん大事だもの。なにか被害が及んだらって考えちゃうよね」

「……うん、そうなんだけど、わたしって勝手だなあって思ったわ。菜々さんはほんといろいろ考えててすごい。尊敬しちゃう」

なーに言ってんの、と菜々が笑う。

「笙安《しょうあん》くんは、そういう問題なかった？」

笙安というのは、菜々の息子の名前だ。ご主人の菩提寺《ぼだいじ》の和尚さんに名付けてもらったそうだ。

「光一くんのような子はいないけど、でもいじめとかはあるみたい。表面には出てこないけど、保護者の間ではいろんな噂があるもの。でも笙安は、ほら、なんていうの、相当なぼんやりだから、そういうあれこれがよくわかってないのよ」

菜々はそう言って困ったように眉を下げたが、あながち気に留めているわけでもなさそうだった。笙安くんに会ったことはないけれど、きっとおおらかで素直で、俗世とは少し距離を置いているような天才肌の子なのだろう。バレエに夢中だというのもうなずける。

「うちの子、ようやく塾に行かせることにしたわ」

「あら、ほんと？　優くん、勉強好きだからたのしみね」

おすすめの塾情報も菜々から聞いた。菜々とこうして会うようになって、ますますあすみは、笙安くんの通う徳朋《とくほう》学園に優を入学させたいと思うようになった。設備も整っているし、教師たちのレベルも高い。友達だって、ある程度以上の子がそろっているだろう。そこで優に、なにか自分に合ったものを見つけてもらいたいと思っている。

「あら、もうこんな時間」

習字教室の時間が迫っていた。菜々との話はいつも尽きなくて、毎回時間が足りない。あすみと菜々は、デザートのカタラーナをいそいで食べて店をあとにした。

見慣れない番号から電話がかかってきたのは、梅雨に入ったばかりの頃だった。時刻は夜の十時を過ぎていた。こんな時間に自宅の電話にかけてくるのは、実家の母親ぐらいだろうと思ったが、ディスプレイには覚えのない携帯番号が表示されていた。

優の学校関連か夫の仕事関係だろうと、たいした疑問も持たずにあすみは受話器を取った。

「石橋さんち？」

もしもし、とも言わないうちから、受話器から声が届く。

「どちらさまでしょうか」

「石橋さんちで合ってんの？」

「石橋ですが」

「あー、あたし、竹内。レオンの母親だけど」

思わず、あっ、と声が出る。

「すみません、優の母です。いつもお世話になっております」

驚いた。いったいどうやってうちの番号を知ったのだろう。連絡網は、個人情報の関係で、クラス全員ではなく、連絡をする前後二軒の家庭しか知らされていない。そこにはレオンくんの家は入っていない。

「なんかさー、レオンが泣いてんの。学校行きたくないって言うの。理由聞いたら、優くんがイヤなんだって」

「……嫌？」

「そう。イヤなんだって。ぶったり蹴ったりつねったりするんだって。背中見たら、つねられたような痕《あと》があって、優くんがやったって言うんだけど」

「えっ？」

「腿《もも》にもアザがあるんだよ。子ども同士のことだからしょうがないけどさー。ちょっとひどくない？」

「……それは本当に優がやったんでしょうか」

「はあ？　疑ってんの？　じゃあ、優くんに聞いてみてよ」

「もう寝てるんです」

「起こせばいいじゃん」

落ち着かなければ、とあすみは思った。

「優がやったことならば謝ります。でも今日はもう遅いので、明日こちらからご連絡させて頂くということでいいでしょうか。ご連絡先を教えて頂けますか」

あすみが言うと、レオンくんママは早口で自分の携帯番号を言った。

「優くんママの携帯も教えてよ」

あすみは素直に応じた。

「それと、あの、うちの家の番号、どうやって知ったのでしょうか」

あすみがたずねると、一瞬の間があり、大きな声が返ってきた。

「はあ？　なにそれえ!?　そんなこと気にしちゃうわけ？　ちょっとウケるんですけどー。あのねえ、仲のいいママ友が教えてくれたんだよ。いけなかった？」

「……いえ、すみません」

じゃあ明日、と言って、レオンくんママは電話を切った。

あすみは受話器を持ったまま、しばし放心状態だった。いったいどういうことだろう。優がレオンくんに手を上げたというのだろうか。そんなことありえないと、あすみは思う。レオンくんが優に手を上げたならともかく、優が人を傷つけるなんて絶対にない。

幼稚園の頃、優が友達に噛《か》まれたことがあった。そのときは、先生が間に入って対応してくれた。相手のお母さんは心から謝罪をしてくれ、その後も優のことをとても気にかけてくれた。

けれど今回は状況が逆だ。しかも、相手はあのレオンくんだ。

とりあえず、優本人に確認をしなければ。いや、それより先に、佐伯先生に相談したほうがいいだろうか。優には明日、きちんと聞くことにしようと思った。寝ている子を起こして聞き出しても、いい方向にいくとは思えない。あすみは浄水器の水をコップに注ぎ、ごくごくとひと息に飲み、意識して深呼吸をした。

レオンくんママから言われた言葉が、頭のなかをぐるぐると回っている。本当なのだろうか。でもたとえ、万が一、優がレオンくんに手を出したとしても、あんな言い方はないだろうと思った。こんな時間に電話をしてくること自体非常識だし、口の利き方もひどすぎる。

義母がよく口にする、お里が知れる、という言葉を、あすみはあまり好きではなかったが、今はじめて、その言葉を使っていいのだと思えた。

玄関の開く音がした。あすみは足をもつれさせるほどの慌て具合で、玄関に向かった。

「たいちゃんっ!」

「ただいまー。あれ、どうしたの?」

あすみの顔を見て、太一が言う。

「うん、ちょっと聞いてほしい話があるの」

太一は、口をすぼめたひょっとこみたいな顔をして、おどけるようにうなずいた。

着替えたあと、小腹が減ったという太一に、あすみは梅茶漬けを出した。ずずっ、と梅茶漬けをかきこむ太一を見て、ふと、今年の梅の収穫時期もそろそろだと思う。庭にある梅の木は、毎年たくさんの実をつける。

「あーちゃんの梅茶漬けは、ほんとにうまいなあ。いくらでも食べられちゃうよ。でも一膳《ぜん》でやめとこ」

太一がそう言って箸《はし》を置く。夕食は外で食べてくることが多いが、帰宅してからもこうしてなにかしらを口に入れるため、太一の腹回りは去年よりあきらかに増している。

「で、なにがあったの？」

太一がたずねる。あすみは息を整えた。

「さっき、レオンくんのママから電話があったの」

「誰、レオンくんって？」

「優が仲よくしているお友達よ」

へえ、と言いながら太一がテレビをつけようとしたので、あすみはちょっと待って、とリモコンを取り上げた。太一がまたひょっとこみたいな顔をして、大げさに驚いたふりをする。

「あのね、優が、レオンくんに手を上げてるって言うの。つねられた痕《あと》もあって、学校に行くのを嫌がってるんだって」

あすみの言葉に、太一は「はあっ!?」と頓狂《とんきょう》な声を出し、眉《まゆ》をひそめた。

「そんなことあるわけないだろ」

「うん、そうなんだけど」

「優には聞いたのか？」

「もう寝てるから、明日にしようと思って」

あすみはレオンくんママからの電話について、詳細に話した。

「バカ親だな」

太一はひとこと、そう言った。

「レオンくんママって、元ヤンでしょ。相手にしないでいいんじゃないの？」

「でも、レオンくん、学校に行きたくないだなんて、もし本当に優のせいだったら……」

「親が子どもを信じなくてどうすんの？　レオンくんのほうが嘘を言ってるかもしれないだろ。そんなさ、留守中に子どものたまり場になっているような家に、優を遊びに行かせるのやめたほうがいいんじゃない？　素行が悪いのがうつるよ」

太一はそう言ってから、風呂入るわ、と席を立った。

わたしだって信じてる。優が誰かを傷つける姿なんて、想像できない。あすみは太一が言ったことを反芻《はんすう》し、私立の小学校に入れなかったことを心底悔やんだ。子どもを守れるのは、親しかいない。優を守れるのは、わたししかいないのだ。

あすみは弱気になりそうな気持ちを奮い立たせ、自らを励ました。


「ほらっ、あんたたち！　今日遠足でしょっ！　早く起きなさい。なにやってんの！」

留美子はキッチンに立ったまま、子ども部屋に向かって大きな声を出した。

ひさしぶりのお弁当作り。手順を忘れて四苦八苦だ。しかも明け方まで原稿を書いていて、今朝は寝坊してしまった。

「わっ、やだ、失敗！」

油を充分に熱するところを、はやまった。卵がフライパンにくっついてしまった。

「しょうがない。いり卵に変更っ！」

菜箸でかき混ぜる。

「なんで起こさないんだよお！」

悠宇が叫びながら起きてくる。そのあとに続いて、巧巳が目をこすりながら、子ども部屋から出てくる。

「なに言ってんの。何回起こしたと思ってるのよ。悠宇、あんたもう三年生なんだから、自分でさっさと起きなさいよ」

揚げ物をしている時間はない。今は自然解凍で食べられる冷凍食品があるから、本当に便利だ。これを考えてくれた人に心から感謝したい。

「朝ごはん、さっさと食べちゃって」

のろのろとテーブルに着いて、二人が食べはじめる。お弁当は、茹《ゆ》でたブロッコリーとミニトマト。冷凍のから揚げとつくね。巧巳のリクエストの、キャラクターのかまぼこ。それと、卵焼きが変化したいり卵。よし、色取りもいい。これを詰めて出来上がりだ。

ギャーッ！

突然の、巧巳の悲鳴と泣き声。

「なに、どうしたの！」

カウンターキッチンから慌ててダイニングに出ると、巧巳がお腹をおさえて泣いている。

「お兄ちゃんがお腹蹴《け》ったあ。痛いよー。痛い痛い痛い！」

巧巳がギャンギャン泣きながら、足をバタバタさせて転げまわる。

「やだ、大丈夫!?　どのあたりが痛いの？　立てる？」

巧巳がお腹をおさえて、なんにもしてないのにお兄ちゃんが蹴ったあ、と泣きながら叫ぶ。

「悠宇！　なんで巧巳を蹴ったりしたのよ！　理由を言いなさいっ！」

悠宇はにやにやしながら、ご飯を食べている。

「なんで蹴ったのよ！」

「わざとじゃないよ。足上げの練習してたら、ぶつかっちゃっただけ」

「はあ⁉　足上げの練習ってなんなのよ！　ちゃんと巧巳に謝ったの⁉」

悠宇がにやにやと首を振る。

「謝りなさいっ！」

悠宇が蚊の鳴くような声で、ごめん、とつぶやく。

「もっと大きな声でっ！」

「ごーめーんーねーだっ！」

ふざけた調子で声を張り上げる。顔はにやついたままだ。

「巧巳。お兄ちゃんを許してあげる？」

巧巳は目をこすりながら、こくんとうなずいた。お腹はもう大丈夫らしい。

まったく、いつもいつもこんな調子だ。悠宇はすぐに手が出るし、巧巳はすぐに泣く。

「ほら、時間！　早く食べなさい！」

弁当と水筒をリュックサックに入れる。見れば今度は、テレビを見て二人でゲラゲラ笑っている。

「テレビなんて見てる暇ないでしょ！　食べたらすぐに着替えて！　ほら、急いで！」

留美子がテレビを消すと、こういうときばかり二人は結託して、

「消ーすーなっー！　消ーすーなっー！」

と、声をそろえて歌いはじめる。

「ああっ、もう！　うるさいっうるさいっ！　間に合わないわよっ！　早くしなさいっ」

時計を見た悠宇が「やべえ！」と叫び、一気にご飯をかきこむ。それを見た巧巳も真似してご飯を口に入れるが、悠宇のように早く食べることができずに、ぐずぐずと泣きはじめる。

「もう食べられない！　もういらないっ！」

「ぜんぜん食べてないじゃないの。こんなんじゃ遠足で歩けないわよ」

「遠足に間に合わないいっ！　お母さんのばかあ！　わああん！」

はあーっ。大きなため息が出る。

「巧巳、ほら、じゃあ半分だけ食べちゃいなさい」

留美子は中腰になって茶碗《ちゃわん》を持ち、スプーンを巧巳の口に運んでやる。まったく、赤ん坊じゃあるまいし、いつまでこんなことをしなければならないんだろう。

「もういいでしょっ」

途中で巧巳が席を立って、洗面所に走っていく。先に着替えた悠宇が「行ってくる！」と玄関に向かう。

「やだー！　お兄ちゃん、待ってよう！　うわーん！」

巧巳が泣いて地団太を踏む。

「悠宇、ちょっと待っててあげて！　少しは弟の面倒見てよ。ほら、巧巳は急いで！」

「やだよ、なんでおれが巧巳の面倒見なきゃいけないのさ」

「いいじゃない、お兄ちゃんだから」

「おれが一年生のときは一人で行ってたよ。巧巳も一人で行けよ」

確かに悠宇の言う通りだ。その通り。よくわかる。お兄ちゃんだから、という言葉は言わないようにしようと、巧巳が生まれたとき心に決めたのに、こうしてしょっちゅう口に出している。

巧巳は、着替えることもせずに、手放しでわんわん泣いている。

「巧巳っ！　早く支度しなさいっ！　泣いてる時間なんてないわよ。本当に遅刻するから！」

留美子の言葉に、巧巳の泣き声がさらに大きくなる。泣かないで支度すれば、すぐに終わるのに、なぜそんな簡単なことがわからないのだろうか。

「悠宇、ごめん。悪いけど待っててあげてよ」

「えぇー、どうしよっかなあ」

「ほら、巧巳！　急ぎなさい！　お兄ちゃん、ほんとに行っちゃうわよ」

真剣な口調でそう言うと、一転して巧巳が大急ぎで着替えはじめた。

「忘れ物ないわねっ！」

「ないっ」

あんなに泣いていた巧巳は、もうケロッとしている。

「行ってきまーす！」

「行ってらっしゃい」

かけ出して行く二人に「危ないから走らないっ！」と、声をかける。子どもたちは、まったく聞いていない。二人して、校帽をぶんぶんと振り回している。

「はあーっ」

さっきより、さらに大きなため息が出た。まったく、朝から晩までこの調子だ。子どもたちがいると、いっときだって休まるときがない。ずっと怒鳴りっぱなしだ。早くしなさい、急ぎなさい、それだけを日々繰り返し、まくし立てている。

「ったく、朝からうるせえなあ……」

豊が、のろのろと起き出して来た。

「子どもたち、ようやく行ったのかよ。おれ、帰ってきたの、二時なんだけど。勘弁してくれよな……」

「飲んで帰ってきて、起きた早々文句言うのやめてちょうだい。わたしは、朝の四時まで仕事してたんだけど」

頭をぼりぼりと掻《か》きながら、そりゃ、ご苦労なことですな、と豊がつぶやく。

「あー、のど渇いた。お茶くれよ。お茶ないの?」

あくび交じりに言う豊に向かって、留美子は大きく息を吐き出した。

「お茶ないの?　ってなに?　あるに決まってるよね。そこに急須あります。お茶っ葉も入ってます。ポットからお湯入れるだけです。わたし今、食器を洗ってて手が泡だらけだよね?　悪いけど、ご自分でやって頂けますか?」

「なんだよその言い方。はんっ、もういいわ、シャワー浴びてくる」

「ちょっと」

留美子が手を拭《ふ》いてお茶を淹《い》れはじめたとたん、豊はそう言って行ってしまった。うんざりしたため息が出る。まだ今日ははじまったばかりだというのに、何度ため息をついただろう。

子どもたちのパジャマが、リビングに脱ぎ散らかしてある。テーブルの下は、朝食を食べ散らかしたくずだらけだ。ここのところ忙しくて、ろくに掃除機もかけていない。今日こそは掃除をしないと、と思いつつ、大きなあくびが出る。

少し寝よう。頭を働かせるには睡眠が必要だ。留美子は一時間だけ寝ることにした。


目が覚めたときは、十時半を過ぎていた。二時間半も寝てしまったことになる。留美子は顔を洗って、コンタクトレンズを装着した。出かける予定はなかったが、メガネのままだと、なんとなくだらしない気分で過ごしてしまいそうだった。

豊の姿は見えなかった。今日はオフだと言っていたのに、どこに行ったのだろう。留美子は寝る前にかけておいた、洗濯機の中身を急いでベランダに干した。いい天気だ。ここは二階だけど、日がよく当たって気持ちいい。今日は、悠宇は動物園、巧巳は水族館だ。きっとたのしい遠足だろう。

六階建てのマンション。一階は共有スペースになっているので、住居は二階からだ。値段と、子どもたちにエレベーターを使わせたくないという防犯上の理由で二階に決めたが、その選択は正しかったと、留美子は思う。こんなにうるさい男児二人が部屋中をかけ回っていたら、いくら防音になっているとはいえ、階下から毎日苦情の嵐だっただろう。

洗濯物を干し終わったあと、留美子は丁寧に掃除機をかけた。４ＬＤＫのうち、５・５畳の二部屋は子ども部屋にしてあるが、実際は今のところ、片方の部屋しか使っていない。そこに、二段ベッドと二人の学校用品を置くシェルフを置いている。

もう一方の部屋は、五月人形や扇風機、スノーボードやスキューバダイビング用品など、季節ものや普段使わないものが自然にたまっていってしまい、いつの間にか物置部屋と化している。

就学時に学習机を買おうか迷ったが、結局まだ買っていない。悠宇も巧巳も、宿題はリビングのテーブルで済ませているので、悠宇が高学年になるまではこのままでいいかなと、留美子は思っている。兄弟ゲンカばかりしているくせに、部屋を分けるのは嫌らしい。

その他は、6畳の和室と洋室だ。洋室は夫婦の寝室となっていて、セミダブルのベッドが置いてあるが、今は留美子がほとんど一人で使っている。豊は和室を仕事部屋として使っており、最近ではそちらに布団を敷いて寝ることが多い。

和室は、足の踏み場がないくらいにいろんなものが散乱している。豊はこれでも自分なりに使いやすいように配置していると言い、留美子が下手に動かすと怒るので、きちんと掃除をするのは年末くらいだ。とりあえず窓を開けて換気をし、敷きっぱなしの豊の布団を干し、畳が見えるところだけ掃除機をかけた。

リビングを片付け、掃除機をかけ終わったところで、ようやく気持ちがさっぱりした。ダイニングテーブルに着いて新聞を読みながら、子どもたちの弁当の残り物でご飯を食べる。それからひと息ついて、ノートパソコンを開いた。

自分の部屋が欲しいと思うが、物理的に無理なのであきらめている。リビングにある小さな本棚周りの一角が、留美子の仕事場だ。

留美子はブログのコメント欄をチェックしていくつか返信をし、それから今朝のドタバタ劇の一部始終を書いた。

途中でメール受信の音が鳴ったのでWindows Liveメールを開くと、件名に「好行《よしゆき》出版の成田《なりた》です」とあった。編プロ時代にとても世話になった、留美子と同い年の編集者だ。

ブログたのしく読ませてもらっています。そろそろ仕事したいんじゃないかなと思って連絡したよ、と相変わらずざっくばらんな感じで書いてあり、仕事の詳細について記してあった。

――『ハレルヤ』という働く主婦向け雑誌の、「最近のお気に入り」というコーナー。半ページの扱いで、読者アンケートでも評判いいです。これまでのライターさんが身体を壊してしまい、急きょ代役を立てることになり留美ちゃんに連絡しました。とりあえず今回受けてもらえるとして、記事の出来次第では、留美ちゃんに全面的にバトンタッチ！――

とあった。

「うそっ⁉」

思わず叫んだ。

「うれしい！　成田ちゃん、どうもありがとう！」

一人きりのリビングで、留美子は天井を見上げて大きな声で言った。大きな仕事だし、自分の名前も、世間に広く目にしてもらえる。

「絶対にこの連載、自分のものにするっ！」

留美子は続けて言い、ついでにこぶしまで振り上げた。

「最近のお気に入り」は、編集部からお題をもらい、それについてのコラムを書くというものだ。今回の依頼は、木曜二十二時からやっている『谷さん』という全十回のテレビドラマについてだ。視聴率は低いものの、四十代から五十代の女性の間でひそかに話題になっている。『谷さん』は、留美子も見ていた。ブログにも何度か書いたことがある。留美子のブログを読んでくれているという成田ちゃん。もしかしたら、それを見たうえで連絡をくれたのかもしれない。

『谷さん』は、主人公の谷雅子《たにまさこ》が所属するママさんコーラスとママさんバレーの話だ。劇的な展開もないし、ミュージカル調でもない。たんたんと話が進むなか、毎回登場人物それぞれの小さな喜びと苛立《いらだ》ちが用意されている。真面目にコーラスとバレーに取り組む主婦たちが些細《ささい》なことで一喜一憂し、滑稽《こっけい》であるのに胸が熱くなるという、ドキュメンタリーのようなドラマだ。

留美子はすぐさまお礼とともに、この仕事を喜んで引き受ける旨を成田ちゃんに返信した。締め切りは四日後だ。

成田ちゃんのメールに添付されていた過去数編の「最近のお気に入り」コラムに目を通して、ドラマ『谷さん』を一話から再度見ることにした。すでに第七話まで放送されている。録画をしていなくても、今はネットの世界でなんでも見ることができる。

パソコンで『谷さん』を見ながら、留美子は自分に運が回ってきていることを、ひしひしと感じていた。今日の明け方までやっていた仕事は、化粧品のモニターアンケートをまとめて記事にするものだったが、それはこれまで付き合いのない新規の出版社からの依頼だった。

この春、留美子は自分用の売り出しファイルを作り、いくつかの出版社に持ち込んでいた。名刺を貼り付けて、簡単な経歴と過去の仕事の記事をまとめ、ブログについても記した。

化粧品のモニターアンケートの担当者が、そのファイルを見て留美子に連絡をくれたのだった。自分の足で、仕事を獲得できた喜びは大きい。

『谷さん』の三話目までを集中して見続けたところで、新たなメール受信があった。例の化粧品のモニターアンケートの記事についての返信だった。今朝仕上げて、すでに送っていた。

——失礼な言い方ではありますが、思った以上の出来でした。引き続き、お付き合いよろしくお願いします――

と書いてあり、今後の企画内容が記載されていた。

「やだっ、うれしい！」

留美子は椅子から立ち上がって、その場で跳ねた。確実に、運が回ってきていると実感した。

南向きのベランダに設《しつら》えられた大きな窓から、きれいな青空が見える。留美子は、大きく手を伸ばして深呼吸をした。チャンスが巡ってきたのだ。この時機を逃してはならない。

「ただいま」

豊だ。

「どこに行ってたの」

留美子がたずねると、ラーメン食ってきた、と返ってきた。いろいろ言いたいことはあったけれど、留美子はくっと呑《の》み込んで、「お茶でも飲む？」と聞いてみた。

「自分で淹れるよ」

豊にそう言われ、朝の言い争いを思い出した。今朝の出来事が、遠い昔のことのように思える。

「奥さんも飲みますか」

豊が急須を掲げて言うので、うなずいた。留美子はお茶うけのあられを出し、ひさしぶりに夫婦二人で向かい合ってお茶を飲んだ。

「ねえ、聞いて。ライターの仕事が増えそうなのよ。今日また仕事もらったわ」

留美子の言葉に、豊は口をすぼめて、ほおっ、と言い、「よかったじゃん」と続けた。

「最後のチャンスだと思うから、がんばろうと思ってるの。だから、パパも協力お願いします」

「協力？」

眉をあげて問い返す豊に、留美子は少し意を決して言った。

「子どもたちの面倒や、家事を手伝ってほしいの」

そう言葉に出しつつ、「手伝ってほしい」という言い方は違う、と留美子は思う。確かにこれまでは、留美子が一人で子どもの世話や家事を担ってきた。生活に必要な収入のほうを豊に任せていたので、仕方がないと思っていた。けれどこれからは、留美子も稼ぎ手となるのだ。稼ぎ手が二分されるなら、家事や子育ても二分されるべきだ。そもそも、悠宇と巧巳は二人の子どもなのだから、子育てに関しては当然二人で担うべきなのだ。

「ああ、そうだな」

あっさりと返事をした豊を、留美子はまじまじと見つめた。軽く流されるか、茶化すような答えが返ってくるかのどちらかだと思っていた。

「ずいぶん殊勝じゃない」

「『Gold moon』の仕事、打ち切りになったんだ」

「……え？」

留美子がぽかんと問い返すと、豊はなにがおかしいんだか、はは、と笑った。

「どういうこと？」

「ほんと驚きだよ。おれの写真は古いんだとさ。時代に合ってないんだと。後釜《あとがま》は二十代の若造だそうだ」

「……いつから？」

「ちょうど契約切れたから、今月でおしまい」

どうするのよっ⁉　と、喉元まで出かかったが、留美子はすんでのところでおさえた。いちばん悔しい思いをしているのは、豊本人に違いなかった。

けれど、『Gold moon』の収入がなくなったら、我が家の家計はどうなるのだ。今すぐどうこうという状況ではないけれど、代わりの仕事を見つけてくれないと、生活が立ち行かなくなる。

「ということで、悪いな」

自嘲《じちょう》気味に笑う豊に、留美子はかける言葉が見つからなかった。下手ななぐさめは、プライドの高い豊を傷つけるだろうし、次の仕事についてはまだ言及すべきではないだろう。

「おれ、ちょっと寝るわ」

「う、うん」

椅子から立ち上がった豊から、たばこの脂《やに》とアルコールが混じったような臭いがした。ラーメンを食べに行ったのではなく、昼間から飲んでいたのかもしれない。

「あ、ごめん。布団干してたんだ。いそいで取り込むね」

「じゃあ、先にシャワー浴びるわ」

豊は言って、風呂場へ向かった。あの臭いのまま寝られたらかなわないと思い、留美子は内心ほっとする。

和室に豊の布団を用意したあと、留美子は『谷さん』の続きを見ながら、頭のなかで計算をしていた。『Gold moon』の収入がなくなったら、生活費はこれまでの半分になる。ローンもまだ残っているし、子どもたちの養育費もこれからますますかかる。

とりあえず豊には、新しい仕事を早急に取ってきてもらわなければならない。育ち盛りの二人の子どもがいるのだ。

留美子は自らも奮い立たせた。ばりばり働きたいと、切実に思った。

「ただいまあ」

巧巳が帰ってきた。もうそんな時間なのだった。

「おかえりー。遠足どうだった?」

「おもしろかったあ!」

そう言いながら、リュックのなかから菓子の空き袋やら弁当箱やらを、ぽいぽいとリビングに放り出す。汚れたフォークもカーペットの上に置いている。

「ちょっと、どこに出してるの! ちゃんと片付けて」

リュックを確認すると、弁当箱のふたをちゃんと閉めていなかったようで、ホイルやおかずの残りカス、チョコレートの包装紙までがそのままの状態で散乱していた。リュックの内側が、べたべたしている。

留美子は、ったく、とつぶやいてから、

「うがいと手洗いしておいで」

と、声をかけた。

そうこうしているうちに、悠宇も帰ってきた。リビングに仁王立ちし、リュックから腕を抜いて、芝居がかったふうに、肩からどすんと下に落とす。

「ただいまぐらい言いなさい」

悠宇は留美子を見て、にやにやしているだけだ。

「遠足たのしかった？」

「キリンのベロって超キモい！　黒くてすげえ長いんだぜ！」

男の子は見ているところが違うわと思いながら、そうなんだ、と留美子はうなずいた。

「ゾウのおしっことうんちもすごかった！　ジョーッ！　ブババババババッ！」

「そう、いい発見したわね。あっ、ちょっとやだ！　ズボンが真っ黒じゃない！　靴下も泥だらけ！　急いで洗面所行って！」

留美子の叫びもむなしく、悠宇はカーペットに大の字になる。

「悠宇！　すぐに洗面所行って！　着替え出すから！　わあっ、手も真っ黒じゃない！　一体どこでなにしてきたのよ。すぐに手を洗ってきなさい！」

言うそばから、巧巳と追いかけっこをはじめている。

「ほらっ！」

留美子は二人の手を取って、洗面所で手洗いとうがいをさせ、悠宇を着替えさせた。豊がシャワー後に使ったであろうバスタオルが、ぐじゃぐじゃのまま脱衣所に置いてあった。留美子は無言で、それを洗濯機に入れる。

豊は和室で、すでに寝ているようだ。家にいるなら、遠足から帰ってきた子どもたちに顔を見せることぐらいしてほしいと思いつつ、今日のところはそっとしておこうと思った。

「あ、洗濯物！」

留美子はベランダに出て、洗濯物を取り込んだ。日が長くなったけれど、もう夕方だ。夕飯の支度もしなければならない。

『谷さん』の続きはあきらめよう。子どもたちが寝たあとじゃないと、仕事なんてとてもじゃないけれどできやしない。留美子は名残惜しい気持ちを抱えながら、ノートパソコンを閉じた。せっかく掃除をしたリビングは、子どもたちが帰ってきた瞬間に、空き巣にでも入られたかのような散らかりようだ。いつの間にか、トミカやレゴがそこらじゅうに散乱している。

「ほらほら、少し片付けながら遊んでよ」

注意するが二人はまったく聞いていない。留美子は頭を軽く振ってから、洗濯物をたたみ、夕飯の準備をはじめた。

ライターの仕事が舞い込んできたのはうれしいが、豊の大きな仕事がひとつ減ったことは厳しかった。いいことだけではないのだ。いいことと悪いことは、いつも同時にやってくる。留美子はこれまでもいつだって、そう肝に銘じてやってきた。

けれどそれでも、ライターの仕事ができるのは、今の留美子にとってはなによりも喜ばしいことだった。ひさしぶりに気持ちが高揚していた。ようやく本来の自分に出会えたような感覚だった。そして、本格的に再始動すると決めたからには、少しの妥協もない誠実な仕事をしなければならないと、強く心に留めた。

テーブルの上に、学校からのお知らせが置いてある。連絡物は必ずここに置くようにと、勇に言ってある。勇は一年生のときから、ちゃんと言いつけを守ってくれている。急ぎのお知らせ以外のものは、こうして週末にまとめて目を通すことにしている。

手に取って見てみると、今月の予定表と献立表、それと習字セットの申込書だった。加奈は予定表にざっと目を通しクリアファイルに入れ、冷蔵庫に貼ってある先月の献立表と差し替えた。それから、習字セットの申込書を手に取る。

「習字セット、前に買《こ》うた気がするけどなあ」

加奈が首を傾げると、これは条幅用なんやて、と勇が口添えした。

「なんや、条幅て」

「書き初め用の長いやっちゃ」

「これから夏やっちゅうのに、もう書き初めの話かいな」

加奈がそう言って笑うと、

「夏休みの宿題であるんやって」

と、勇も小さく笑った。

「お母ちゃん、どれがええのかわからへんから、勇くんが◯付けてや」

条幅用の太筆と下敷きのセット。もちろんこの申込書で買わずに、他店で購入してもいいし、家にあるならそれでもいい。いろんな店を回れば、安いものも見つかるかもしれないが、ほとんどの子はこの申込書で買うだろう。

勇が鉛筆で◯を付ける。いちばん安いセット、千六百五十円だ。いちばん高価なのは三千円。高級とうたってある筆で書き、めくれにくい下敷きを使えば、上手に書けるのだろうか。そんなことはないだろう。

公立小学校とはいえ、毎月の出費は意外と多い。給食費、ＰＴＡ会費、教材費、学童保育料におやつ代……。遠足や校外学習では、またべつにお金がかかるし、サッカーチームの会費もある。

「明日のサッカーは練習だけやな。試合はないんやったな」

「うん。明日は練習だけや」

「ほな、お母ちゃん、たまには朝寝坊しよかな」

加奈が言うと、それがええ、と勇がうなずいた。勇の真面目な顔がおかしくて、加奈は声をあげて笑った。明日は日曜で、加奈の仕事は休みだ。サッカーの練習試合はないようなので、加奈が出向く必要はない。

「あっ、そうや、あとこれ。はんこ押しといて」

そう言って勇がランドセルから取り出したのは、健康手帳だった。身体測定の結果が書いてある。健康手帳は六年間使う。一年生からの記録がある。

「あらまあ、勇くん。去年から十センチも身長が伸びてるやん！　体重も七キロ増や。えらいこっちゃ」

身長百三十九センチ、体重三十二キロ。視力は両方とも1・5。身長体重とも、三年生の平均を上回っている。加奈はその数字を見て、身体中にふわあっと血が巡ったような、この瞬間、自分がまるで新品にでもなったかのような気持ちになった。

――勇はちゃんと育っている。わたしは勇をちゃんと育てている――

自分を肯定されたような誇らしい気分だった。

「虫歯もゼロやで」

勇がピースサインを作って、ニッと白い歯を見せる。

「勇くん、毎日ちゃあんと歯磨きしとるもんな。歯はほんま大事やでえ。入れ歯になったら、よう食わん」

口では冷静に言いつつ、加奈は内心さらなる喜びを噛《か》みしめていた。以前、大和田さんからもらった新聞に、貧困家庭の子どもの状態は歯に出やすいと書いてあったのを思い出したのだった。

歯磨きについて、勇にしつこく言ったことはなかったけれど、勇はいつも時間をかけて丁寧に歯磨きをしている。きちんと磨かないと気持ち悪いのだそうだ。加奈も歯には自信があるので、遺伝的なものも大きいだろうけれど、我が子の虫歯ゼロは純粋にうれしかった。

「勇くんは、ほんま親孝行やで」

加奈が言うと、勇はまたピースサインを作った。加奈はその勇の指を見て、腕を見て肘《ひじ》を見て肩を見て、本当に大きくなったなあと、しみじみと思う。健康でいてくれる勇が、なによりうれしいのだった。

ひさしぶりの寝坊は叶《かな》わなかった。昨夜コンビニの店長から連絡があって、どうしても早朝シフトに入れる人がいないので出てくれと頼まれた。加奈はふたつ返事でＯＫした。身体が疲れたら、仕事から帰ってきて昼寝をすればいい。

夜明けの時間が日に日に早くなっている。この時間、空はすでに白く明るく、空気はきれいに澄んでいる。自転車を思い切りこいで坂道を上ると、背中がじっとりと汗ばんだ。五時五十分。タイムカードを押して、普段なじみのない深夜アルバイトの若い男性と交替した。

日曜日の早朝勤務は、ずいぶんひさしぶりだった。平日は通勤、通学のお客さんが多いけれど、日曜のこの時間は、これから行楽地に出かける様子の人が多かった。

カップルや家族連れが、わいわい言いながら笑顔で飲み物やおにぎりを買っていく。加奈はそんなお客さんたちを微笑ましく眺め、勇をどこかに連れて行ってあげたいと、ふと思う。これまでは近くの公園がせいぜいで、遊園地や水族館すら行ったことはなかった。勇と二人で泊まりがけで出かけられたら、たのしいだろうなあと思う。

勇の夏休み。化粧品会社の夏期休暇に合わせて、遠出してみようか。海水浴でもいいし、動物園でもいい。そんなふうにいろいろと想像してみたら、ものすごくたのしくなって、自然と顔がにやけてしまった。

「なんや！　おでんないやないの！」

レジの前で、女性客が突然大きな声を出した。何人かのお客さんが顔を向ける。巻き髪に派手な化粧、レースのマキシ丈のワンピースにカーディガンをはおっている。

行楽に出かける人とは対照的に、朝帰りとおぼしきお客さんの姿もちらほらとある。この女性は、仕事帰りかもしれない。朝の空気のなか、首元のラメがひときわ目立っている。

「すんませんなあ、お客さん。おでんは今はやってないんやわ。ゴールデンウィークの頃に仕《し》舞《もう》たんですわ」

店長が応対する。

「うそやん。そんな前からなかった？　先週くらいに買うたと思たけどなー」

「えらい、すんませんな。次は九月ですわ」

店長の言葉に、女性は大げさにため息をつき、

「ほな、おでん作ってくれる男は売ってへんか？」

と、言った。

「えらいすんません。それも売ってへんのですわ」

店長がそう答えると、女性は「そらそやわー」と声をあげて笑った。加奈も笑顔になる。女性は、たばことサンドイッチと野菜ジュースとプリンを買い、また来るわー、と手をひらひらと振って出て行った。

彼女はこれから、一人暮らしの部屋で野菜ジュースを飲み、サンドイッチとプリンを食べるのだろうか。それから化粧を落として、午後まで眠るのだろうか。

加奈は勝手な想像をする。そして「がんばろな」と、彼女や、その他大勢の誰かに向かって心のなかで声をかける。

「いらっしゃいませ」

女性と入れ替わりに自動ドアから入ってきたのは、男女のカップルだった。酔っているのか、もつれ合うように歩いている。

男性は、女性よりだいぶ若く見えた。ダメージ加工を施したジーンズに先のとがったウエスタンブーツ。白抜きでアラビア文字のようなものが描いてある黒いTシャツ。首元にはシルバーの太いネックレスがいくつか巻いてある。指輪やピアスも大ぶりでごついものだ。

女性は、薄手の生地の花柄ワンピースを着ていた。丈が短いので、歩くたびに白い腿《もも》があらわになる。大笑いしながら、男にしなだれかかるように通路を歩く。ゆるくパーマをかけた長い髪が前後に揺れる。

女性が、お菓子を選んでいた子どもにぶつかりそうになって、母親が慌てて子どもの手を引っ張った。夜の雰囲気を引きずったままの騒がしい二人を、他の客が迷惑そうに見ている。

女性が手を叩《たた》いて笑い、長い髪をかき上げたとき、あれ？　と加奈は思った。どこかで見たことのある顔だった。少しの間考えて、ああ、と思い出した。勇と同じクラスのお母さんだ。

三年生に進級したときの懇談会で見かけた。簡単な自己紹介をした際、きれいな人だなあと思い、印象に残っていた。

名前はなんと言っただろうか。福山《ふくやま》さん、山岡《やまおか》さん……？　いや、ぜんぜん違う名前かもしれない。なんて記憶力が悪いのだろうと思いつつ、加奈は、勇の学校関係についてまったく知らない自分に呆《あき》れた。

一年生の頃は、勇に学校やクラスの様子をよくたずねていたが、最近はそういうことをしていなかった。それは中学年になって、心配や不安が減ったというのもあるけれど、忙しさを理由に、子ども任せにしているだけかもしれなかった。

身体は大きいけれど、まだ三年生なのだ。仕事だからと言い訳しないで、もっとちゃんと向き合わなくてはいけない。勇のために働いているのに、これでは本末転倒だ。

今年から制度が変わって六年生まで対応してくれるそうだが、いつまでも学童に行かせるのはかわいそうな気もしている。来年は四年生だ。放課後は、自由に友達と遊びたいだろう。そのときのことも考えて、勇の仲のいい友達の名前ぐらいは頭に入れておかなければと、加奈は思った。

腰につけたチェーンをじゃらじゃらさせながら、男性が加奈のレジの前にカゴを置いた。缶コーヒーと発泡酒、焼肉弁当、中華丼、チョコレート、それと生理用ナプキンがカゴに入っている。

「あとセブンスター三つ」

はい、と加奈は返事をして、後ろの棚からたばこを取り出す。

女性は男の腰に手をかけたまま、レジ前にあるいちご大福を手に取って眺めている。

「お会計、三千四百六十二円です」

加奈が言って、男が財布を取り出したところで、

「ちょっと待ってえ。これも買うて。ダイエット中やけど、ええやんなー」

と、女性がいちご大福をレジに置く。そのとき、ふいに女性と目が合った。マスカラがにじんでいるのか、目のまわりが黒くふちどられている。

「お会計変わりまして、三千六百三十円になります」

男が金を出す。女性は、加奈には気付かなかったようだ。授業参観やPTA活動など、加奈はほとんど学校に顔を出していなかったので、おそらく覚えていないのだろう。

「四千円お預かりします。三百七十円のお返しです」

男は釣り銭をそのままジーンズの後ろポケットに入れ、女性の肩をぐいとつかんで出て行った。

「ありがとうございました」

来たときと同じように、もつれ合うように出ていく二人を、加奈はしずかに見送った。


目を覚ますと、時計の針は五時を指していた。一瞬、今が朝の五時なのか夕方の五時なのかわからなくなる。窓の外に目をやるも、その明るさが朝のものなのか、夕方のものなのか判断がつきかねた。

加奈は台所で水道水を飲んで、バシャバシャと顔を洗った。勇の姿はなかった。頭のなかが少しずつクリアになっていく。勇はサッカーの練習に行ったのだ。ということは、今は夕方の五時。勇は一時過ぎに出かけて行き、加奈は二時頃に布団に横になった。三十分のつもりが、

三時間も寝てしまったことになる。

六時には勇が帰ってくる。洗濯物を取り込んで、掃除機をかけなければ。加奈は腕を大きく伸ばし、大きく息を吸って吐き出した。

サッカーの練習を終え、勇が帰宅したのは六時を過ぎた頃だった。

「ただいま」

と言った声が、心なしかはずんでいる。

「なんや、なんかいいことあったんか」

加奈がたずねると、「シュート決まってん」と、ぼそっと返ってきた。

「すごいやん！」

勇は唇を結んでいるが、目尻《めじり》が下がって頬が持ち上がっている。口数の少ない子だけれど、喜びを噛みしめているのだとわかる。

「キーパー、五年生やってんけど、おれだけシュートが入ったんや」

「そらまたすごいなあ。勇くん、かっこええなあ」

勇が目を輝かせている。相当うれしかったに違いない。加奈もうきうきとうれしくなる。

「お母ちゃん、運動苦手やったから、勇くんのこと、ほんま誇らしいわ」

勇が人差し指で、鼻の頭をこする。照れたときの勇の癖だ。

「おかん、いらん布ある？　サッカーボールとスパイク拭きたいねん」

「ぎょうさん、あるで」

サイズが合わなくなって勇が着られなくなった服を、加奈ははさみで切ってウエスにしている。加奈が渡すと、勇はサッカーボールとスパイクを抱えて外に出た。大事に使う姿がいじらしい。

夕飯の支度をしようと冷蔵庫のなかを確認したら、ほとんどからっぽだった。午前中に買い物に行き損ねていたことを、加奈は思い出した。

「ちょっと買い物行ってくるわ。勇くん、留守番しといてや。家に入ったら、必ず鍵《かぎ》閉めるんやで」

アパートの前の石段に座って、スパイクの汚れを落としている勇に声をかけた。勇が手を軽くあげる。

六月。六時半でもまだ空は明るかった。そろそろ梅雨入りだろう。暮れてゆきつつある西の空を眺めながら、七時からはお惣菜《そうざい》が割引になるなあ、と加奈は思う。でもそれまで待っているのも疲れる。お腹を空《す》かせている勇を思い、加奈は自転車をこぐ足に力を入れた。

スーパーに着くと、鶏《とり》もも肉が特売で百グラム六十八円だった。キャベツも九十八円とお買い得だ。タイムサービスで卵が一パック百円で、それもタイミングよく手に入れることができた。今日はラッキーやわあ、と加奈はつぶやいて、浮いたお金でファミリーパックのアイスを買うことにした。勇の大好きなソーダキャンディだ。

スーパーからの帰り道。ようやく空が薄闇になってきた。どこかでカラスが鳴いている。加奈はふいに、心もとない気持ちになる。幼いときから、夕暮れどきになると、なぜか心がざわめいた。帰る場所がないような、でも帰りたいような、けれど帰った先は自分の居場所ではないような、ちぐはぐな気分。

最近は忙しくて、夕暮れどきの空を見てもなんとも思わなかったけれど、なんだか今日はやけに切なかった。早く勇に会いたかった。さっきまで一緒にいたのにへんな感情だ。加奈は無理やり笑ってみる。おかしいから笑うのではなく、笑うからたのしくなるのだと、どこかで聞いて以来、加奈は意識して笑うことにしている。

アパートに着いて自転車を置いた。エコバッグを持ち、いつものようにアパートの玄関に鍵を差し込もうとしたところで、息が止まった。

なかから男の声が聞こえたのだ。ノブに手をかけると、ドアがすうっと開いた。鼓動が速まる。三和土《たたき》に男物の大きなスニーカーがあった。入ってすぐの台所には誰もいない。

「いややっ、勇くんっ！」

加奈は悲鳴のように叫び、奥の和室に飛び込んだ。男が背を向けて座っている。

「あんた誰やっ！　勇！　どこやっ！　勇っ！」

加奈の声に、勇が驚いたように立ち上がる。男の陰にいたらしい。

「なに、慌ててんねん」

男が振り向いた。

「え……？」

「よお、姉ちゃん」

座椅子に座って、加奈に手を挙げたのは弟の正樹だった。

「ひさしぶりやな、姉ちゃん。元気やったか」

「……正樹、あんたやったの！　なんや、もうっ！」

大きな声で言ったわりに膝《ひざ》の力が抜け、加奈はその場にへなへなとへたり込んだ。

「おかん、靴」

勇が加奈の足元を指さす。加奈は、靴を履いたままだった。無我夢中で、まったく気が付かなかった。

「驚かせてもうたな。悪い悪い。堪忍やでえ、姉ちゃん」

「ほんまや！　知らん男の声が聞こえたから、勇くんになんかあったかと思て……」

と言うそばから声が詰まった。正樹と勇が目を丸くして加奈を見る。こらえる間もなく涙があふれた。そんな自分に、加奈自身がひどく驚いていた。

「ごめんな、おかん……」

勇がそばに来て言い、加奈の靴を玄関に置いてきてくれる。

「なんや、姉ちゃん。そないなことで泣くなや」

「うっさいわ、ボケえ。あんたのせいやんか」

加奈は目をこすって立ち上がった。心臓がまだどきどきしていた。勇の身になにか起こったと考えただけで、死ぬほどの恐怖を感じた。

「おかん、卵割れてる」

勇が買い物袋を掲げる。あまりに慌てていて、エコバッグを玄関の外に落としたらしかった。見れば卵パックのなかで、黄身が泳いでいた。

「あらあ、卵全滅や。今日の夕飯はオムライスかー」

勇が小さな声で、やったあ、と言う。オムライスは勇の大好物だ。ちょうど鶏肉も買ったことだし、今日の夕飯はケチャップ味のチキンライスにしようと決めた。

「アイス買うてきたんやった。早《はよ》う仕舞わんと溶けてまう」

加奈は急いでアイスを冷凍庫に入れた。ようやく鼓動が落ち着いてくる。

「正樹、あんたも食べてくやろ？」

「おおきに。たのんます」

「それにしても、あんたどないしたんや、急に帰ってきて」

加奈がたずねると、「今日はなんの日や」と、正樹は逆に質問をよこした。

「はあ？　なんの日でもあらへん」

加奈が答えると、正樹は大げさにため息をついた。

「今日、六月四日やで」

勇が言う。

「ムシの日かいな」

そう言いながら冷蔵庫を開けたら、冷蔵庫いっぱいの大きなケーキの箱が目に飛び込んできた。

「なんやこれ」

と、つぶやいたところで、加奈は今日が自分の誕生日だったことを思い出した。

「姉ちゃん、ほんま大丈夫かいな。自分の誕生日も忘れてもうて！」

正樹が笑う。

「まさ兄が買うてきてくれたんや。オムライスのあとで食べよ」

勇がうれしそうに笑顔を向ける。

「ややわ、おおきに。ありがとさん」

本当にすっかり忘れていた。去年もおとしも忘れていた。誕生日をだいぶ過ぎた頃に、そういえばそうだったと、思い出す程度だった。

「姉ちゃん、三十一歳やなあ」

「そうや。立派なおばちゃんやでえ。あんたも立派なおっさんやけどな」

そう言って二人で笑い合う。正樹は加奈より三つ年下だが、日に焼けて無精髭《ぶしょうひげ》を生やした姿は、加奈より年かさに見えるかもしれない。

仲のよい姉弟《きょうだい》だと、加奈は思う。正樹は学校の勉強こそできなかったけれど、素直で明るく、憎めない弟だった。幼い頃から、母が仕事に行っている長い時間を二人きりで過ごしていたので、強い絆《きずな》のようなものを加奈は感じている。おそらく正樹も同じだろう。お調子者で陽気な弟。

加奈の離婚の理由を聞いたとき、正樹は元夫の英明に激しく怒った。一発殴らないと気が済まないと言う正樹を、落ち着かせるのは大変だった。

加奈はオムライスと味噌汁《みそしる》を手早く作り、台所のテーブルに並べた。

「できたでえ。勇くん、椅子持ってきてや」

3DKのアパート。玄関を入ってすぐに板張りの台所があり、奥の6畳の和室にテレビやタンスやらを置いている。その隣の4・5畳の和室は勇の部屋だ。リサイクルショップでそろえた学習机と本棚、パイプベッドが所狭しと並べてある。

勇が自分の部屋からパイプ椅子を持ってきてくれ、二人用のテーブルセットに三つの椅子が並んだ。正樹は身体が大きいので窮屈そうだ。

「ひさしぶりに姉ちゃんのオムライス食べたわ。やっぱうまいなあ」

あっという間に、オムライスを平らげた正樹が言う。

「もっと作るか?」

加奈の言葉に、ケーキがあるからいらん、と正樹は首を振った。

「そらそうと、正樹。あんた、仕事どないしたんや」

正樹は高校を卒業して、鹿児島にある建設会社に就職していた。

「辞めてもうた」

「なんでえ？　どないするん」

「まあ、いろいろあってん」

言い募りたいことはあったけれど、ひさしぶりに会った弟にガミガミ言っても仕方ない。

「正樹。お母ちゃんとこ、顔出したか？」

「いや、まだや。先に勇に会いとうてな。ちょうど姉ちゃんの誕生日やったし」

正樹は勇のことをとてもかわいがっている。毎年正月に帰ってきては、勇にお年玉をやり、あちこち遊びに連れて行ってくれる。勇も正樹のことが大好きだ。叔父というより、兄のように慕っている。

「ほな、ケーキ食べよか」

勇と加奈が食事を終えたところで、正樹が冷蔵庫からケーキを取り出した。

「こんな大きなケーキ、どうするん」

そう言いながらも、ひさしぶりに目にしたホールケーキに、加奈の心は躍っていた。勇も感嘆の声をあげる。勇の誕生日はいつも、切り分けられた小さいケーキだ。

黄色いスポンジに真っ白い生クリーム、真っ赤ないちご。なんて幸せな色取りだろうと、加奈は思う。大きなろうそく三本と小さなろうそく一本を正樹が立てて、ライターで火を点《つ》ける。

「勇、電気消してや」

ぱちん、と勇がスイッチを押すと、オレンジ色のろうそくの炎が、ぼおっと浮かんで揺れた。

「ハッピーバースデーの歌や。勇、歌え」

勇はもじもじしていたが、正樹がハッピーバースデートゥユー、と景気よく歌い出したら、一緒になって歌いはじめた。加奈も大きな声でならう。

「せーのっ」

で、ろうそくの炎を吹き消した。炎の余韻と煙が、藍《あい》色の闇にゆるやかな軌跡を描く。

「姉ちゃん、おめでとさん」

「誕生日おめでとう、おかん」

勇が電気を点けて、正樹がケーキを切り分けてくれた。

「ほんま、おおきに。こんなうれしい誕生日あらへん」

いちごのケーキは甘くてやわらかくて、ものすごくおいしかった。


夫の機嫌は悪かった。さっきからあすみがなにか話しかけても、ああ、とか、うん、だけでおしまいなので会話が続かない。ワイパーが、ぶつかってくる雨をかき分けて、なめらかな波をフロントガラスに作る。もしかして梅雨入りしたかもしれないと、あすみは思う。

太一は、昨夜の話に苛立っているに違いなかった。優がレオンくんに暴力をふるっていると、レオンくんママから電話があった件だ。

そうだとしたら、夫は誰に苛立っているのだろうかとあすみは考える。電話をかけてきたレオンくんママにだろうか。優の名前を出したレオンくんにだろうか。子どもの友達関係に、目を行き届かせていないわたしにだろうか。それとも、レオンくんに手を上げたかもしれない優にだろうか。

「行ってらっしゃい、たいちゃん。雨だから気を付けてね」

駅のロータリーに着いてあすみが言うと、

「優のことだけど」

と、いきなりあすみに向き直って口を開いた。

「あーちゃんさ、まずは優に事実関係をはっきり聞いてみてよ。優がそんなことするはずないんだから」

と、早口で怒ったように言う。不機嫌だったのは苛立っていたわけではなく、太一は太一なりに、優のことを心配していたのだ。

「どうもありがとう、たいちゃん。うん、そうだね、ちゃんと優に聞いてみるね」

太一は小さくうなずいてから、いつも通りに右手人差し指であすみの頬をなぞった。

「行ってきます」

「行ってらっしゃい」

太一の後ろ姿を笑顔で見送り、あすみは家へと戻った。

家に着いて、あすみが手を洗ってエプロンをつけたところで、優が起き出してきた。

「あら、めずらしいわね。自分から起きてくるなんて。おはよう、優」

おはよう、とあくび交じりの挨拶《あいさつ》が返ってくる。寝癖で髪がはねている。

「そろそろ美容院に行かなくちゃね。先に顔洗ってきなさいね。ご飯支度しておくから」

あすみは茶碗にご飯をよそおうとして、急きょおにぎりに変更した。朝はおにぎりにしたほうが、よく食べてくれる。手に塩をつけ、ふりかけをまぶして海苔《のり》で巻く。豆腐としめじの味噌汁と昨夜の残りの竜田揚げと筑前煮《ちくぜんに》。

優が着席したところで、あすみも席に着く。

「優、学校どう？　たのしい？」

「うん」

「優は、クラスではレオンくんといちばん仲がいいんだっけ」

「いろんな友達と仲いいよ」

「最近よくレオンくんちに遊びに行ってるじゃない。レオンくんちでは、なにして遊ぶの？」

「いろいろだよ」

面倒くさそうに優が答える。

「レオンくんのママに会ったことある？」

「ないよ。いつも仕事だもん」

あすみは笑顔でうなずきながら、今聞くべきか、それとも学校から帰ってきてから聞くべきか迷った。でももしかしたら、午前中にレオンくんママから電話がかかってくるかもしれなかった。まだ聞いていないと言ったら、昨日以上に怒りを爆発させることだろう。

「レオンくんて、どんな子？　運動得意？」

「なにそれ。なんでそんなこと聞くの？」

ごちそうさま、と言って、優が席を立つ。今しかない。今聞くのだ。

「優っ、ちょっと待って」

思いがけず大きな声が出てしまい、あすみは自分がひどく緊張していることに気付く。優が怪訝《けげん》そうな顔つきで、あすみを見た。

「あのね、優。優がレオンくんに手を上げてるって聞いたの」

優の目が瞬時に見開く。

「誰から？　誰からそんな話聞いたの？」

「ねえ、本当なの？　優は、レオンくんをぶったり蹴ったりしたことあるの？」

優はあすみから目を離さない。

「ねえ、優……」

「誰が言ったんだよっ、そんなこと！」

優は強い瞳《ひとみ》であすみをにらみ、どんっ、とテーブルに両手をついた。驚いた。優のそんな行動を見たのははじめてだった。

「……優」

優の肩に手を置いた。細くて薄くて、力をこめたら折れてしまいそうな肩だ。

「そんなことするわけないだろっ」

優が叫んで、あすみの手を振り払う。

「してないのね？」

「してないっ！　してないっ！」

優は怒るように言って、二階にかけ上がっていった。

あすみはほうっ、と息を吐き出し、それから意識して深呼吸をした。優がそんなことをするわけないのだ。あんな細い身体で、どうしてレオンくんに手を上げられるというのか。レオンくんのほうが背も高いし、あきらかに体重もある。

優が二階から下りてきた。学帽を目深にかぶっている。

「優、ごめんね」

あすみを無視して玄関に向かう。

「ママは、優のこと信じてるからね」

見れば優が目をごしごしとこすっている。泣いているのだった。あすみは、思わず優を抱きしめた。

「ごめんね、優。ママはちゃんとわかってる。優はそんなことしないって知ってる。へんなこと聞いてごめんね」

わーん、と優が声をあげる。その声を聞いたら、こらえきれなくなって、あすみの頬にも涙がつたった。

「ごめんね、ごめんね」

あすみはそう言って優を抱きしめながら、涙を拭いてやった。

「優、元気よく学校に行こうね。今日もきっとたのしいよ」

こくんと、優がうなずく。

「行ってらっしゃい、優」

「うん、行ってきます」

赤い目をしたまま、優が手を振る。いじらしいその姿を見たら、あすみの目に再度涙がたまった。

すでにあすみは、ひどく後悔していた。大事な我が子を疑ってしまったのだ。いくらレオンくんママから電話がかかってきたからって、それを鵜呑《うの》みにして、優に問いただすようなことをしてしまった。優はきっと傷ついたに違いない。

「ごめんね、ごめんね、優。大好きな優……」

あすみは涙を流しながら、何度も何度も優に謝った。


午前十時になったところで、あすみはレオンくんママに電話を入れた。優はやっていない、と伝えたところで、信じてくれるわけはないだろうと思う。レオンくんはやられた側なのだ。すんなり納得してくれるとは思えない。

でも、それでも、まずは優の言葉を伝えなければならないと、あすみは思った。その後の対応は、先生を交えて進めていこうと考えた。

あすみは緊張しながら、コール音を聞いていた。

「もしもし竹内です」

「あっ、もしもし」

と口にしてから、それが留守電であることに気が付いた。レオンくんママ本人の声の留守電応答メッセージだった。あすみは自分の名前を名乗り、また改めてかけ直しますと入れた。留守電ではなく、レオンくんママと直接話したほうがいいだろうと思った。

気分的にまったく落ち着かなかったが、優の口から真実を聞いたことで、あすみのなかの迷いや不安は消えていた。あとは自分が優を守るしかないのだ。

お昼に再度、レオンくんママに電話を入れ、もしよろしかったらお電話ください、とメッセージを残した。

もしかしてレオンくんママは、携帯を見られない環境にいるのかもしれない。レオンくんママはどこに勤めているのだろうか。もしかしたら、休憩時間にかかってくる可能性もある。

家事をしながらも、あすみは気が気じゃなく、スマホを肌身離さず持ち歩いた。買い物に行きたかったが、レオンくんママからの電話を考えると、出かけることもできなかった。

けれど結局、レオンくんママから電話はかかってこず、そうこうしているうちに優が帰ってきた。

「ただいまあ」

「おかえり、優」

どんな様子だろうと心配していたけれど、優はいつもと変わりなかった。あすみは、ほっと胸をなでおろす。

「優の好きなクッキー作ったのよ」

「かたいやつ？　チョコ入ってる？」

あすみがうなずくと、「やったあ」と喜んだ。

「今日、これからレオンが来るよ」

「えっ？」

「レオンと遊ぶ約束したんだ。もう少ししたらうちに来るからね」

優はそう言って、二階にすたすたと上がっていった。

レオンくんが遊びに来る？　レオンくんママは、知っているのだろうか。もしかして優は朝のことが気になって、その誤解を解くために、わたしを安心させるために、レオンくんとうちで遊ぶ約束をしたのだろうか。

気がかりなことはいろいろあったが、これは逆にいいことかもしれないと、あすみは考えた。

レオンくんの家に遊びに行くよりは、自分の目の届くところで遊んでもらいたい。そもそも、あすみはレオンくんのことをよく知らない。ちゃんと自分の目で見て、どんな子なのか確かめたい。

あすみは慌てて洗濯物を取り込んで、すばやく畳んで箪笥《たんす》に仕舞った。

ピンポーン　ピンポーン

インターホンが鳴る。

「レオンだ！」

あすみより先に、優が玄関に飛び出していく。入って、という優の声。あすみが出迎えると、レオンくんは三和土に突っ立っていた。

「こんにちは、レオンくん。いらっしゃい。どうぞ」

レオンくんはぺこんと頭を下げてから、スニーカーを脱いだ。優よりかなり大きい。髪を染めているのだろうか。生まれつきのものとは思えない明るい栗色で、襟足を伸ばしていた。黒いドクロのTシャツにデニム地のハーフパンツ。後ろのポケット部分に、星形の銀色のスタッズがたくさんついている。

レオンくんが着ているものとは違うけれど、ドクロ柄のTシャツは優もお気に入りだ。このくらいの歳の男の子は、こういうちょっととんがったイラストが好きらしい。

「ぼくの部屋で遊ぼう」

優が、レオンくんを二階に誘う。レオンくんはもじもじしている。

「おやつを食べてからにすれば？　レオンくん、クッキー好き？」

あすみがたずねると、レオンくんは小さくうなずいた。リビングのテーブルに着くように促すと、二人とも素直に座った。

チョコチップクッキーとオレンジジュースを出す。あすみも一緒に席に着いた。

「ねえ、レオンくん。レオンくんちのお母さん、今日おうちにいる？」

レオンくんがあやふやにうなずく。

「今日、ここに遊びに来ることは知ってる？」

そうたずねると、今度ははっきりと首を横に振った。

「心配すると思うから、一応電話しておこうか」

あすみが言うと、「寝てるから」と返ってきた。

「寝てる？」

「あ、でも、もう仕事に行ったと思う」

あすみは「そうなんだね」とうなずきながら、留守電は聞いてくれただろうかと思った。レオンくんの家の、普段の生活スタイルがよくわからない。

「どう、クッキー？　おいしい？」

優に聞くと優はうなずき、レオンくんも「おいしいです」と答えた。

もっとやんちゃな子を想像していたけれど、レオンくんはどちらかというとおとなしいタイプのようだった。それとも、はじめて訪れる家で緊張しているのだろうか。

レオンくんママは、背中や腿につねられた痕やアザがあると言っていたけれど、服を着ているので確認はできない。

「レオンくんはお兄ちゃんと妹さんがいるのよね。兄妹《きょうだい》がいるとたのしいでしょう」

レオンくんがまた、首を傾げるようなあやふやなしぐさをする。

「ごめんね。そんなこと聞かれたって答えづらいわよね」

レオンくんは、ぽりぽりとクッキーをかじっている。

「ねえ、優とレオンくんは、クラスでいちばんの仲よしなの？」

あすみの質問に、優とレオンくんが同時に顔を上げる。それから二人で顔を見合わす。

「だよね、レオン」

と優が言い、レオンくんが小さくうなずく。

あすみは心配になってきた。二人の様子からして、主導権を握っているのは、どちらかというと優のほうに見えた。レオンくんは、外見こそやんちゃに見えるが、友達に対して無理強いをしたり乱暴をしたりはしない気がした。

「二階行こうよ。レオン、３ＤＳ持ってきた？」

「うん」

「クッキー、二階に持っていってもいい？」

あすみはうなずいて、あとで持っていくわ、と請け合った。

二人が二階に上がったあとで、あすみはレオンくんママに再度、電話をした。また留守電だった。レオンくんが言うように、仕事に行っているのかもしれない。とりあえず、現状報告をしようと思い、レオンくんが今、家に遊びに来ていることを留守電に残しておいた。

それから、あすみはお盆にジュースとクッキーを載せて、足音をしのばせながら二階へ上がった。優の部屋のドアは少し開いていた。あすみは廊下に立って、耳をそばだてた。二人で３ＤＳをやっているようで、にぎやかなゲーム音が聞こえる。その合間に二人の笑い声。会話もゲームの内容についてのことばかりで、特に気になるようなことはなかった。

ドアをノックしてなかに入り、机の上にお盆を置いた。二人とも、あすみが入ってきたことを気に留める様子もなく、ゲーム機に目を向けたままだ。

「仲よく遊んでね」

と、あすみがちょっと大きな声で言うと、優が顔を上げて「うん」とうなずいた。レオンくんはゲーム機に目をやったままだった。部屋に入ったときよりも、もう少しドアを開けた状態にして、あすみは階下に下りた。

コーヒーを淹れ、身体を投げ出すようにソファーに腰かける。あすみは、自分の心がとても落ち着いているのを感じていた。昨夜からの懸念のほとんどは霧散していた。

安心するのはまだ早いかもしれないけれど、今の二人を見ている限り、大丈夫なような気がした。レオンくんがどういうつもりで、優に暴力を振るわれたと言ったのかはわからなかったけれど、優は手を上げていないと言うし、あすみとしてはそれを信じるしかないのだ。

そして改めて、あすみは我が子を誇らしく、いとおしく感じた。今日の朝、レオンくんへの暴力を疑われたばかりだというのに、同じ日にその張本人であるレオンくんを呼んで一緒に遊ぶなんて、ふつうだったらできないと思うのだ。優は本当にやさしくて思いやりがあると、あすみはこれまで以上に感じ、少しでも疑ってしまった自分を情けなく思った。


レオンくんママから電話があったのは、夜の十一時近かった。電話がかかってきたとき、すぐに気付けるように音量を最大にしていたため、テーブルの上に置いてあったスマホの突然の大音量に、ビールを飲んでいた太一の肩がびくっと持ち上がった。

あすみは急いでキッチンカウンターから出て、スマホを手に取った。レオンくんママ、と表示が出ている。

「もしもし」

「あー、優くんママ？　あたし、竹内。レオンママです」

声の調子が明るかった。

「こんばんは、石橋です」

「なんか、たくさん電話もらっちゃってごめんねー。遅くなっちゃったけど、今大丈夫？」

「はい、あの、今日……」

「あーっ、今日でしょう！　優くんちに遊びに行ったんだってねー。留守電聞いたし、レオンからも聞いた。クッキーがおいしかったって言ってたよ。ありがとねー」

「あっ、いえ……」

「でさ、昨日の件、優くんに聞いてくれた？」

あすみは呼吸を整えた。

「はい、優に今朝、聞きました。優は、レオンくんのことが大好きなので、そんなことはしていないと言ってました。けれど、たとえ優にそのつもりがなくても、レオンくんが嫌な思いをしているのは事実だと思うので……」

「やっぱりねー」

あすみが言い終わらないうちに、レオンくんママが口を挟む。

「はい？」

「ほら、昨日の今日なのに、レオンが優くんと遊んでるから、なんかおかしいなあと思ってさ。うちも、もう一回レオンに聞いてみたんだよね。本当に優くんにやられたの？　って」

レオンくんママの口調はやけに軽かった。飲んでいるのだろうか。

「そしたら、やった相手は優くんじゃないって言うの」

「え？」

「嘘ついたって言うんだよ。ほんっと、ごめんね！」

とっさに思考がついていかない。

「優じゃなかったんですか……」

「うん、そうなのよ」

あすみは立ったままで話していたが、膝の力が抜けて椅子にくずおれた。太一が眉根をしかめて、あすみを見る。

「レオンも反省してるから許してやってよ。嘘つくなって、一発ぶんなぐっておいたから」

あいた口がふさがらない。自然と大きなため息が漏れた。

このまま引き下がるのは納得いかなかったが、ここでむきになっても仕方ない。優が暴力を振るったのではないことがわかっただけでも、よしとしようと思った。

「でも優くんじゃなくて、ほんとよかったよねー」

レオンくんママが陽気に言う。

「はい？」

「だってさ、自分の子どもが友達に暴力振るうなんて、終わってるじゃん」

呆気《あっけ》にとられた。なんという言い方だろうか。失礼すぎやしないか。こちらに非はないのだ。

「やだ、ごめん。へんな意味じゃなくってさー。ほら、レオンと優くん、仲いいから。こんなことで仲違《なかたが》いしたらつまらないじゃんね」

「結局、レオンくんが誰かに手を上げられていたっていうのは、嘘だったんですか？」

腹立たしくなり、あすみはそう聞いてみた。

「嘘じゃないっ！　レオン、他の子にやられてたんだよ！」

他の子にやられたことを、優のせいにしたというのか。日中遊びに来たときの態度を見て、あすみはレオンくんのことを好もしく思ったけれど、今こうして聞くと、やはり許せなかった。嘘をつくなんて、最低ではないか。

「ねえ、優くんママ、誰にも言わないでくれる？」

あすみはなにも答えなかったが、そんな態度も気にならない様子で、レオンくんママは続けた。

「あたし、レオンに問いただしたの。本当は誰にやられたのって。実際つねられた痕や、アザがあるんだもん。最初はさ、ぜんぜん口を割らなかったんだけど……、ねえ、犯人は誰だと思う？」

「……さあ」

「絶対誰にも言わないでね。あのね、レオンに手を上げた犯人はね……」

レオンくんママはもったいぶって、芝居がかった様子で間をとった。

「宇野光一だったの！　驚きじゃない!?」

宇野光一くんの名前に、さして驚きはなかった。むしろ、呼び捨てにしたレオンくんママのほうに、あすみは驚いていた。きっとこの人は、陰で優のことも呼び捨てにしているに違いない。

「ほら、宇野光一って、もともとちょっとおかしいけどさ。でもだからって、暴力はいけないよね。とりあえず、先生に言おうと思ってるんだ」

「そうですか」

レオンくんママは、それから宇野光一くんの悪口をさんざん並べ立て、電話を切った。

通話終了ボタンを押したとたん、あすみはダイニングテーブルの上に突っ伏した。

「なによ？　なんだって？」

片眉をあげて、太一がたずねてくる。今日の太一の帰宅は、いつもより早かった。今日の出来事のあれこれは、すでに伝えてある。

あすみは、今の電話の内容について話した。まったくばかばかしかった。

「訴えてもいいレベルの、バカ親だな」

赤い顔で太一が言う。アルコールが入るとすぐに顔と首が赤くなる。

「優がやるわけないんだ」

太一が続ける。あすみもうなずいた。

「とんだとばっちりだな。レオンくんとはもう遊ばせないほうがいいんじゃないか？」

「でも、優はレオンくんのこと好きなのよ」

あすみが言うと、太一は、

「そんなの、いっときだけだよ」

と、首を振った。確かにそうかもしれない。レオンくんと遊ぶのは三年生のときだけかもしれないし、もしかしたら夏休み明けには、もう一緒に遊んでいないかもしれない。でも子どもというのは、その「いっとき」が大事なのだとも、あすみは思う。

それにしてもレオンくんは、なんで優にやられたなんて言ったのだろう。さっきはそのことがとても腹立たしかったけれど、落ち着いて考えてみると、もしかしたらそれはレオンくんのやさしさなのかもしれなかった。

クラスメイトとはちょっと毛色の違う光一くんを守ろうとして、とっさに仲のいい優の名前を出してしまったのかもしれない。優が傷ついたことを思うと許しがたいけれど、子どものやることだから仕方がないとも思えた。

「でもさ、ほんっといろんな親がいるよな。やっぱり、私立の中学行かせたほうがいいんじゃないか」

太一の言葉に、あすみは大きくうなずいた。

いろんな友達と過ごすことはもちろん大事だけれど、思春期でますますむずかしくなっていく中学時代、優への悪影響となるものは極力排除していきたい。素行の悪いクラスメイトが、優にいい影響を与えられるわけがないのだ。優にはやはり、学力や家庭の経済状況などが、一定レベル以上の友人たちのなかで過ごしてもらいたいと、あすみは思う。親の意識だって、格段に高いはずだ。

日付がそろそろ変わる時刻だった。レオンくんママからの電話を待っていて、風呂もまだだ。あすみは大きく伸びをして、今日はとっておきの薔薇《ばら》の香りの入浴剤を入れようと思った。手足を伸ばして、ゆっくり湯船に浸《つ》かりたかった。


翌日は、優の塾の日だった。クラス分けテストでは、上のクラスに入ることができ、学校の授業よりもかなり先をいった内容の問題に挑戦しているようだった。まだはじめたばかりだけど、先日受けた模試でもかなり上位の成績で、あすみは我が子が頼もしかった。

土曜日。朝からレオンくんが遊びに来た。太一はゴルフで不在だった。レオンくんは相変わらずおとなしく、二階で二人でしずかに遊んでいた。お昼になっていったん家に帰り、そのあとまた遊びに来た。優はレオンくんは、あすみが作ったカップケーキを、おいしいと言って三つも食べてくれた。優はレオンくんと遊べることがうれしいようで、終始機嫌がよかった。

日曜日は、家族三人でサファリパークへ行った。ホワイトタイガーの赤ちゃんが生まれたということで、抱っこさせてもらい、記念写真を撮った。

月曜日、優はスイミングへ行き、火曜日はあすみの習字教室があった。お教室前に菜々とランチをし、あすみはレオンくんの一件について話した。少し時間が経っていることもあり、おもしろおかしく脚色して話すことができた。

菜々はおおいに笑ってくれたけど、

「あすみちゃん、大変だったね。お疲れさま」

と、最後は真面目な顔で言ってくれ、すんでのところで泣きそうになった。わざと軽く話したけれど、菜々は、あすみの苦悩をきちんとわかってくれていたのだ。

習字教室から帰宅して、庭を見ながら丁寧に淹れた紅茶を飲んでいるとき、電話が鳴った。スマホの画面には、レオンくんママ、とあった。

もしもし、とあすみが出た瞬間、

「この悪魔っ!」

と、いきなり叫ばれた。

「あんた、一体どういうしつけしてんのよっ! あんたんとこの子ども、悪魔じゃんっ!」

すさまじい怒鳴り声が耳をつんざく。

「いきなりなんですか。どうかしたんですか」

「ふざけんじゃないわよ！　レオン、またやられたのよ！」

あすみは、レオンくんママの言っている意味がわからなかった。なぜ、自分のところにかけてくるのか。

「だって、優がやったんじゃないんですよね」

「あんたんとこの子どもがやったのよ！　全部、石橋優が仕組んだことだったの！　あんた、親のくせになんにも知らなかったの!?　宇野光一は、石橋優に命令されて、レオンに暴力振るってたのよ！　信じられないっ！」

耳の奥がきーんとした。優が宇野光一くんに命令した？　それで光一くんがレオンくんに暴力を振るった？　状況がまったくつかめない。

「あ、あの、よくわからないんですけど……」

「あんたんとこの子どもは悪魔よ！　悪魔っ！」

耳のきーんが収まらない。レオンくんママは、電話の向こうでぎゃんぎゃんまくし立てている。左手がカップにぶつかって、紅茶がこぼれた。レオンくんママの罵声《ばせい》を聞きながら、あすみは、テーブルクロスをつたう琥珀《こはく》色の液体をぼんやりと眺めていた。


堰《せ》き止めていた川の水が一気に流れ出したように、留美子のもとに、おもしろいほど仕事が舞い込んできた。時機が訪れたのだ。気力も体力も自分を取り巻く環境も、今が然《しか》るべきタイミングなのだと、留美子は思う。今やれることはなんでもする。年齢的なことを考えると、このチャンスを逃したら後はない。

子どもたちを送り出したあと洗濯機を回し、その間に新聞に目を通す。それから洗濯物を干して、ブログをチェックする。エンジンがかかって気力がわいてきたところで、さあ、仕事開始だ。

ドラマ『谷さん』について書いた、『ハレルヤ』の代打コラムは好評だった。力みすぎて過剰にならないように、余計な修飾をできるだけ削ったのがよかったのかもしれない。

――めっちゃよかったよ。留美ちゃん、連載どうぞよろしく――

成田ちゃんからのメールに、留美子は狂喜乱舞した。連載の仕事を手に入れたのだ。新規開拓した出版社でのモニターアンケートの仕事も、正式な契約をもらうことができた。また、それらの記事を読んで、連絡をくれた出版社もあった。

執筆だけではなく、インタビューや取材の依頼も来た。留美子は、一週間、一か月ごとの予定を組み、空いているところに単発の仕事を入れ、できる限り引き受けることにした。

『ハレルヤ』の「最近のお気に入り」の今回のお題は、日焼け防止グッズだった。日傘、帽子、サングラス、アームカバー、日焼け止めクリームなどについてコラムを書く。こういう場合、決まった商品がすでにあり、それを試用して書くのだが、一つ一つの商品について詳細に書いていたら文字数が足りないし、いかにも宣伝になってしまうのも頂けない。

この仕事は、留美子の目線で、正直なところを自由に書くというのが基本になっている。留美子にはそれがうれしかった。ライターの腕を試されているということだ。ひいては、書く人、つまり自分の人格まで買ってくれているということだ。たった四百文字でも、その人の人柄やたくらみは容易に読者に伝わってしまう。

もちろん最初から宣伝として書くものもある。その場合は決してわざとらしくならないように、あくまでも自然に冷静に書くことを心がけている。

「誠実な対応、誠実な仕事。何事も決しておろそかにしないこと」

行き詰まったとき、留美子はそうつぶやいて、自らを奮い立たせる。

集中してキーボードを叩いていると、突然台所の流しから水音がして、留美子はハッと顔を上げた。カウンターキッチンの向こうに豊が立っていた。まったく気が付かなかった。

「おはよう」

と、留美子は声をかけた。「ああ」とひとことだけ返ってくる。気を遣って声をかけたのに、おはようの挨拶もできないのだろうか。豊が寝ている間に、子どもたちの世話をし学校に行かせ、家事をして、仕事をしている。その間夫は、ただいびきをかいて寝ていただけだ。

「今日は?」

と、気を取り直して留美子はたずねた。豊は、ごくごくとコップに注いだ浄水器の水を飲んでいる。

「ん? なんか言った?」

昨夜も遅くまで飲みに行っていたようで、顔がむくんでいるのが見て取れる。

「今日の予定は?」

留美子が聞き直すと、豊はふっ、と笑って、

「午後から広告チラシの撮影がありますよー」

と言った。その物言いにムッとしたが、留美子はぐっとこらえて、小さくうなずいた。

「なんか食うもんない？」

「ジャーにご飯。鍋《なべ》にカレー」

「朝からカレーかよ……」

「もう十一時になるけどね」

留美子はそう言って、それきり豊の存在をシャットアウトすることにした。不毛な会話をしているヒマはない。子どもたちだって、あっという間に帰ってきてしまうのだ。留美子は、黙々とキーボードを叩いた。

ひとつ仕事を仕上げたところで、ブログの更新をした。書くことには変わりないけれど、仕事ではないので気が楽だし、気分転換にもなっている。

昨夜子どもたちに、怖い絵本を読み聞かせたときの反応について綴《つづ》った。成田ちゃんが、何冊か送ってくれた絵本だ。いつかこれについても『ハレルヤ』で書くことがあるかもしれないと思いつつ、ベッドのなかでいつまでも寝ないで騒いでいる子どもたちに読んでやった。

巧巳は「こわい、こわい」と言いながらも、途中ですとんと寝てしまった。悠宇は最初、笑ったり茶化したりしていたが、物語が佳境に入ると、布団を頭からかぶって震え出した。

「やべえ。こええ。おれ、寝られない。眠れない」

と言い、

「三年生にもなって、なにをそんなに怖がってるのよ。幽霊なんているわけないでしょ。まったく、怖がりのお坊ちゃまなんだから」

と留美子がからかうと、さんざん怒って留美子を叩き、最後には本気で泣き出したのだった。

結局、眠るまでそばにいてやり、そればかりか夜中に起き出してトイレにまで付き合うはめとなった。前の日も遅くまで仕事をしていた留美子は、ようやくベッドに入ったところを悠宇に起こされてうんざりしたが、今こうして書いていると、留美子にしがみついて一緒にトイレに行き、「閉めないでよ、ドア開けておいてよ！」と、ドアを全開にしたまま、用を足す悠宇を思い出し、くすくすと笑ってしまうのだった。

お昼にしようと台所に立ち、カレー鍋を火にかけた。首をこきこきと鳴らして、腕と腰を回す。ご飯をレンジで温めてカレーをよそった。

「おれのも頼む」

「わっ」

突然の声に、びくっとしてしまう。廊下に豊が突っ立っていた。

「出かけたかと思ってた」

「二度寝してた」

豊はそう言って、大きく伸びをした。スウェットがずり下がって、へそが見えた。留美子は黙って、豊の分のカレーもよそった。

「何時から撮影？」

「ああ、あれ。明日だった。カレンダー見間違えてた」

呆れてものが言えなかった。留美子は、さっさとカレーを食べた。少し前までは、豊とたまに食べる昼食がたのしみだったのに、今は苦痛でしかない。

『Gold moon』の打ち切りに端を発し、豊の仕事はみるみるうちに減っていった。確かに女性ファッション誌『Gold moon』の仕事の打ち切りはショックだったと思うし、突然の解雇の知らせは、豊にとっては理不尽に思えたかもしれない。

けれどそんなことは、どこの業界にだってよくあることだ。いつまでも立ち止まってはいられないのだ。それなのに、豊のこのやる気のなさはどうだ。機嫌の悪い四十六歳の中年カメラマンを、誰が使いたがるというのか。チャンスを狙っている、若くてうまいカメラマンは掃いて捨てるほどいる。

「……ねえ、営業とかしたら？」

「はああ？」

豊の尻上がりのその言い方で、このまま会話を続けたら、絶対に不穏な方向にいくだろうと予想できたが、留美子はこのまま引き下がることはできなかった。

「わたしも、自分の売り出しファイル作って出版社を回ったの。そしたら、それを見た人が連絡をくれて、それで仕事が一気に増えたのよ」

「はんっ、そりゃよかったな」

「だから、あなたも……」

「はあ？　ざけんなっての。今さらそんなことできるわけないだろっ」

「なんでできるわけないの？　みんなやってることだよ。仕事もらわなきゃ、しょうがないじゃな……」

バンッ！

出しておいた雑誌を、豊がテーブルに叩きつけた。成田ちゃんから送られてきた『ハレルヤ』だ。

「なにするのよっ！」

豊は無言でリビングから出て行き、すぐに着替えてきてそのまま出て行った。玄関のドアが大きな音を立てて閉まる。

「なんなの、あの態度！　ムカつくっ！」

　豊が出て行ったあと、胸のうちにたまっていた言葉を、留美子は大きな声で吐き出した。

「仕事がないなら自分の足で取るのは当たり前じゃない！　なにかっこつけてんのよ！　向こうから勝手に仕事が来る時代なんて、とっくの昔に終わったのよ！　何様のつもりなのよ！　家族がいるのよ！　子どもがいるのよっ！　仕事なくてどうすんのよっ！　どうやって生活していくのよっ！」

　一人きりのリビングで、留美子はまくし立てた。

「自覚がなさすぎるじゃないっ！　ばかっ！」

ひときわ大きな声で叫ぶと、少しだけすっきりした。豊が残したカレーをゴミ箱に捨てて、水道の蛇口を最大にして食器を洗った。

　それから肩を回して前屈と後屈をしたあと、コーヒーを淹れた。心機一転だ。やらなければならないことがたくさんある。余計なことに煩わされている時間はない。豊のことはひとまずおいておいて、目の前にあるものに集中しようと、留美子は仕事の続きに取りかかった。


　筆が乗ってきたところで、巧巳が帰ってきた。

「ええ？　やだ、もう帰ってきたの!?」

　思わず声を出すと、

「帰ってきちゃいけないの？」

　と、巧巳が上目づかいでつぶやいた。巧巳はさすが次男だけあって、こういう演出をよくする。どうすれば、同情を引けるのかよくわかっている。

「そんなことないよ。ごめんごめん。お母さん今、仕事中だったのよ」

「お母さん、仕事たのしい？」

「うん。すっごくたのしいよ」

「いいねえー」

満面の笑みで言うので、つい笑ってしまった。

「ほら、手を洗って、うがいしておいで」

「うん」

一人だととても聞き分けがいい。それは悠宇も同じだ。一人ずつだと人間なのに、二人そろうと怪獣になる。騒がしさが二倍になるのではなく、三乗されていく感じなのだ。

「わたし、ちょっとこれだけやっちゃいたいから、巧巳、少ししずかにしててくれる？」

「うん、わかった」

巧巳はそう言って、宿題をやりはじめた。宿題は毎日出る。兄の悠宇は、寝るギリギリまで宿題をやらないで、いつも留美子に怒られている。その様子を見ているので、要領のいい巧巳はさっさと済ませることをいつの間にか覚えた。

ばかな子ほどかわいいというが、留美子は、不器用で要領の悪い悠宇を不憫《ふびん》に思うあまり贔《ひい》屓目《きめ》にみてしまうことがある。しかし、それではいけないとへんに気負ってしまい、逆にきつく当たってしまうこともあり、そうすると今度はやけに甘く接してしまったりして、自分でもなにをやっているんだか、と呆れることがある。

「ただいまあ！」

しばらくして、悠宇が帰ってきた。巧巳が玄関に飛び出していく。

「おれだけアイス食べた！」

と、巧巳が自慢げに言うのが聞こえる。

「ずるいっ！　どけっ！」

悠宇の声のあとで、巧巳の泣き声。玄関先で通せんぼしている巧巳を、悠宇が押したのだろう。

「おれもアイス食べたい！」

「おかえり。先に手を洗って、うがいしてきなさい」

「おかーさーん、お兄ちゃんが押したあ。おれ、なんにもしてないのに！」

「うるさいっ。お前が邪魔するからだろ！　すぐに泣くな。この告げ口ヤロウ！」

「うわーん。お兄ちゃんがひどいこと言った！　いけないいんだあ。うわーん。ぶつけたところが痛い。痛いよー」

ああ、またはじまった。どうしてこう、二人がそろうと収拾がつかなくなるのだろうか。巧巳もやられるのがわかっていて、わざと悠宇の気に障るようなことをするのだから始末に負えない。

「うがいと手洗いしてきてからだって言ったでしょ！」

悠宇が、もうアイスを食べている。そしてすぐにテレビをつける。

「この時間、あんたたちが見るような番組はないんだから、いちいちテレビをつけないでよ」

「おれ、遊びに行くから」

チャンネルを変えながら、悠宇が言う。

「どこに」

「トモキんち。ヒロトとリュウセイも来る」

「トモキくんちに迷惑かけないで遊ぶのよ」

悠宇のクラスの仲よし四人組。放課後はトモキくんの家で遊ぶことも多い。トモキくんママに悪いなあと思いつつ、留美子はホッとしていた。なるべく自分の家には来てほしくないというのが本音だ。子どもの友達が来ることはよくあるけれど、ちょっと目を離した隙に、カーテンレールは壊すわ、クッションはダメにするわ、トイレは水浸しにするわで、ほとほと疲れてしまう。

特に今は、少しでも時間があるなら仕事をしたい。子どもたちの遊びに付き合ってはいられない。

「おれも行きたい」

巧巳が目を輝かせる。

「どうしよっかなー。巧巳はすぐ泣くから嫌なんだよな」

「絶対泣かないから！　ねえ、ヤマトも来るんでしょ」

ヤマトというのは、リュウセイくんの弟で、巧巳と同じ一年生だ。リュウセイくんは、たいていヤマトくんを連れて一緒に遊んでいる。弟思いのリュウセイくん。仲よし兄弟でうらやましいと、留美子は思う。同じ年齢の兄弟同士なのに、どこでうちと違ってしまったのだろう。

「行ってきます！」

二人は嬉々《きき》として出かけていった。子どもたちのたのしそうな顔を見ていると、ついこちらも顔がほころんでしまう。なによりも友達と遊びたくて仕方ない年頃だ。

「さてと」

留美子は気を取り直して、仕事の続きに取りかかった。

ところが、子どもたちが出て行ってから三十分もしないうちに、ピンポンピンポンと立て続けにインターホンが鳴った。何事かと玄関ドアを開けた瞬間、ドドドーッと、子どもたちがなだれ込んできた。

「なに、どうしたの」

「トモキんちお客さんだから、うちに変更！」

悠宇が大きな声で言う。お邪魔します、と言いながら、トモキくん、ヒロトくん、リュウセイくん、ヤマトくん、が入ってくる。留美子はこめかみをおさえて目をつぶり、観念した。

やれやれと言いながらリビングに戻ると、テーブルの上に置いておいたノートパソコンをヤマトくんがいじっていた。

「あっ、ダメよ！　それ触らないで！」

キーボードをカチャカチャやっていたヤマトくんが、手を止める。

「これ、お仕事のだから触らないでね。今片付けるから」

ヤマトくんが、わかったあ！　と元気よく返事をする。

保存しておいたからよかったものの、画面には適当な文字が羅列されている。留美子は慎重に削除して、ウインドウを閉じてふたを閉めた。

子どもの友達が遊びにくると、結局リビングが遊び場になる。悠宇と巧巳が使っている子ども部屋はベッドに占領されているし、二段ベッドをジャングルジム代わりにされて、壊されたらかなわない。

留美子はテーブルの上を片付けて、子どもたちに飲み物とお菓子を出した。留美子が一緒にリビングにいても子どもなりに気づまりだろうし、自分の仕事の続きもしたかった。寝室に小さな座卓を出して、留美子はそこで作業をすることにした。

「ねえ、みんな。わたし、他の部屋で仕事してるから、あまり騒がないで遊んでね。おもちゃはきちんと片付けること。家のなかでボール遊びはしないこと。あと、他の部屋には入らないこと。いいわね、わかった？」

留美子は少し厳しい声色で言ったが、はーい、と子どもたちは素直に返事をした。トイレはいいんでしょ？　と、ヒロトくんが言い、みんなが笑う。

「洩《も》らしたら大変だから、トイレは我慢しないで行ってね」

留美子の言葉に、子どもたちが爆笑する。子どもたちの、笑いに対してのハードルの低さに、留美子もつい笑ってしまう。

「悠宇、巧巳、頼んだわよ」

低い声で言うと、悠宇も巧巳も真面目な顔でうなずいた。

すでに、耳をふさぎたくなるような男児たちの声を聞きながら、留美子は寝室でノートパソコンを広げ、執筆の続きにとりかかった。

ひと区切りついたところで、足を伸ばす。正座をしていたので足が痛い。留美子は屈伸をしてから、ゆっくりと首を回した。こきこきと音がする。

そのとき、廊下をドタドタと走ってくる音が聞こえた。

「お母さんっ！　みんなで外で遊んでくるからっ！」

悠宇が寝室のドアを開けて、顔をのぞかせる。

「外ってどこに行くの？　巧巳も一緒？」

「第二公園！　巧巳も行く。みんな一緒だよ」

しゃべっている時間がもったいない、とでもいうふうに、悠宇が足踏みをしている。

「わかった。気を付けてね。六時までには帰ってくるのよ」

留美子が言い終わらないうちに、悠宇は玄関に走り出し、オッケー！　と大きな声で言った。バタン、バタンと、ドアを開閉する音がする。みんな、外に出たらしい。

「そろそろ、洗濯物を取り込まないと」

子どもたちはもう戻ってこないだろうと思い、留美子はノートパソコンを持って、リビングに戻った。足を踏み入れたところで、思わず絶句した。それから、「なによ、これえっ!?」と、叫んだ。

「悠宇っ！　巧巳っ！」

慌てて外に出て呼んでみたが、子どもたちの姿はすでにない。

リビングはひどい有様だった。テレビ画面にはWiiのゲームがつけっぱなしで、スナック菓子の袋や鉛筆や紙が、そこらじゅうに散らばっている。麦茶のコップのなかに、スナック菓子やらクッキーやらが詰め込まれていて、水分を吸ってどろどろになったそれらが倒れたコップから流れ出ている。

「なんなのよ、これは……」

べちゃっとなにかを踏んだ感触があって、足の裏が濡《ぬ》れた。どろどろになった菓子が、カーペットの上にこぼれていた。留美子は叫びたくなるのを我慢して靴下を脱ぎ、急いでカーペットを拭《ぬぐ》った。そのとき、視界に黒いものが見えた。

「キャッ！」

声をあげた拍子に、頭をテーブルの角にぶつけた。テーブルの下にゴキブリがいたのだった。

「え？　え？」

おそるおそる近づくと、それはゴキブリではなくカナブンだった。すでに息絶えているようだ。

「やだあ！　なんで家のなかにカナブンの死骸があるのよっ！」

ほとほとうんざりする。おそらく、昆虫好きの巧巳の仕業だろう。家のなかに虫は絶対に入れるなと言ってあるのに、時々こうして持ってくる。以前ポケットのなかにダンゴ虫が数匹入っていたときは、本気で卒倒しそうになった。留美子は鳥肌が立った腕をさすりながら、新聞広告を折ってカナブンをすくい取った。

立ち上がろうとして椅子に手を突くと、嫌な感触があった。身体が揺れた反動で、反対側の手に持っているカナブンを落としそうになる。見れば椅子のクッションにまで、ふやけた菓子がべっとりと付いている。

「んもうっ！　ほんとに嫌っ！」

留美子はカナブンの死骸をゴミ箱に捨て、カーペットを水拭《みずぶ》きしてスプレー洗剤を噴きかけ、また水拭きした。クッションカバーを外して、手洗いしてから洗濯機を回す。なかのクッションにまでお菓子のシミがついていたので、充分に水拭きしてから外に干した。散乱しているものを片付けて、掃除機をかけた。そこまでで一時間以上かかった。それから、ようやく洗濯物を取り込むことができた。腹立たしさを通り越して、みじめだった。

洗濯物を畳みはじめたとき、玄関で音がした。

「悠宇っ！　巧巳っ！」

留美子が玄関に飛び出すと、入ってきたのは豊だった。

「慌てて出てきて、どうかしたの？」

豊のお気楽な顔に、ふつふつと怒りが湧いてくる。

「あなた、一体どこに行ってたのよ⁉　今日、仕事ないんだよね？」

豊をにらんで、留美子は強い口調で言った。

「子どもたちがなにをしたのか知らないけど、おれに当たるのはやめてくれ」

そう言って、豊が横を通ったとき、アルコール臭が鼻についた。

「まさか、飲んでるの？」

「悪い？」

悪びれる様子もなく豊が言い、リビングの椅子に腰かける。留美子は洗濯物もそのままに、豊の前に座った。

「単刀直入に聞くけど、今、どのくらいの仕事があるの？」

留美子の問いに、豊がハッと笑う。

「『Gold moon』がなくなって以来、どんどん仕事減ってるわよね」

「だからなんだよ」

「これからまた、元通りに仕事増えそうなの？」

「そりゃあ、増えればいいけどなあ」

いかにもわざとらしく、愉快げに豊が笑う。

「でも増やそうとしてないわよね？　努力してないわよね？」

「ケンカ売ってんのかよ。お前になにがわかる」

ベテランの顔をして、現場で余裕ぶっている豊の姿が目に浮かぶ。

豊は好行出版とも仕事をしている。先日、留美子は、成田ちゃんに豊のことを話してみた。

成田ちゃんは、正直に言うけど、と前置きし、「厳しいよ」とはっきり言った。

写真が古いと言われたら、おしまいだということ。ギャランティが安価な、若くて才能のあるカメラマンが大勢いるということ。過去の栄光だけで仕事がもらえるほど甘くないということ。それぞれの分野に特化したカメラマンがいるので「人物」以外の、新たな仕事を求めても難しいということ。

成田ちゃんは最後に、「人間性も大事だよ」と付け足した。さりげなく言ったように聞こえたけれど、成田ちゃんはいちばんにこのことを言いたかったのではないかと、留美子は思った。人間性。本当にそうだ。そんなものを軽く凌駕《りょうが》するほどの才能を持った人ならいいが、凡庸な実力を運で補ってきた人間には通用しない。同じ程度の能力なら、誰だって人柄のいい人に仕事を依頼したいに決まっている。

それなのに豊ときたら、プライドばかりが膨れ上がって、人に頭を下げることもできない。これほどの不景気なのに、仕事は向こうからやってくると、いまだに思っている。

「現実問題、このままじゃ食べていけなくなる。育ち盛りの子どもが二人いるんだよ」

「わかりきったことを、いちいち言うなよ」

「努力する気はあるの?」

豊は答えない。出窓に置いてあった新聞を取って、テレビ欄を眺めはじめる。

「わかった」

と、低い声で留美子は言った。

「もういい。あなたは、がんばる気がないってことだよね」

豊は黙ったままだ。

「じゃあ、これからはわたしが働く。わたしが稼ぎます。その代わり、あなたは家事と子どもの面倒をよろしくお願いします」

留美子の真剣な声色に豊は一瞬目を見張ったが、次の瞬間、いきなり笑い出した。

「仕事が順調でようござんすね。はいはい、わかりましたよ、奥さま。わたくしめが、家事全般をやればいいんですね」

おかしそうに言う豊に、「なにもおかしくないわ。本気の話よ」と、留美子はぴしゃりと言った。

「前にあなたと話したことあったよね。家庭をひとつの会社組織として考えようって。あなたが言い出したんじゃなかったっけ」

留美子と豊は、石橋家という会社で働く社員だ。会社を盛り立てていくために、二人がどのように動けば、効率よく利益があがるのか。互いに補い合って協力し合って、双方が自分の役割に責任を持つ。男も女もない。自分たちは同等の社員だ。そんなことを以前、豊と話したことがあった。

留美子が経済面を支えるのであれば、収入を安定させ、また増やしていくためにも、家事や子育ては豊が主に担えばいい。

「はいはい、わかりましたよ」

豊が適当に返事をする。

「じゃあ、まずは、そこにある洗濯物を畳んでください。仕舞う場所は、あとで教えます」

いたって冷静に、留美子は言った。

「ふざけんなよ」

豊が立ち上がる。

「おれの仕事がちょっとなくなったからって、その態度はなんだよ！」

「勘違いしないで。わたしは、あなたの仕事が減ったことを責めてるんじゃない。努力をしようとしないのが嫌なのよ。人に頭を下げることもできないし、感謝もしない。あなたのそういうところ、もう直らないと思う」

これまで豊の仕事は、いろんなことが順調に進んでいた。プライドが高いばかりで、突出した腕があるわけでもないのに、いつでもタイミングよく事が運んでいた。それは、豊が持つある種の魅力のおかげだと留美子は思っていたが、そうではないと、ここに来て感じていた。たまたま、だったのだ。たまたま、好調な時期だっただけなのだ。

「わたしは今、いくつかの仕事を持っている。その他に、新しい依頼もたくさん来てる。でも今のままの生活だと、せっかく来た仕事を断らなきゃならない。仕事をする時間がないのよ。でも、あなたが家のことをやってくれたら、その分働けるの。今は男も女もない時代だよね。それに、あなたは今まで子どもたちとあまり遊んであげられなかったんだから、この機会にもっと接してほしい」

冷静に言う留美子を無視して、豊は立ち上がった。和室に入ろうとする豊に、

「もっと建設的に、もっと合理的に考えて！」

と、留美子は声をかけた。豊は無言でふすまを閉めた。

今日いちばんの大きなため息が出た。悔しかった。話し合いもできないなんて、なんて情けないのだろうか。留美子は、こぶしを強く握り締めた。自分の考えが間違っているとは思えない。女がすべてを引き受ける必要はないのだ。

「ただいまあ」

悠宇と巧巳が帰ってきた。さっきのリビングの惨状についての怒りは、ほとんど消えていたが、留美子は二人にきつく注意をした。本気で叱っているのに、はーい、とへらへら笑っているので、お尻《しり》を二回ずつ叩《たた》いた。それでも二人は笑っていた。

「あ、そうだ。クッションカバー洗濯してたんだ。干さなくっちゃ」

留美子は洗濯機から取り出し、室内に干した。これから夕飯の支度もしなければならない。その時間、仕事ができればどんなにいいだろう。

「ねえ、お父さんいるの？」

悠宇がたずね、「いるわよ」と留美子は答えた。悠宇と巧巳が和室に向かう。冷蔵庫はからっぽだった。おとといからのカレーも、もう飽きただろう。留美子は、買い物に行く支度をした。

和室を触られるのが嫌なのか、豊が子どもたちを連れて、リビングに戻ってきた。豊は、子どもたちに言われるがままに、プラレールで遊びはじめた。おや、と留美子は思う。豊が子どもたちと一緒に遊ぶなんてめずらしい。さっきは無視していたが、多少なりとも思うところがあったのだろうか。

「わたし、ちょっと買い物に行ってくるから」

留美子は誰にともなくそう言って、外に出た。

買い物を終えて帰ってくると、取り込んだまま放置されていた洗濯物が、きれいに畳まれて置いてあった。豊は、悠宇と一緒に画用紙になにやら描いている。

「おかーさん、見て！　迷路だよ」

巧巳が画用紙を見せる。

「すごく上手だね」

留美子が言うと、「お父さんが描いたんだよ」と、うれしそうに巧巳が答えた。

留美子は、買ってきたものを冷蔵庫に仕舞いながら、物置になっているもうひとつの子ども部屋を片付けようと思い立った。あそこに机を置いて、自分の仕事部屋にするのだ。

子どもたちと遊んでいる夫を眺める。いつもはケンカばかりでやかましい悠宇と巧巳も、今日はおとなしく遊んでいる。

留美子の身の内には、闘志のようなやる気がみなぎっていた。

⚽

梅雨の晴れ間。加奈はひさしぶりに、勇の通う小学校に出向いた。今日は、授業参観日だ。ちょうど化粧品会社が創立記念日で、仕事が休みだったのだ。

授業参観は五時間目。そのあと、学級懇談会が予定されている。加奈は、授業参観も懇談会も、出るのは今日がはじめてだった。勇の学校での様子を見たいと思いつつも、そんなことで仕事は休めなかった。休みは、万が一の緊急時にとっておきたい。

早朝のコンビニパートを終えて帰宅し、昼食をとってから出かけた。日々の学童のお迎えのように、大急ぎで自転車をこいで行くのとは違って、今日は時間と気持ちにゆとりがあった。ゆっくりと歩いていると、普段は目につかない風景がよく見えた。バス停の時刻表が新しくなっていること、このあいだまで空き地だった場所に新しい家が建っていること、古民家を利用した喫茶店ができていること、川沿いの雑草が茂っていることなど、加奈は新鮮な気持ちで眺めていった。

五時間目は算数の授業ということだ。今日行くことを伝えたら、勇は「三ケタの足し算なんや」と、うれしそうに言っていた。

学童のお迎えのときは裏門からなので、こうして正面玄関から校舎に入るのは、入学式以来だった。持ってきたスリッパにはき替えて、三階にある三年三組の教室に向かう。途中、一年生の教室があり、開いている廊下側の窓からのぞくと、まだ幼い子どもたちが元気な声で挨拶《あいさつ》をしていた。

「ほんの二年前は、こんなにちっこかったんや。勇くん、大きなってしもたなあ」

加奈はひとりつぶやき、笑顔で一年生のクラスをあとにした。

三年三組の教室には、すでに十人ほどの保護者が立っていた。入り口付近が混んでいたので、加奈は腰をかがめて真ん中あたりまで進んだ。

保護者も子どもたちも、見知らぬ顔ばかりだった。加奈は勇をさがした。おったおった、あの青いTシャツはそうや、と、ひとりほくそ笑む。窓側の真ん中あたりの席だ。加奈が視線を送っていると、ふいに勇が振り向いて目が合った。加奈が笑って小さく手を振ると、勇は破顔して前に向き直った。

担任は柴田《しばた》先生という、年配の男性だ。加奈は春の家庭訪問のときに会ったきりだった。家庭訪問では、特に聞きたいことも思い浮かばず、先生のほうもこれと言って特に話したいことはないようだったので、十分もしないで終わった。他の家庭では、先生と一体どんな話をするのだろうかと、加奈は不思議だった。家庭訪問のために、化粧品会社のパートを早引けしたことを、悔やんだほどだ。

「今日は三ケタの足し算の復習をします」

柴田先生が黒板に問題を書く。409+853。

「前に出て解いてくれる人いますか」

先生の言葉にほとんどの子どもが手を挙げる。見れば勇も挙げている。手の挙げ方にもいろいろあるのだなあ、と加奈は思う。まっすぐにぴんと肘《ひじ》を伸ばしている子、前に突き出すように挙げている子、顔の横で自信なげに挙げている子、頭の上に手を載せている子もいる。勇は、少し肘を曲げて指先をグーにするようにして挙げている。

「はい、では、佐々木《さ さ き》さん。お願いします」

指された女の子がうれしそうに前に出て、チョークを持って問題を解きはじめた。一の位が2で、1繰り上がって十の位が6、百の位に2が立って、繰り上がって千の位が1、答えは1262。

「これで合ってますか」

先生がたずねると、「いいでーす」と、みんながそろって返事をした。加奈は、声を出して笑ってしまった。子どもたちがかわいくて、愉快な気持ちになったのだった。

先生が次の問題を出し、また大勢の子どもたちが手を挙げる。

「では、西山《にしやま》くん」

はい、はいっ！　と大きな声でアピールしていた、勇の斜め前に座っている男の子だ。西山くんは、黒板の前でうーんとうなって考えながら、なんとか答えを書いた。

「みなさん、これで合ってますか」

「……違い……まーす」

自信なさそうな声でみんなが答える。西山くんは「こんなん、わかるか。ムズいねん！」と、半分怒って半分笑ったように言い、さっさと席に戻ってしまった。

「この問題できる人いますか」

先生の言葉にまたみんなが手を挙げた。勇も挙げている。先生、勇くんを指したってえ、と加奈は小さく祈る。

「はい、では石橋くん」

願いが届いた！　加奈は、前に出て問題を解く我が子が誇らしくてたまらなかった。先生が合っているかどうかをたずね、みんなが「いいでーす」と答えた。照れたように勇が席に戻るとき目が合った。加奈はニカッと笑って、ピースサインを送った。

その後、先生が、西山くんのどこが間違えていたのかを確認していき、三ケタの足し算の復習は終わった。次は三ケタの引き算だ。足し算のときと同じように、先生が黒板に問題を書いて、子どもたちを当てていく。

隣の席の子と話している子もいたけれど、授業参観だからなのか、みんなしっかりと前を向いて、真面目に参加していた。加奈は、なんだかとてもたのしかった。子どもたちみんなが、かわいくて仕方がないのだった。

「こりゃ、新手のパワースポットやな……」

こっそりと加奈はつぶやいた。子どもたちのパワーはすごかった。きらきらと輝く生命力が後ろ姿からも伝わってくる。勇が毎日一緒に、勉強したり遊んだりしているクラスの仲間たち。加奈は、これまで授業参観に来なかったことを少し後悔した。一年生、二年生。子どもたちは、もっと幼くてさぞかしかわいかったことだろう。

四十五分間の授業はあっという間だった。保護者たちはいったん廊下に出て、帰りの会の後の懇談会を待っていた。廊下には子どもたちが描いた絵が貼ってある。図工で描いたのだろう。「自分の顔」というテーマだ。加奈は勇の名前をさがした。

「あった!」

石橋勇、と書いてある。画用紙いっぱいの顔。太い眉毛《まゆげ》、大きな目に大きな鼻。唇が赤い絵の具で塗られているので、口紅をつけているみたいで愉快だった。加奈は、みんなの絵を見渡した。それぞれに個性があった。勇のように、顔だけを描いている子もいれば、全身を描いている子もいる。

なかには独創的なものもあり、赤と黒の二色で描いてある全身の絵は、陰影までついていて目を引いた。西山力也《りきや》、と書いてある。さっき、元気よく手を挙げていた子だ。他人の子ながら、絵の才能を伸ばしたらいいのではないか、などと加奈は思った。

帰りの会が終わり、子どもたちがわらわらと教室から出て来た。

「勇くん」

勇を見つけて、声をかける。

「お母ちゃん、これから懇談会に出るねん。今日は学童お休みにしといたから、先に帰っといて。お母ちゃんも終わったらすぐ帰るからな」

「うん」

うれしそうに勇がうなずく。

「ほなな」

加奈が手を振ると、勇も手を振ってかけ出していった。

懇談会は三十分程度の予定だ。どの席に着いてもいいようなので、加奈は勇の席に座った。

机のなかにある道具箱をのぞいてみると、文房具が乱雑に入っていた。色鉛筆はケースから出てバラバラだし、のりのふたは開いているし、丸めたティッシュペーパーや、鉛筆の削りカスまで入っている。

「ほんま、男の子はしゃあないわ」

苦笑いで、思わず口に出た。

「うちもや」

加奈の言葉を受けるように答えたのは、斜め前の席に座っている保護者だった。

「男は片付けるっちゅうことを知らん」

そう言って、加奈を振り返った。

あっ、この人、こないだコンビニに買い物に来た人や。日曜の朝、若い兄ちゃんと一緒にお った人。福山さんでも山岡さんでもなかった。西山さんやったんか。

加奈は、「ほんまですねえ」と、うなずいた。

「なあ、あんた、勇くんとこのお母さんやろ。うちの力也も二年生まで学童保育行ってたな。勇くんとはよう遊んでもらっててん。おおきに」

「そうやったんですか。うちの子はなんも話さんと、えらいすんません。お世話になってます」

「かしこまって話さんといてや」

西山さんが笑って言う。化粧をしていない青白い肌に長い髪がかかって、このあいだ見かけたときとは違う美しさがあった。

「力也くん、廊下に貼ってある絵、えらいうまいなあ。天才やわ」

加奈が言うと、西山さんは「まだ見てへんわ」と笑った。

一度教室から出て行った先生が戻って来て、懇談会がはじまった。普段のクラスの様子を録画したものを流してくれる。加奈はときおり映る我が子に、目を細めた。

「少々騒がしいクラスですが、男女ともに仲がよく、グループでの作業もスムーズです」

先生が穏やかに話す。懇談会に参加した保護者は、三十人クラスで三分の一ほどだった。これが多いのか少ないのか、加奈には見当がつかない。見知った顔はなかった。引っ越してこの地区に来たので、同じ保育園の子はいないし、今年はクラス替えもあった。一学年三クラス。加奈はＰＴＡ役員もやっていないので、まったくわからない。勇と同じクラスに、サッカークラブに入っている男子がもう一人いて、その子のお母さんの顔だけは知っているが、今日は来ていないようだった。

その後、先生から家庭での過ごし方などの話があり、懇談会は終わった。このあと、ＰＴＡの会合があるらしく、加奈は席を立った。

「お先に失礼します」

西山さんに声をかける。

「うちも帰るわ。そこまで一緒に行こうや」

西山さんが立ち上がって言い、加奈はうなずいた。

「力也くんの絵、ほら、これや。上手やなあ」

廊下に出たところで加奈が教えると、「ほんまや。うちよりうまいわ」と、西山さんが言った。

加奈は、改めてじっくりと力也くんの絵を見て、思わずハッとした。さっきは気付かなかったけれど、人物のまわりにいろいろなものが描いてあった。猫やうさぎ、インコなどの小動物、お玉や菜箸《さいばし》、鍋《なべ》などの台所用品、その他、包丁やカッター、はさみや拳銃など、物騒なものも描かれていた。背景の点々とした赤と黒の絵の具は、血のようにも見えた。

「こっちの子もうまいなあ」

西山さんが他の子の絵を指したので、加奈は慌てて視線を移した。

「行こか」

西山さんが歩き出し、加奈もあとについていく。

聞けば、帰る方向は同じだった。加奈の子どもの頃は、登校班や子ども会があるのは当たり前だったけれど、この地区には登校班も子ども会もないので、近所に住む同級生についても加奈は知らなかった。

「なあ、勇くんママ。坂上のコンビニで働いてるやろ」

横断歩道の信号待ちで、西山さんにたずねられた。加奈がパートをしているコンビニの場所は、坂を上ったところにあるので、坂上という通称になっている。

「そうなんよ。朝から働いてるねん」

このあいだ見かけたことを言おうかどうかと迷っていると、

「見かけたことあるわ。あそこ、よく使うねん」

と、西山さんが言った。

「そら、おおきに。今度見かけたら声かけてな。安くはできひんけど」

加奈は笑って、そう答えた。

「あたし、こっちやねん。ほなな」

横断歩道を渡ったところで西山さんが手を振り、加奈も「ほな、また」と、手を振った。

「ほんま、きれいな人やな」

小走りに足を繰り出しながら、加奈はつぶやいた。自分よりは年上だと思うけれど、見た目は自分よりはるかに若い。

「うちもきれいにせんと、勇くんに恥ずかしい思いさせてしまうなあ」

そうひとり言を続けながらも、こんな早い時間帯に勇と過ごせると思うと、顔がほころんでしまうのだった。知らず知らずのうちにかけ足になって、加奈は家路を急いだ。


「おかん、なんだかすっかりくたびれてもうてたわ。どっか悪いんとちゃうか」

正樹がそんな電話を寄こした。正樹はしばらく、母のところに身を寄せるらしかった。

「あんた、お母ちゃんに迷惑かけんようにしいや。正樹はなによりもまず、仕事見つけなあかんで。ハローワーク行ってるか？」

「なんや、不景気でいいとこあらへん」

「いいとこなんてあるわけないやろ。どこでも文句言わんと働かな」

「わかってるって。姉ちゃんには、かなわんなあ」

そう言って、正樹は電話を切った。

日曜日、加奈はひさしぶりに母親の顔を見に行った。勇が三年生になってからは、はじめてだ。自分と勇のことで精一杯で、なかなか母のことまで考える余裕はなかった。正樹が仕事を辞めたことは不満だったけれど、母のことを考えれば逆によかったのかもしれなかった。

昔から母は、正樹のことが大好きだった。もちろん、加奈も同じように育ててはくれたが、母親というのはなによりも息子が好きなのだ。勇を育てていると本当にそう思い、母の気持ちがよくわかる。

「お母ちゃん、勇くん連れてきたで」

呼び鈴を鳴らしても返事がなかったので、加奈はドアを開けてなかに入った。鍵《かぎ》は開いていた。

二間しかない部屋。玄関を入ったらすべてが見通せる。母は、こたつに入って横になっていた。加奈を見て、「ああ、あんたか」と、力なく言う。

「なんや、お母ちゃん！　こたつ、まだ仕舞ってなかったん。もうすぐ夏やで。なにしてんの」

つい、きつい口調で言ってしまった。母はぼうっとした顔で加奈を見てから、

「最近疲れてしもてなあ。更年期なんて、とうに終わってるんやけどなあ」

と言った。

「健康診断受けてるん？」

「春に受けさせてもらったで。なんも異常あらへん」

「そうなん。そんならええけど」

加奈は少し安心した。

「おばあちゃん」

勇が顔を出す。

「あれまあ、勇くん！　また大きくなったんちゃう？　もっと顔見せてやー」

母はこたつから出て立ち上がり、勇に座るよう促した。

「お茶でええか？　勇くんはジュースがええな。確かリンゴジュースがあったなあ」

てきぱきと動き出す。加奈はほっと胸をなでおろした。いつもの母だ。

「正樹はどこにおるん？」

たずねると、「知らんわ」と、ひとこと返ってきた。

「お母ちゃん、正樹が戻ってきてうれしいやろ」

加奈の言葉に、母は眉をひそめる。

「急に帰ってきて居候されてかなわんわ」

母の言葉に、今度は加奈のほうが驚いた。

「正樹となんかあったん？」

「毎日プラプラ遊んでからに」

そう言ってため息をついた。それから、気を取り直すように勇に笑顔で話しはじめた。たまに会う孫は、かわいいらしい。

「勇くんは、ほんま男前やなあ」

母が勇の頭をなで回す。会うたびに、勇のことを男前と言ってくれる。

「おばあちゃん、やめてんか。男前やあらへんのに、そんなん言われたら微妙な気持ちになるわ。おもろい返しもできひんし」

勇が言うと、母はさもびっくりしたような顔をして、

「なに言うてるん。勇くんは日本一の男前やでえ」

と、大きな声で言った。加奈も同調して、「せや、勇くんは日本一の二枚目やでえ」と、続けた。

「勘弁してや。大阪のおばちゃんら、ほんまかなわん」

勇がそう言って笑う。

「今日はひさしぶりに勇くんが来たから、刺身でも買《こ》うてこよか。なあ」

「お刺身、ひさしぶりや」

喜んでいる勇を見て、母が少しとがめるような視線を加奈に送った。刺身くらい食べさせてやりなさい、ということなのだろう。勇は魚が好きなので、なるべく食卓に出したいが、肉の方が安いし持ちがいいので、ついつい肉ばかりになってしまう。刺身は、閉店間際のスーパーで割引になったものを買うのがせいぜいだ。

「ほな、ばあちゃんと買い物行こか。ばあちゃん膝《ひざ》が痛いから、勇くん、荷物持ってくれるかー」

「うん、ええよ」

出かけようとする母に、加奈は「お母ちゃん、おおきに」と頭を下げた。母が歯を見せてにっかりと笑う。昔から、母のこの笑顔を見ると元気が出た。

「お母ちゃん、こたつ布団、片してええ？　天気いいから洗って干しとくで」

加奈が声をかけると、「ほな、そうしてもらお」と、返ってきた。梅雨寒の日があるとはい

え、もう七月になる。いつまでもこたつを出していては、だらしなくなるだけだ。

加奈は洗濯機を回して、雑然とした部屋の掃除にとりかかった。正樹の服が乱雑に重ねて置いてある。

「こういうのが、お母ちゃんは嫌なんやで」

と、ここにいない正樹に向かってつぶやき、一枚ずつ畳んでいく。

掃除機をかけ終わったところで、ドアが開いた。

「あれ？　姉ちゃん、来てたんか」

正樹だ。

「あんた、少し片付けや。お母ちゃん、体調悪いみたいやから、あんたが掃除くらいせんと」

「いきなり小言かいな」

「こたつ出しっぱなしやったやないの。それにあんたの服、そこらへんに出しっぱなしにせんと、収納ケース買うてきてそれに入れてきれいにせな」

正樹は、せやなあ、と肩をすくめ、勇は？　と聞いてきた。母と買い物に行ったことを伝えると、なんや会いたかったなあ、と言った。すぐにまた出かけるらしい。

「正樹、あんた仕事どないなってるん？　どこでもいいから働き」

「へーへー、わかってるって。ほなな」

そう言って、正樹は出て行った。と思ったら、すぐに戻ってきて、無言で加奈をじっと見つめる。

「なんや」

「……あのな、姉ちゃん、ほんま悪いんやけど、お金、少し貸してくれへんやろか。この通りや」

　正樹が両手を額の位置で合わせる。

「はあ？　なに言うてんの？　あんた、鹿児島で働いたお金どうしたん？」

　正樹は答えない。

「姉ちゃんがお金ないの、あんたが一番よく知ってるやろ。姉弟《きょうだい》でも貸せへんよ。貸せるお金なんて一円もあらへん」

　正樹は少し考えるようなそぶりを見せたあと、

「せやな。ごめんやで、姉ちゃん。堪忍や。忘れてや」

と、申し訳なさそうに顔をしかめた。

「ほな、また」

「正樹！　ちょっと待ち」

　出て行く正樹を呼び止めて、加奈はバッグから財布を取り出した。千円札が三枚と小銭が入っている。加奈はなかから、千円札を二枚抜き取った。

「これしかあらへん」

　そう言って二千円を渡した。

　正樹は一瞬、目を見張った。たったこれだけか、と思ったに違いなかった。けれど、加奈にはこれが精一杯の金額だ。

「すまん、おおきに。ほんま堪忍やで、姉ちゃん」

　正樹は感謝するように二千円を受け取って、頭を下げた。

「何倍にもして返したるから待っててな。堪忍やで」

「返さんでええから、真面目に働き」

と加奈は言い、足早に出て行った正樹を見送った。


梅雨明けはまだだというのに、真夏のような日差しだった。今年は雨が少ない。朝、家を出るとき、すでに空は青く、少し動いただけで汗が流れてきた。

「こないだ正月や思たら、もう夏かいな」

自転車をこぎながら空を見上げ、加奈はつぶやいた。それでも雨よりはよかったし、冬よりは断然ましだ。

コンビニも化粧品会社も、冷房が効いていて快適だった。アパートでは、窓からの風と扇風機が頼りなので、その温度差に身体が慣れないときもある。

昨日正樹から、仕事が決まりそうだと電話があった。母も元気を取り戻したようで、正樹の好物を作ってくれることもあるらしい。

「おかんがはりきってるん、こないだひさしぶりに勇に会《お》うたからやと思うわ」

と、正樹に言われ、それもあるかもしれないと加奈も思った。勇も三年生になってようやく落ち着いてきて、母にとっていい話し相手になるのかもしれなかった。でもなによりも、正樹の仕事が決まりそうだということが、母を安心させたのだろう。

学童保育の迎えの時間。空はまだまだ明るい。加奈の気分は、まるで今日の空みたいに晴れやかだった。消費者金融への返済が今月で終わるのだ。これでようやく人並みになれる。ようやくスタートラインに立つことができる。来月、もしかしたらエアコンが買えるかもしれない。勇に新しいスパイクを買ってあげられるかもしれない。少しだけ、コンビニでのパート時間を削ってもいいかもしれない。勇と一緒にいる時間を増やせるかもしれない。

裏門のチャイムを鳴らし、勇の名前を告げると、学童保育の指導員に、ちょっとそこで待っていてくださいと言われた。少し待っていると、勇のクラスの担任の柴田先生が現れた。

「突然すみません。お忙しいところ申し訳ないんですが、勇くんのお迎えの前に、少しだけお時間よろしいですか」

指導員には、事前に話を通してあったのだろう。急いで来たのか、先生の呼吸が少し荒い。加奈が「はい」とうなずくと、先生はこちらに、と言って、反対側のグラウンドのほうに加奈を促した。グラウンドでは、いったん家に帰ってからまた学校に遊びに来たらしい児童たちが、たのしげな声をあげて遊んでいた。

「石橋さん。ちょっと気になることがありまして、お話ししておきたいと思ったもので」

先生の声に我に返った。たのしく走り回っている子どもたちの姿に、つい見入ってしまっていた。

「はい、なんでしょうか」

「給食費のことなんです」

加奈はうなずいた。つい昨日、勇に持たせたばかりだ。四千四百円、ぴったり封筒に入れた。毎月かかるお金に関しては、事前にきちんと用意しておくようにしているので間違いはない。

「給食などの集金がある日は、朝の会の時にすぐに集めるようにしています。一人ずつ手渡ししてもらい、その場で児童と一緒に確認します」

「はい」

「今回、一人の児童の給食費が足りませんでした」

加奈は、そうですか、と言った。他に言いようがない。

「その子が、誰かが盗《と》ったんとちゃうか？　と言い出し、そんなことあるわけないと思いながらも、一応、確認のために、児童全員でランドセルや机のなかなどを調べました」

「そら、えらいことでしたねえ」

うなずいているばかりでは先生に悪いような気がして、加奈はそう言った。

「勇くんの机のなかから、千円札が一枚見つかりました」

「ハイ？」

加奈は、呆《ほう》けた顔で先生の顔を見つめた。

「そ、それはどういう……」

「勇くんは、知らないと言いました。でも、勇くんの机のなかにあったのは事実なんです」

加奈は驚きのあまり、先生の顔から視線を外すことができなかった。言葉はまったく出てこなかった。

📖

優はまだ帰ってきていなかった。電話でのレオンくんママの話だと、今日レオンくんは学校を休んだそうだ。それもすべて優のせいだとまくし立てた。

あすみの心はざわついて、いても立ってもいられなかったが、あせればあせるほど身体は鉛のように重くなり、普段の家事にもまったく手を付けられなかった。

電話の音にびくっとし、おそるおそる受話器を取ると、相手は優の担任の佐伯先生だった。

佐伯先生はレオンくんの怪我について少し話したあとで、今、レオンくんとレオンくんママが学校に来ていると言い、あすみにも来てもらえないかと打診した。聞けば、優にも残ってもらっているとのことだった。

「すぐに行きます」

レオンくんママに一方的に攻撃されて、泣いている優の顔が浮かんだ。優を守れるのは自分しかいないのだと、あすみは気持ちを奮い立たせた。

財布の入っている小さなポーチだけ手にして、そのまま家を出た。エンジンをかけて走り出してから、はたして学校に車を駐《と》められるだろうかと思ったが、そんなことを考えている場合ではないのだ。一秒でも早く行かなければとアクセルを踏んだ。プールの脇にスペースがあったので車を駐め、言われていた三階の多目的室へ走った。

なかには作業をするような大きな机が四つあり、そのうちの一つに、レオンくん、レオンくんママ、佐伯先生、向かい側に、優と、学年主任である男性の宇津木《うつぎ》先生が座っていた。

あすみは優にかけ寄って、大丈夫だからね、と背中をさすった。

「はっ?」

その様子を見ていたレオンくんママが苛立《いらだ》たしげな声を発し、あすみを強い視線でにらむ。

「落ち着いて、冷静に最初から話しましょう」

宇津木先生が言う。レオンくんママは舌打ちしながらも居住まいを正し、ゆっくりと腕を組んだ。レオンくんと優は下を向いたままだ。

あすみは優の隣に座り、優の手を握った。優はされるがままになっていた。

「竹内さんによると、優くんが、宇野光一くんに指示をして、レオンくんに暴力を振るわせていたということですが、まずはレオンくんと優くんの口から直接聞いてみませんか」

宇津木先生が穏やかな口調で言う。宇津木先生の言葉を受けて、佐伯先生が、

「光一さんには今、保健室で待ってもらっています。光一さんのお母さんがもうすぐ見えると思いますので、それからこちらに来てもらいます」

と言った。佐伯先生の顔は険しかった。宇野光一くんが関わっていることが、許しがたいようだった。佐伯先生にとって、守るべきは宇野光一くん一人であるように思え、あすみは腹立たしく感じた。この人たちと話しても埒《らち》があかないだろうと、あすみは思った。

「これを見てください」

レオンくんママがレオンくんに立つように促し、Tシャツをめくった。日に焼けていない白いお腹が見えた。ここ、とレオンくんママが指さしたわき腹には、紫色のアザがいくつかあり、爪痕《つめあと》のようなかさぶたもあった。痛々しくて、あすみは思わず優の手を握る手に力が入ってしまった。

「あとここも」

レオンくんに後ろを向かせ、背中をめくった。背中にも同じような痕があった。宇津木先生と佐伯先生が顔をしかめる。

「レオン、これをやったのは誰？　誰にやられたの？」

レオンくんママがたずねる。レオンくんはしばらく黙っていたけれど、最後には、

「……光一くん」

と、蚊の鳴くような声で答えた。

佐伯先生が大きく息を吐き出したとき、多目的室の戸が突然開いて、光一くんが突入してき

た。その後、光一くんのあとを追うように光一くんのお母さんもやって来た。光一くんは、多目的室のなかを走り回っている。光一くんのお母さんは、そんな光一くんを気にする様子もなく、こんにちは、と笑顔でみんなに挨拶をした。あすみも頭を下げた。佐伯先生が光一くんをなだめて、着席させる。

「光一くん」

と名前を呼んだのは、レオンくんママだった。

「光一くん、レオンをぶったりつねったりしたことある?」

やさしい口調での質問だったので、あすみは少し安心した。

「あるよ」

と、光一くんが答えた。瞬時に表情がきつくなったレオンくんママを制して、佐伯先生が、

「なんでレオンさんを、ぶったりつねったりしたの?」

と、たずねた。

「決まってるから」

一瞬の間があった。

「そういう決まりがあるの?」

佐伯先生が聞く。

「レオンは殴っていいんだ」

光一くんの言葉に、レオンくんママが息を呑《の》む。

「それは誰が決めたの?」

佐伯先生がゆっくりとたずねると、光一くんは優を指さして「優だよ」と答えた。あすみの

鼓動が一気に速くなる。

「レオンがしゃべったら、殴ったり蹴《け》ったりしていい決まりなんだ」

光一くんが言う。

「ううっ……」

レオンくんの目から、ぽたぽたと涙が落ちた。レオンくんママが怒りに満ちた顔のまま、レオンくんの肩を抱き寄せる。

「優さん。今、光一さんが言ったことは本当ですか？　優さんがそういう決まりを作ったんですか？」

佐伯先生の質問に、優は下を向いたまま答えない。優の手が小さく震えている。もしかしたら泣いているのかもしれない。あすみは握っている優の手の甲をさすった。

「レオンくん、そのルールは優くんが決めたんですか」

宇津木先生がレオンくんにたずねる。レオンくんはしゃくり上げながら、うなずいた。

「ひどいっ！」

レオンくんママが金切り声を上げる。その声が耳障りだったのか、光一くんが人差し指を両耳に突っ込んで「あーあーあー」とうなりはじめた。

「石橋優くん、どうしてそんな決まりを作ったんですか。教えてください」

宇津木先生がしずかにたずねた。優は下を向いたままだ。

「優、ちゃんと答えて。本当にあなたがそんな決まりを作ったの？　どうして？　説明してちょうだい。お願い」

あすみは、優の顔をのぞきこむようにして聞いた。必ずなにか理由があるはずだ。それは優にとって、とても大事なことなのだとあすみは思った。

それに、直接手を上げたのは光一くんだ。たとえ万が一、優がそういう決まりを作ったとしても、光一くんがしなければいいのだし、レオンくんだって嫌だと言えばいいのだ。そんな大きな図体《ずうたい》をしているくせに、光一くんにやられっぱなしになっていたなんて、そもそもおかしいではないか。

「理由を言いなよっ！　なんでそんな命令したのよ！　自分でやらないで人にやらせるなんて、卑怯《ひきょう》だよ！」

レオンくんママが声を荒らげる。あすみはレオンくんママをにらんだ。子ども相手になんという口の利き方だろうか。

「優くん、レオンくんと光一くんが言っていることは、本当ですか？　だとしたら、どうしてそんな決まりを作ったのか、教えてください」

宇津木先生が再度たずねる。

「優さん、あなたが話すのをみんなが待っています」

佐伯先生が促す。

みんなで優を悪者にしようとしていると、あすみは思った。今日はいったんおうちに帰ろうか、と優に言おうとしたとき、くっ、と優の喉から音が漏れた。やはり、泣くのを我慢していたのだ。

「優……」

「くっくっ」

「え？」

あすみは驚いて優を見た。優は笑っていたのだった。緊張のあまり、頭がおかしくなってしまったのだろうか。

「優、落ち着いて」

そう言って、あすみは優の肩に手をやった。

「邪魔」

優がひとこと言って、あすみの手を振り払う。

「あー、めんどくさい」

笑いながら優がつぶやいた。あすみは、ぽかんとした。はじめて見る優の態度に、思考が追いつかない。

「レオン。なんでチクっちゃうんだよ」

優が声をかけると、レオンくんはひぃっく、としゃくり上げた。

「レオンが泣いたから、つねっていい？」

光一くんが優にたずねる。優はたのしそうに笑っている。

「レオンくんが泣いたらつねる、という決まりがあるのですか」

宇津木先生が誰にともなくたずね、眉根を寄せる。

「光一さん、どんなことがあっても、お友達をぶったりつねったりしてはいけないのよ」

佐伯先生が言い、光一くんのお母さんが「絶対だめだからね」と、光一くんの耳元で言い聞かせる。

あすみは声が出なかった。優に聞きたいことが山ほどあったが、喉が詰まったようになって言葉が出てこない。

「優くん、きちんと説明してください」

宇津木先生が厳しい口調で言う。

「はい、すみませんでした。ぼくが悪かったです」

いきなり立ち上がって、優が頭を下げた。そしてすぐに着席する。

「なぜ光一くんに、レオンくんをぶっていいと言ったのですか」

「実験です」

「実験？」

「光一が、本当に指示通りに動くかなあと思ったんです。だって光一って、なんにでも従うから」

不気味な間のあとで、レオンくんママが、信じられないっ！　と叫んだ。

「レオンもなんで言いなりになってたのよ。光一くんにやめてって言えばよかったでしょ。こんなになるまでやられてたなんて！」

レオンくんママが、レオンくんの涙を拭いてやりながら言う。

「……やめてって言ってもやめてくれないし、それにやらされてる光一もかわいそうだし」

小さな声でレオンくんが言った。そのとき、

「はあ？」

と、優が頓狂《とんきょう》な声を出した。

「なに言ってんの、違うでしょ、レオン。嘘つかないでよ。最初にやったのはレオンでしょ？」

半笑いで優が言う。

「レオンが、女子のスカートをめくれって光一に命令したら、言った通りにやってくれたんだよ。それを見て、ぼくが今回のことを思いついたんだ。だよな、レオン？　レオンも賛成してくれたよな」

片方の眉を上げて、わざと困ったような顔をして優が言う。レオンくんはうつむいたままだ。

光一くんのお母さんが、優のことを、悲しそうな目でじっと見つめていた。

「ほんとなの、レオン？　だからあんた、光一くんにやり返せなかったの？」

レオンくんママが、レオンくんにたずねる。

「……スカートめくりのこと、チクるって優に言われたんだ……」

レオンくんの言葉を聞いて、佐伯先生が大きなため息をついた。優は、さもばかにしたような顔でレオンくんを眺めている。

「レオン。じゃあ、まず、スカートめくりのことを光一くんに謝りな。それは、あんたが悪い」

母親に言われ、レオンくんはうなずき、「光一、ごめん。ごめんなさい」と頭を下げた。光一くんは、じっとレオンくんを見つめたままだった。光一くんのお母さんが立ち上がって、レオンくんのそばに行く。

「どうもありがとう、レオンくん。でも謝るのはこっちです。本当にごめんなさい。痛かったよね。そんなアザになるまで……。もう二度としないように、ちゃんと光一に言い聞かせるからね。本当にごめんね。竹内さん、本当に申し訳ございませんでした。大事なお子さんに怪我をさせてしまい、心からお詫《わ》び申し上げます。治療費などきちんとお支払いいたしますので」

光一くんのお母さんが、レオンくんとレオンくんママに向かって深々と頭を下げる。レオンくんママは、戸惑ったような顔で、いえいえ、と手を振った。

あすみは頭を下げている光一くんのお母さんを見ながら、ああ、この人はいろんなことを全部わかって、その上で乗り越えて、ああして普段から笑顔でいるのだと思った。なにも考えていないように見えるのは、もう存分に考え尽くしたあとだからだ。自分はなんと浅はかだったのだろうか。我が子の障がいが気にならない親なんているわけないのだ。と、そんなことを思っていた。

一方の優は、まわりを愉快そうに見回して笑顔を見せていた。

「……優。ちゃんと謝って」

「はあ？　なんで？」

あすみは、これは本当に優だろうかと思った。

「あなたが光一くんに命令して、レオンくんを傷つけたんでしょ。レオンくんと光一くんに謝って」

「謝れば済むってこと？　はいはい、わかりました。どうも申し訳ございませんでした」

芝居がかって言う優を、宇津木先生も佐伯先生もレオンくんママも呆気《あっけ》にとられたように眺めていた。光一くんのお母さんは、やはり悲しそうな目で優を見ていた。

「心から悪いと思ってんの？」

レオンくんママが優にたずねる。

「心から悪いと思っています、って言えば満足ですか？　いったい誰がぼくの本当の心をわかるんですか？　口先だけで謝っても仕方ないと思いますけど？」

レオンくんママが、信じられないっ！　と叫ぶ。

「教養のない人間は、大きな声を出せば、相手が言うことを聞くと思ってるから困っちゃうんだよなあ……」

優が小さな声でつぶやいた。レオンくんママの顔色が変わる。

「申し訳ございません！　本当にすみませんでした！」

あすみは立ち上がって謝った。頭を下げたとき、鼻水がつーっと落ちて、あすみは自分が泣いていることに気が付いた。あすみは壊れた音声テープのように、何度も何度も、申し訳ございませんと繰り返した。

「石橋さん、少し落ち着きましょう」

宇津木先生に言われ、佐伯先生に肩に手を置かれて、あすみはようやく顔を上げることができた。優が、さもばかにするような目つきであすみを見つめている。

「今日はみなさん、おうちに帰られてからお子さんとよく話してください。学校でも注意するようにします。また今後、個別相談などを行いたいと思いますので、よろしくお願いします。なにかありましたらすぐにご連絡ください」

不毛な話し合いのあと宇津木先生がそう言って、この集まりは解散となった。帰り際、レオンくんママと光一くんのお母さんがあすみに向かってなにか言っていたが、あすみの頭にはまるで入ってこなかった。すみませんすみませんと、ただ頭を下げるだけだった。


あすみがのろのろと洗濯物を畳んでいると、優がやって来た。学校から帰宅後、優はすぐに自分の部屋に入ってしまったので、まだなにも話していない。

「ぼくも畳むよ」

そう言って、優が一緒に洗濯物を畳みはじめる。

「ありがとう」

と言ったら、泣けてきた。

「なんで泣くの？」

あすみはエプロンの裾《すそ》で涙を拭いた。

「優、ねえ、なんで光一くんに命令して、レオンくんに手を上げさせたの？　ねえ、どうしてなの？　ママにはどうしても信じられないのよ。優がそんなことするなんて。なにか理由があるんでしょ」

「だからー、さっき言ったでしょ。実験だって。どういう行動パターンなのか知りたかったんだよ。光一とレオンが」

「レオンくん、あんなに傷だらけなのよ。優はそれを近くで見てたんでしょ？」

「うん」

悪びれる様子もなくうなずく。

「自分がそんなことされたら、どう思う？　痛いよね。怖いよね。嫌だよね」

「ぼくがそんなことされるわけないでしょ」

「優は、光一くんも傷つけたのよ。あなたに命令されて、レオンくんに手を上げたのよ」

「うん。光一は従順だよね。誰かに頼まれたら人殺しとかもしちゃうんじゃない？」

「優っ！」

あすみは思わず優の手をつかんだ。痛い、放してよと言われ、手を放したら、

「母親のくせに野蛮だなあ」

と言われた。かあっと頬が熱くなる。

「優、もう絶対に、お友達を試したり傷つけたりするようなことはしないで！」

「えー、だって誰かを試さないで生きていくことなんてできないでしょ？　ママだって、ぼくを試してるじゃない」

あすみは驚いた。

「試してなんていないわ」

「そう？　ぼくの塾での成績だって、どこまでできるか試してるってことじゃない？」

「それとこれとは話が違うでしょ？　ねえ、どうしてなの？　なんでこんなことになっちゃったの？　優は今まで、ママにずっと嘘をついていたの？」

すがるように、あすみは優にたずねた。

「嘘なんてついてないよ。ただ、ママ好みにしてあげてただけ」

あすみは衝撃を受けた。

「……どういうこと？　わたしの前で演技してたってこと？　ねえ、いつから？　いつから演技してたっていうの！」

「演技ってほどじゃないよ。だってママだって、パパにこうしたら好かれるとか、ここまで言ったらアウトだとか、おばあちゃんに嫌われない許容範囲はどこまでか？　とかいろいろ考えて行動してるわけでしょ。みんなある程度計算して、人間関係を作ってるんじゃない？　人は誰だってペルソナがあるんだから」

嬉々として言う優が、あすみにはまったく見ず知らずの子どものように思えた。

太一の帰宅後、あすみは今日の出来事の一部始終を話した。太一は顔をしかめて聞いていた。

「で？」

話し終わって、太一が開口いちばん口にした言葉だ。あすみはきょとんと、太一の顔を見た。

「で？　おれにどうしろっていうわけ？」

「どうしろなんて言ってないわ。今日あったことを話しただけなんだけど」

「あ、そう。じゃあ、おれは関係ないよな」

そう言って、太一が立ち上がる。

「ちょっと待って。レオンくんと光一くんのお宅に謝りに行ったほうがいいよね」

「そりゃ、そうでしょ。怪我させたんだから。そんなの常識だよね？」

「じゃあ、たいちゃんも一緒に……」

と言いかけた途中で、太一は「父親がのこのこ出て行ってどうすんだよ」とつぶやいて、風呂に行ってしまった。

あすみは大きく息を吐き出して、でも、たいちゃんの気持ちもわかる、と思った。これまで信じてきた優の豹変《ひょうへん》ぶりに、気持ちが追いつかないのだ。明日優を連れて謝罪に行こうと、あすみは心づもりをした。


翌日、優と二人で光一くんの家に行った。光一くんのお母さんは穏やかに応対してくれた。とんだことをしてしまったというのに、微笑みを絶やさず、子どものすることですから、と言ってくれ、あすみは恐縮した。優も素直に謝った。もしかしてこれも演技なのかと思うと身体から力が抜けたが、光一くんのお母さんが言うように、優はまだほんの子どもなのだ。本人だってきっと、まだなにがなんだかわからないのだとあすみは思う。辛抱強く見守らなくてはいけないのだ。

そのまま優を連れて、レオンくんの家に向かった。夕方の時間帯だったけれど、レオンくんママは在宅だった。菓子折りを渡し、

「このたびは本当に申し訳ありませんでした」

と、あすみは平身低頭で謝った。優にも事前に言い聞かせ、くれぐれも余計なことを言わないようにと釘《くぎ》を刺しておいた。

「レオンは出てこないよ。あんたと顔を合わせるのが嫌みたい」

レオンくんママは、優をにらみつけるようにして言った。いくら優が悪いとはいえ、子ども相手にそんな言い方はないだろうと思ったが、あすみはこらえた。

「治療費などもお支払いしますので、ご請求ください」

あすみが言うと、レオンくんママは家のなかに向かって、

「パパー！　パパ、ちょっと来てよお！」

と大声を張り上げた。しばらくしてから、レオンくんパパと思われる男の人が出てきた。髪はぼさぼさで、無精髭《ぶしょうひげ》もかなり伸びていた。伸びきったスウェットのウエストに左手を突っ込んだまま、ぼりぼりと頭をかいている。

「なんだよう、うるせえなあ」

「ほら、この人が例の石橋親子。レオンの怪我の治療代を払ってくれるんだってさ」

レオンくんパパに全身を値踏みするような目で見られ、あすみは鳥肌が立った。

「へえ。じゃあ、そうしてもらえばいいじゃん。どうせ金持ちなんだろ」

レオンくんパパはそう言って笑い、そのまま奥に引っ込んでしまった。

「病院にはかかってないから治療費じゃなくて、慰謝料でいいよ。十万くらい？」

あすみはその金額にびっくりした。高額すぎやしないだろうかと思ったが、もしこれが逆で、我が子があんな怪我をさせられたとしたら、十万でも安いような気がした。相場がわからない。

「そのように主人に伝えて、また改めて伺います」

あすみと優が帰ろうとしたところで、

「ねえ、ちょっとあんた。石橋優」

と、レオンくんママが声をかけてきた。

「今回の件、もう学校中に広まってるよ。あんたさ、みんなになんて呼ばれてるか知ってる？サイコパスだって。性格異常者だよ。そのうち重大な事件でも起こすんじゃない？　優ママ、あんたもさ、こういう子はほんと気を付けてあげたほうがいいよ。将来なにしでかすかわかったもんじゃない。全部親の責任だもん」

勝ち誇ったように言う。あすみは、怒りやら悲しみやらで立っているのがやっとだった。

「……では、今日はこれで失礼いたします」

なんとか声を出し、あすみと優はレオンくんの家をあとにした。

「ママ、あんな下品なおばさんにお金払う必要なんてないんじゃない？　実際やったのは光一なんだからさ。あれ、ただの金目当てだよ」

わかってる。もちろんお金目当てだろう。でもレオンくんが怪我をして、レオンくんママが心を痛めていたことは事実なのだ。それに実際に手を出したのが光一くんだとしても、光一くんはそういう障がいを持っているのだ。

「光一くんに怪我させたのは優なのよ。少しは反省して」

あすみの言葉に、優はとぼけたような顔をして、肩を持ち上げた。

「ねえ、優。学校はどうなの？　大丈夫？」

レオンくんママの言う通り、優の悪い噂が学校中に広まっているかもしれない。

「ぜんぜん大丈夫だよ。レオンとはもう遊ばないし。サイコパスだなんてかっこいい」

あすみは呆然《ぼうぜん》と我が子を見た。優がなにを考えているのか、まったくわからなかった。


ウッドデッキの汚れが目立つ。掃除をしなければいけないと思いつつ、時間ばかりが経ってしまっていた。梅の実も収穫したはいいが、結局そのままにしてしまった。梅酒も梅干しも、今年はあきらめた。

優は、休むことなく学校に行っていた。その後、先生からの連絡もなかった。太一と相談して、レオンくんの家には言われた通りの金額を支払い、商品券と果物もつけた。

「少しでも優位に立つためには、そのくらいの代償は必要だな」

と、太一は言った。確かにここで金額を下げたら、よからぬ噂を広められるだけだろう。

「たいちゃんからも、これからはそういうことのないように、優に注意してくれるかな。父親が言えば心に響くと思うの」

あすみが頼むと、しぶしぶとだが太一は請け合ってくれた。レオンくんの一件以来、太一は、優に対してどこかよそよそしく、あすみが相談してもはぐらかされることが多かった。優のほうでも、なにかを吹っ切ったのか、もしくは開き直ったのか、以前の優とはまるで違う態度で太一に接していた。

ひさしぶりに三人で食卓を囲んだ日、太一が優に諭してくれた。暴力をふるってはいけないこと、人を傷つけてはいけないこと、弱い子は守らなくてはいけないこと。

「優。なによりも正直で素直なことが大事だぞ。パパはそういう優が好きだな」

横で聞いていたあすみは、太一の言葉に何度も首肯した。

「へえ、そうなんだ」

肝心の優は、そんなふうに答えて太一を見て笑った。なにか含むところがあるような、嫌な笑い方だった。

「なんだ、その顔は。父親をばかにしてるのか？」

怒りをはらんだ声で太一が言う。

「お前がやったことは最低なことだぞ」

優は、へえー、と言って、にやにやしている。

「優っ！　なんだその態度は！」

「パパ」

あすみは慌てて取り繕った。ここでケンカになっては、元も子もない。

「優を信じていたおれがばかだった」

太一の言葉に、「信じてたんだ？」と、優が笑う。

「このっ！」

太一が立ち上がり、優に手を伸ばそうとした。あすみが必死に止める。椅子が倒れて、大きな音を立てた。

「はあ？　ちょっと、やめてよ。暴力ふるってんの、そっちじゃん」

優は顔をしかめてそう言って、食事の途中で二階へ上がってしまった。

太一の顔はひきつっていた。

「たいちゃん……」

差し出したあすみの手は、乱暴に振り払われた。

「お前のしつけが悪いから、優があんなになったんだろ！　毎日家にいるくせに、なんで子どものこと、ちゃんと見てないんだよ！　あんなになっちまって、いったいどうすんだよ！　お前のせいだろ！」

お前……？　その言い方に、あすみは衝撃を受けていた。太一にお前呼ばわりされたのははじめてのことだった。父親にだって、言われたことはない。これまで出会った誰にだって、「お前」なんて呼ばれたことはなかった。

「……ごめんなさい」

反射的にあすみは謝った。

「おれと母さんは昔からここに住んでるんだから、これ以上恥かかせるなよ」

あすみは、おかしな具合に跳ね上がる胸をおさえながら、はい、とうなずいた。

最近では、朝、駅まで送った際にあすみの頬をなでるルーティーンもなくなっていた。

これは試練なのだとあすみは思う。こういうことを乗り越えて、本当の家族になってゆくのだと。菜々に一連の騒動について相談したかったが、もう少し様子を見てからにしようと思った。

優の態度のあれこれは、小学三年生頃に見られる中間反抗期だと思うが、四六時中一緒にいるわけではない太一からしてみたら、衝撃は大きいだろう。時期が来れば、きっと落ち着くはずだと、あすみは前向きに考えることにした。

夏休み近いある日、あすみが買い物から戻ると、ランドセルを背負ったままの優が庭に立っているのが見えた。

「おかえり、優。早かったのね」

と声をかけたところで、ありえない光景を目にした。優の向こう側で、義母が倒れてうめいているのだった。

「お義母《かあ》さんっ！」

と、かけ寄ったところで、

「なにこれ……」

と、あすみは自分の目を疑った。義母は、下半身をあらわにした状態で倒れていたのだ。

「……お、お義母さん！　大丈夫ですか！　しっかりしてください、お義母さん！」

ツンとした臭いが鼻をつく。土の上のシミは尿のようだった。

「痛い……。痛い。蹴られた……」

義母が目をうっすら開けて、あすみに訴える。義母の顔は土だらけで、丸出しの尻には靴の跡がついていた。あすみはとっさに優を見た。

「……当たり前だ」

優はひとことつぶやいて、足元の土を蹴った。飛び散った土が、義母の下半身にふりかかる。

「優っ！　優っ！　やめなさいっ！」

あすみは無我夢中で、優を突き飛ばした。

「わー、やめろっ！」

「そっちが先にやったんだろっ！」

騒がしい声が聞こえてくる。ドタドタと廊下を走る音。巧巳が悠宇を追いかけているらしい。

お願いだからこっちに来ないで、という願いむなしく、勢いよくドアが開き、悠宇が留美子の仕事場に突入してきた。そして、すぐさま内側からドアノブに手をかけて、開かないようにする。

「開けろー！　ずるいっ！　開けろっ！」

巧巳が、廊下側からドアをばんばんと叩いている。

「なにやってるのよ」

留美子が声をあげた瞬間、悠宇のおさえていた手の力がゆるんだのか、ドアが押されて巧巳が部屋に倒れ込むように入ってきた。すぐに小突き合いのケンカがはじまる。

「やめなさい！　ケンカするなら外でやって！　わたし今仕事してるの、この部屋には入らないでって何回も言ってるでしょ！」

先日、留美子はようやく物置になっていた部屋を片付け、仕事部屋にした。自分だけの空間があることが、こんなにも心安くうれしいことだとは想像以上だったが、何度言い聞かせても、こうして子どもたちが勝手に入ってきて、仕事を中断させられる。

「んもうっ！　パパっ！　パパは一体なにしてるのよっ！　ちょっと、パパー！」

留美子は大声を張り上げた。

「パパってば！」

ひときわ大きな声で留美子が叫ぶと、豊がむっとした顔で現れた。

「ねえ、わたし仕事してるんだから、子どもたち見ててよ！」

「見てるだろ」

「……はあ？」

留美子は心底呆《あき》れる。豊は子どもたちを視覚的に「見てる」だけで、特になにをするわけでもないのだ。「見てる」だけなら、五歳児にだってできる。「見る」という意味もわからないのだろうか。

「それに今、おれ、トイレに行ってたの。トイレも行っちゃいけないのかよ」

嫌みっぽく返してくる豊に、留美子はひと呼吸置いてから、

「夕飯の支度はしてくれた？」

と、たずねた。

「これから」

豊は、悪びれる様子もなく言う。

「もう七時だよ」

「文句があるなら自分でやれば？」

留美子は大きく息を吐き出して、気を静める。

「とにかく、子どもたちをちゃんと見てて。急な仕事が入ったのよ」

留美子は豊にそう言ってから、子どもたちにも、お母さんは仕事だからいい子にしててね、

と念を押した。豊が、「さっさと出ろ」と子どもたちに言い、ドアを乱暴に閉める。

「二度とこの部屋には入るなってさ。仕事が忙しくて、お前らの顔なんて見たくないんだと」

聞こえよがしに、ドアの向こうで豊が言う。留美子は言い返したいのをぐっとこらえる。まったく、子どもたちにそんなことを吹き込んで、なんになるというのだ。豊の言動のいちいちが理解できない。けれど、ケンカしている暇はない。

留美子は、このあいだ買った耳栓を取り出して、両耳に装着した。雑念を振り払って、仕事の続きに取りかかる。

どのくらい経った頃だろう。

「ギャーッ！」

という声とともにドアが開いて、巧巳が仕事部屋に入ってきた。風呂上がりなのか、裸のまだ。髪は濡れていて、身体には水滴がついている。

時計を見ると、時刻は二十二時半を過ぎていた。

「えっ!?　やだ！　もう十時半じゃない！　明日も学校でしょ、なんで今頃お風呂に入ってるのよ！」

留美子は誰にともなく大きな声で言い、巧巳に「身体を拭いてきなさい」と指示をする。

「やだやだやだ！　お兄ちゃんが背中をひっかいた！　痛い痛い！　わあああん！」

見れば、巧巳の背中にうっすらと一本、赤い線があった。皮もむけていないし、血も出ていない。泣くほどのことではない。

「大丈夫だよ。なんともなってないから」

「痛い痛い！」

背中に手を当てながら、なんでケンカになったのかを留美子が巧巳にたずねると、水を滴らせたまま、悠宇が飛んで来て、

「巧巳が先に、おれの首をタオルで絞めたんだ！」

と、涙目で訴えた。

「巧巳、そうなの？　お兄ちゃんの首をタオルで絞めたの？」

「だって、お兄ちゃんがおれのタオルを取ったから」

留美子はひと呼吸置いてから、「巧巳」と、次男の名前を呼んだ。巧巳が緊張した顔で、留美子を見る。

「首を絞めたらどうなると思う？」

「……知らない」

「よく考えて。首を絞めたらどうなると思う？」

「……死ぬ」

「うん、そう。息ができなくなって死んじゃうのよ。首は大事なの。絶対に絞めたりしちゃいけないの。わかった？」

巧巳は、うん、と神妙にうなずいた。

「はい、二人で仲直りの握手」

留美子が言うと、悠宇と巧巳はおずおずと手を出して握手をした。手を離したときにはもう、互いににやにやと笑っている。

「早く身体を拭いて、着替えてきなさい」

二人は素直に脱衣所に戻った。

一体、豊はなにをしているのだろうか。留美子は脱衣所で二人を手伝いながら、浴室に向かって何度も声をかけてみたが、豊からはなんの反応もない。

「ねえ、聞こえないの？　なにやってるの。開けるわよ」

浴室の扉を開けると、豊は顔を天井に向けて、湯船で居眠りをしていた。

「……うそでしょ。信じられない……。ちょっと、パパっ！」

留美子の声にびくっとし、豊が目を開ける。

「死ぬわよ」

留美子はひとことだけ言って、扉を閉めた。おおかたビールでも飲んで、気持ちよくなって眠っていたのだろう。子どもと一緒に風呂に入っているのに、ありえない無神経さだ。

留美子は子どもたちをせかして、ベッドに寝かせた。エアコンのタイマーをセットする。

「お母さん、夏休みいつからー？」

巧巳が聞いてくる。

「あと十回寝たら、夏休みだよ」

「うっそお！　もうすぐじゃん」

うれしそうに言う。

「なにして遊ぼうかなー」

「今日はもう遅いから、おしゃべりしないで寝なさい。おやすみ」

留美子は、子ども部屋の電気を消してリビングに行った。リビングも台所も、なにも片付いていなかった。留美子が呆れて突っ立っていると、風呂から上がったらしい豊が、

「はいはい、これからやりますよ」

と、おどけたように言った。

「ねえ、子どもたちを九時までには寝かせて、っていつも言ってるよね」

「はいはい」

どうでもいいように返事をする。

フライパンに肉野菜炒《いた》めがあった。留美子が皿に盛り付けてレンジで温めていると、

「おれが作ったんだけど」

と、豊が口を挟んできた。

「食べちゃいけないの？」

「いえいえ、どうぞどうぞ」

そう言って、これ見よがしに洗い物をはじめる。だったら言うなよ、と心のなかで留美子は毒づき夕飯を食べた。

まったく。豊がこんなに卑屈な男だとは思わなかった。もう少しおおらかな男だと思っていたが、まるで違った。おちょこの裏側ぐらいの心の狭さだ。

留美子は、すぐそこに待ち受けている夏休みを思い、憂鬱《ゆううつ》になる。去年までは留美子の仕事も少なかったし、それに巧巳は保育園だったから、お盆時期以外は園に通っていた。どちらか一人なら、まだいいのだ。二人そろうと、手の付けられない怪獣になる。

今年、せめて夏休み期間だけでもと、学童保育に問い合わせをしたが、すでに定員オーバーだった。でもどちらにせよ、子どもたちは行きたがらなかっただろうし、それになにより、我が家には仕事をしていない大人が在宅しているのだ。学童保育に申し込む資格などそもそもないのだと、留美子は台所に立っている豊を冷ややかに眺めた。

「今日、学校のプールでしょ！　早く支度しなさい」

朝からアニメ番組を見ている子どもたちに、留美子はつい声を荒らげてしまう。悠宇も巧巳もまだパジャマのままだ。

「早く着替えなさい。ヤマトくんとリュウセイくんが迎えに来るわよ」

学校の友達の名前を出すと、ようやく二人は支度をしはじめた。

夏休みの前半と後半、学校がプールを開放してくれる。留美子が子どものときは、決められた回数必ず行かなければならなかったが、今は好きなときに行けばいいらしい。もちろん悠宇と巧巳には全ての日程分、行かせるつもりだ。

インターホンが鳴って、ヤマトくんとリュウセイくんの声が届いた。悠宇と巧巳が、玄関に飛び出して行く。

昨日もヤマトくんとリュウセイくんと一緒だった。マンションの広場で、水をたっぷり入れた水風船をパンツのなかにしのばせて、それを互いにつぶし合うというくだらない遊びをしており、おおいに呆れるとともについ笑ってしまった。本当に男児というのは、想像のつかないことをする。

「行ってらっしゃい。気を付けてね！　ほら、帽子かぶって」

放るようにしてキャップを渡し、二人を見送った。

そのまま留美子は、わざと大きく音を立てて廊下を歩き、和室のふすまを勢いよく開けた。冷房で冷やされた空気が一気に流れ出てくる。こらえていた怒りが爆発する。

「ったく！　いつまで寝てるつもりなのよ！」

留美子はエアコンのスイッチを消して、毛布をはがした。豊が身体を丸めて眠っている。けちくさいことは言いたくないが、エアコンを朝までつけっぱなしにして、毛布にくるまって寝ているなんて、なんという無駄遣いだろうと留美子は思う。

「さっさと起きてよ！　いいかげんにしてっ！」

寝ぼけた顔で半身起き上がった豊が、ぽりぽりと頭をかく。留美子は戸が壊れるほどの勢いで、バシンッ、と強くふすまを閉めた。

夏休み中、子どもたちの面倒を見ると言った豊は、これまで一度だって子どもたちよりも早く起きた日はなかった。ビールを飲みながら深夜までテレビを見て、あげくこんな時間まで寝ているのだ。

豊が勝手気ままな夜を過ごしている間、留美子は目を充血させ、頭から湯気を出しながら、ぎっちりと仕事をしている。それなのに、遊んでいた豊より早く起きて、子どもたちの世話をしている。こんなおかしなことがあるだろうか。

子どもたちが食べた食器を洗っていると、ようやく起き出してきた豊がテレビの前で伸びをしているのが見えた。

「わたし、これから仕事しますので、あとはお願いします。子どもたちはお昼に帰ってきます。お昼ご飯食べさせて、午後は児童館にでも遊びに連れてってあげてください」

留美子は豊の顔を見ずにそれだけ言って、コーヒーを持って仕事部屋に入った。言い募りたいことは山ほどあったが、時間の無駄だ。留美子は雑念を振り払って、仕事に取りかかった。

『ハレルヤ』の今回のお題は、今話題の本についてだった。人気若手女優が書いた小説の評判がよく、大きな文学賞候補に選ばれるのではと、業界ではもっぱらの噂だ。すでに部数は伸びはじめているが、今後爆発的に売れるのを見込んでの紹介だった。

留美子は書評家ではないので、あくまでも一般読者としての目線で書いている。が、これが思った以上に難しかった。近頃、小説はほとんど読んでいない。何度も読み直し、何度も書き直し、予想以上に時間がかかっていた。本は付箋《ふせん》とマーカーでいっぱいだ。締め切りは明日の午前中。今日中に、なんとか目処《めど》をつけなくてはいけない。

「誠実な対応、誠実な仕事。何事も決しておろそかにしないこと」

留美子は自身に向かって言い、気合いを入れてパソコンに向かった。


昼近くなり、子どもたちの声が聞こえた。プールから帰ってきたらしい。ここで顔を出すと、結局ずるずると留美子が子どもたちの世話をしなければならなくなるので、留美子は耳栓をし、集中して仕事を続けた。気を散らしていたら、間に合わなくなる。

わき目もふらずパソコンに向かい、ようやくいち段落して仕事部屋から出たときには、すでに日暮れだった。子どもたちと豊の姿はなかった。三人でどこかに出かけたのだろう。

リビングはひどい有様だった。午前中に使った、学校のプールバッグもそのまま置きっぱなしだし、子どもたちのおもちゃや文房具も散乱している。

豊に家事をやってもらうようになったのはいいが、留美子としては我慢することも多かった。掃除は、性差なのか個人的な感覚の違いなのか、豊は掃除機はかけるものの、片付けることをしない。本や服が置きっぱなしになっていても気にならない様子で、それらをよけて掃除機をかける。留美子はどちらかというと、豊とは反対だ。モノが片付いていないところにいくら掃除機をかけたって、きれいになったとは到底思えない。

洗濯は、畳むのは嫌がるが、干すのは苦にならないらしい。料理は案外おもしろいらしく夕食はほとんど任せているが、珍しい食材や普段使わない調味料などをむやみに買ってくるので、食費ははね上がっている。

けれど、家事全般のそういう些末《さまつ》なことに関して、留美子は口うるさく言うのは控えていた。やってくれるだけいい、と思うようにしている。見なければいいのだし、実際見ているヒマもない。

少しリビングを片付けようかと思ったが、今日はもう、それほどの気力も体力も残っていなかった。とりあえず留美子は、干しっぱなしになっていた洗濯物を取り込み、ゆっくりと畳みながら、原稿の最終段落について考えた。あと少しだ。最後を決められれば、きっといい原稿になる。

何時頃に帰ってくるのか、夕飯はどうするのか、をたずねようと携帯を手にしたとき、ちょうど玄関のドアが開く音がした。

「ただいまー」

悠宇と巧巳が競うようにしてリビングに入ってきた。しずかだった部屋が、一気に騒がしくなる。

「おかえり。どこに行って来たの?」

「映画だよ!　ポケモンの」

「そうなんだ。よかったね。おもしろかった?」

「うん!」

二人とも満足そうだ。子どもたちよりだいぶ遅れて家に入ってきた豊は、ただいまも言わずに、冷蔵庫から缶ビールを出して飲んでいる。留美子は、お疲れさま、と声をかけようとしたが、やめた。

なぜ形だけでも機嫌よくできないのだろうと思う。たかが映画に連れて行っただけなのに、自分一人だけが疲れたような顔をしてむっつりと黙り込み、不機嫌さを前面に押し出している。いい歳をした大人のくせに、ばかみたいだ。どこまで甘えれば気が済むのだと、腹立たしくなる。お疲れさまと言ってもらいたいのは、こちらのほうだ。

豊は、テレビを見ながらすっかりくつろいでいる。夕飯の支度をする気は、さらさらないらしい。子どもたちは、もう3DSで遊んでいる。

「悠宇、巧巳。ゲームをやる前に、そこに出てるおもちゃとプールバッグを先に片付けなさいよ。わかった？」

ふにゃふにゃと、いいかげんな答えが返ってくる。

「わたし、夕飯の支度するから、パパ、片付けよろしくね」

ソファーに横になって、テレビのチャンネルを順に変えている豊に、留美子は声をかけた。

冷蔵庫と冷凍庫の中身を確認しながら、生姜《しょうが》焼きでいいだろうと、心づもりをする。豚肉を解凍し、ブロッコリーを茹《ゆ》で、キャベツの千切りをしトマトを盛り付け、豆腐とワカメの味噌《みそ》汁《しる》の用意をする。

その間も、頭のなかに原稿をぶら下げている。締め切りはきついけれど、留美子はその充実感に満足していた。限られた時間をどうやって使うか。ギリギリで発揮できる瞬発力のようなものも、最近身についてきた。

「食事できたよー」

そう言って、留美子がリビングに目をやると、さっきからまるで片付いた様子はなかった。子どもたちは3DSを続けていて、豊はソファーに横になったままスマホをいじっている。誰も見ていないテレビはつけっぱなしだ。

「ねえ、どんどん片付けてよ！　夕飯だから！」

留美子が言っても、誰も動こうとしない。父親がスマホをいじっているのだから、子どもたちが次の行動をしないのは当たり前だ。

「もうっ、パパ！　少ししっかりしてよっ！」

腹立ち紛れに、豊に向かって叫んだ。豊がうるさそうに留美子を見て、おもむろに立ち上がる。なにも言わないまま子どもたちに近づき、子どもたちがやっている3DSを力任せに奪い取り、そして電源を切った。

「なにすんだよっ！　データ消えたっ！　データ消えたあ！」

悠宇が狂ったように言い、巧巳が泣き出した。子どもたちのゲームに対する情熱は、親たちの想像をはるかに超えている。そんな話を、このあいだママ友としたばかりだ。今の豊の行動はやりすぎだと、留美子は思う。

「返せっ！」

叫びながら、悠宇が豊の腕に飛びかかった。その瞬間、豊が手に持ったゲーム機を思い切り投げつけた。

「ああっ！」

悠宇と巧巳が絶叫する。留美子も思わず声が出そうになったが、ゲーム機はソファーの上に転がったので、ゲーム機とフローリングは傷つかずに済んだ。

悠宇と巧巳が「なにすんだよ！　なにすんだよ！」とわめきながら豊に突進して、豊の腿《もも》やお尻に殴りかかる。豊は、うるさそうに子どもたちを振り払った。豊に払われて尻もちをついた二人は、すぐさま立ち上がってまた豊に挑みかかる。

「やめろ」

ひとこと言って、豊がさっきより強く子どもたちを振り払った。悠宇がソファーに肩をぶつけ、巧巳が頭を床にぶつけた。ゴンッと、ものすごい音がした。

「巧巳っ！」

留美子は慌てて、巧巳にかけ寄った。

「巧巳っ！　大丈夫!?」

巧巳が、痛いよう、と頭をおさえて泣いている。

「子どもになにするのよっ！」

これまで出したことのないような声が出た。

悠宇が泣きながら起き上がって、大きな声で叫びながら、豊の足に蹴りを入れる。

「いてっ！」

悠宇のキックが弁慶の泣きどころに入ったのか、豊がものすごい形相で、悠宇の後頭部を叩いた。すさまじい声で、悠宇が泣き出す。

「悠宇っ！」

留美子は頭をおさえて涙を流している悠宇を引き寄せ、豊に叩かれた後頭部に手を当てた。

留美子は悠宇と巧巳を両腕に抱えるようにして、豊を強くにらんだ。

「子どもに暴力を振るうなんて最低っ！」

「先に手を出してきたのは、こいつらだろ。いつまでもゲームしてるからだ」

「もっとやり方があるでしょ？　注意もしないでいきなり取り上げるなんて！　しかも子ども相手に本気になって、あげく手を上げてっ！」

留美子が自分たちの味方についたのを感じ取って安心したのか、子どもたちの泣き声がいっそうひどくなる。

「がたがた言うなら、お前が子どもたちの面倒見ればいいだろ。おれに頼むなよ」

かあっと頭に血が上る。

「頼むなよ、ってなによ！　あなた父親でしょ？　食事だから片付けてって言っただけじゃない！　なんで、そんな簡単なこともできないのよっ！」

「簡単なことなら、自分でやれよ」

「わたしは夕飯の支度してたの！　手が空いてるなら、言われる前に自分からどんどんやりなさいよ！」

「だーかーらー、文句言うなら自分でやれ」

「わたしは今日一日、仕事してたのよ。遊んでたわけじゃないの！」

「仕事してるのがそんなに偉いのか？　調子に乗らないでほしいね」

「調子になんて乗ってないわよ。食べていくのに、お金を稼ぐ人間がいなくちゃ困るわよね」

「はんっ。仕事をしてるほうが、家のことやったり、子どもの面倒見たりするより楽だよなあ。いいよなあ」

卑屈な笑みを顔に貼り付けて豊が言う。この人は、暗にカメラマンの仕事が楽だったと言っているのだ。だったら、どんどん働けばいいではないか。

子どもたちはいつの間にか泣き止んで、両親の言い争いを眺めていた。頭はもう痛くないらしい。

「悠宇、レゴを片付けなさい。巧巳は折り紙と画用紙、色鉛筆。すぐに片付けて」

なるべく落ち着いた口調で、留美子は子どもたちに言った。二人はわかったと返事をしながらも、３ＤＳを手に取る。中身を確認したいらしい。

「もうゲームには触らないで！　先に片付けなさいって言ってるでしょ！」

留美子はゲーム機を取り上げた。

「あなたもそんなところでゴロゴロしてないで、少しは動きなさいよっ！」

ソファーに寝転び、またスマホを取り出した豊に向かって留美子は怒鳴り、子どもたちのゲーム機と同じように、スマホを取り上げた。

「おいっ！　なにすんだっ！」

豊が立ち上がり、恫喝《どうかつ》するようにソファーにパンチをし、蹴りを入れる。

「おいっ、お前ら！　ここにあるものはいらないんだな！　片付けないなら捨てるからな！　てめえらのせいでおれが怒られるんだ！　いいかげんにしろっ！　クソがっ！」

そう言って、豊はいきなりレゴを蹴り飛ばした。悠宇が作ったレゴの飛行機は無残に壊れ、そこらじゅうに勢いよく飛び散った。

「ヤダーッ！」

悠宇が絶叫する。

「いらないから大事にしないんだろうが！」

今度は、巧巳が作った折り紙をぐしゃっと丸め、画用紙に描いた絵をびりびりに破いた。ギヤーッと、巧巳が泣きわめく。留美子は、あ然としていた。子どもたちが作ったものを壊すという、その行動が理解できなかった。片付けることと、壊すこと、なんの関連性もないではないか。しつけではない、これはただの暴力だ。

「全部捨てるからなっ！」

ゴミ袋を持ってきて、豊がどんどんおもちゃや文房具を入れていく。悠宇と巧巳が泣きながら豊につかみかかり、それを豊が振り払う。子どもたちは投げ飛ばされて、泣き叫んでいる。

「うるせえんだよっ」

豊が悠宇の尻を蹴った。悠宇が前のめりに倒れる。

「なにすんのよおっ！」

留美子はたまらず叫び、豊の背中を力いっぱい押した。豊がよろける。

「いてえな！　このっ！」

「子どもに、なに暴力振るってんのよっ！　それに、さっきからその言葉遣いの悪さはなんなのよ！」

巧巳が泣きながら、ぽかぽかと豊の足を蹴る。豊が巧巳を突き飛ばす。

「わたしの子どもになにしてんのよおっ！」

留美子はこぶしで、思いきり豊の二の腕を殴った。男の腕の肉の感触が、留美子のこぶしに伝わる。この男の腕をめちゃくちゃにしてやりたかった。

留美子は、渾身《こんしん》の力で何度も何度も豊の二の腕をこぶしで殴りながら、身体中が沸騰したように熱くなっているのを感じていた。豊に対する怒りだけが、留美子を取り巻いていた。手を上げるなんて、大人になってからははじめてのことだった。留美子はタガがはずれたように、全力で豊の腕を殴り続けた。

「……いってえんだよっ！　黙ってりゃ調子に乗りやがって！　このクソアマがあっ！」

豊が留美子の頭をバンッと叩き、両肩を力任せに押した。留美子は大きな音を立てて、尻もちをついた。尾てい骨の衝撃が、頭の先までびーんと響いた。殴られた頭がガンガンする。悠宇と巧巳が泣き止み、目を見開いて倒れた留美子を見る。

痛みと怒りと羞恥《しゅうち》で、眼球が取れるのではないかと思うくらい、目から上が熱くなった。

「……女にまで暴力を振るうなんて信じられないっ！」

「お前が先に殴ってきたんだろ。いってえな、本気で殴りやがって……」

豊は、留美子に殴られた腕をこれ見よがしにさすっている。

「お父さんなんていなくなれっ！　出てけっ！」

悠宇が突然叫んで、豊に突進した。

「なんだと、このっ！」

豊が悠宇の肩をつかむ。

「やめてよっ！　あんたがやってること、虐待だからね！　通報してやるっ！」

留美子が叫ぶと、豊は「ばからしい」と言って、悠宇を放した。そして、そのまま玄関に向かった。

「二度と戻ってこなくていい！　この家から出て行って！　出て行け！」

自分の声ではないような野太い声だった。留美子は言いながら、そんな言葉を吐いた自分に驚いていた。夫に向かって、出て行けと言う日が来るとは思いもよらなかった。

豊は憎々しげに留美子を一瞥《いちべつ》し、家から出て行った。留美子は玄関の鍵《かぎ》を閉めて、チェーンをかけた。大きく深呼吸をする。心臓がドクドクと脈打っていた。

「……二人とも大丈夫だった？」

留美子の問いかけに、子どもたちが小さくうなずく。巧巳が、

「お父さん、行っちゃったね」

と言い、「ムカつく！」と、悠宇が叫んだ。二人とも、もう涙は出ていない。痛いところもないようだ。子どもに対して、少しは手加減していたのだろう。当たり前だ。本気でやったら、子どもなんてすぐに死んでしまう。

留美子は尻《しり》もちをついたときの衝撃で、まだ頭がくらくらしていた。女、子どもに暴力を振るうなんて、絶対に許せない。断固として許さない。煮えたぎる怒りで、眉間《みけん》のあたりがぎりぎりと痛んだ。

「ねーえ、お母さあん。お父さん、いなくなればいいね？」

巧巳が、留美子をのぞきこむようにして言った。おもねるような表情だ。その一瞬、留美子はイラついた。巧巳のことをかわいいと思えなかった。

「今度やられたら、首を絞めればいいんじゃないかなあ」

甘えた口調で、そんなことを言う。巧巳は、留美子に同調して言ってくれたのだと思うが、それがかえって癇《かん》に障った。そもそも、子どもたちが片付けをしないのがいけないのだ。

「そんなこと、二度と口にするんじゃないわよ」

にらみを利かせて留美子が言うと、巧巳は真顔になり、それからふてくされるような表情をして、大げさに舌打ちをした。変わり身が早く、調子のいい巧巳にむかつく。

「悠宇、巧巳。すぐにここを片付けなさい。今度から出しっぱなしにしてたら、本当に捨てる

わよ」

留美子が真剣な口調で言ったにもかかわらず、悠宇はもう3DSを開けている。

「悠宇っ！」

思わず、悠宇の手を叩《たた》いていた。

「なにすんだよっ」

「何度言ったらわかるの！　片付けなさいって言ってるの！」

「なんだよ！　うるさいなっ！　人の勝手だろっ！」

「勝手じゃないわよ！　ひとつ片付けてから、次の遊びをしなさいって、いつも言ってるでしょ！　すぐに片付けなさい」

留美子が言うと、悠宇は、「うるせえっ！」と言って、さっき豊が蹴飛《けと》ばして壊したレゴを、壁に向かって投げつけた。そのうちの一つが、巧巳の顔に飛んだ。巧巳が、痛い！　と頬をおさえる。

「なにするのっ！　おもちゃを投げるなんて！　目にでも当たったらどうするの！」

留美子は悠宇の頭をひっぱたいた。悠宇が強く留美子をにらみ、くそおっ、と言いながら、留美子の腹にパンチをした。ズシン、と鈍い痛みが内臓に響く。

「母親に向かってなにすんのっ！」

留美子は悠宇の髪をつかんで、そのまま突き飛ばした。悠宇が、火が付いたように泣き出す。

「うるさいっ！」

留美子は、泣いている悠宇の尻をバシッと打った。泣くんじゃないっ、と言いながら、何度も打った。悠宇の泣き声はひどくなる。手のひらがじんじんと痛くなり、その痛みがさらに留美子を苛立《いらだ》たせた。怒りの炎が留美子を取り巻いて、自分ではどうすることもできなかった。

⚽

——勇くんを疑っているわけではないんです。勇くんが、身に覚えがないということは、クラスの誰かが勇くんの机のなかに千円を入れたという可能性が大きいと思います。うちのクラスでは、これまでいじめのようなことは見受けられませんでしたが、子どもたちの間でなにか動きがあるのかもしれません。そのことを、お母さんにお伝えしておきたかったんです——

勇の担任の柴田先生はそう言った。もちろん、勇が友達の給食費からお金を盗《と》るなんてありえないと、加奈も思う。お金の大切さを、勇は幼いときから知っている。

「なあ、勇くん。学童のお迎えの前に、柴田先生に会《お》うたんよ。昨日の給食費のこと聞いたで。大変やったなあ」

慌ただしい夕飯の席で、加奈はなるべく落ち着いて勇に話しかけた。勇は一瞬驚いたような顔を見せたけれど、素直にうなずいた。

「どないな状況やったん？　お母ちゃんに教えてや」

「……あいつや」

勇が低い声でつぶやく。

「力也や。あいつが自分の給食費から千円抜いて、おれの机のなかに入れたんや」

「西山力也くんか」

そうや、と勇がうなずく。このあいだの授業参観日に見た力也くんの顔を、加奈は思い浮かべる。やんちゃそうな男の子だったけれど、話したこともないので様子がわからなかった。

「力也くんのお母さんとは、こないだ話したで。きれいな人やな」

「あいつ最近、おれに妙に突っかかってくるねん。なんもしてへんのに、いちいち文句つけてくんねん」

「そうなん」

加奈は、力也が描いた自画像を思い出して、少し不穏な気持ちになる。

「あいつ、自分で給食費のお金がないって騒ぎ出して、誰かが盗ったんちゃうか言うて、おれのこと泥棒扱いしたんや」

勇が顔を赤くして話す。こんなにしゃべる勇はめずらしかった。かなり悔しい思いをしたに違いない。

「お母ちゃんにできること、なんかある？　先生に言うてほしいとか、力也くんと話してほしいとか」

加奈が言うと、勇は首を振った。

「大丈夫や。あんな奴関係ない。みんなもわかってるし」

「そうかー」

加奈がそう言って勇の頭に手を置くと、勇は加奈の目を見て小さくうなずいた。

―勇くん、おはようさん。今日も暑くなりそうやで。もうすぐ夏休み。今年は海にでも行こな。ハハより―

そう書いたメモ用紙を置いて家を出ようとしたとき、勇が起き出してきた。

「あらまあ、早いなあ。まだ寝とき。ご飯できてるから」

勇はTシャツの下からぽりぽりとお腹をかいている。それからメモを見て、

「夏休み、海行くんか」

と、かすれた声でたずねてきた。

「行こうや。海水浴やで。たのしみにしとき」

加奈の言葉に、勇の顔が明るくなる。勇に見送られて、加奈はパート先のコンビニに急いだ。朝から、きれいな青空が広がっている。めずらしく早く起きてきた勇。給食費のことがショックだったんだろうなと、加奈は思う。

「子どもの世界も大変やで」

思わず口をついて出る。加奈の子ども時代も、今思えば大変なことが多かった。一日おきに同じ服を着てくる加奈は、男子から、臭い、汚いとからかわれ、給食当番の加奈がよそうおかずを、拒否するクラスメイトもいた。

けれど、加奈は気にしないようにしていた。いつも明るく笑っていた。そうしていれば、本当にたのしい気持ちになれた。めそめそと帰ってくるのは、決まって弟の正樹だった。学校に行きたくないと駄々をこねる正樹を、加奈は毎朝、引きずるように連れて行った。

勇には、少しでもたのしく学校に行ってもらいたいと思う。勉強なんてできなくてもいいから、友達と笑って過ごしてもらいたい。と、そんなことを思いつつ、いや、でも、せめて高校には行かせたい。もし可能なら大学にも。と考えて、親というのは欲深いものだと、反省する。

加奈が、勇に望むことはひとつだけだ。自分よりも先に死なければいい。親より先に死んではいけない。それだけ叶《かな》えてくれさえすれば、もう充分な親孝行だと思うのだ。

そして、勇にいろいろと望む前に、まずは自分がしっかりと生活を支えていかなければならないのだと、加奈は改めて気持ちを新たにした。

通勤、通学客で混んできた店内で忙しくレジ打ちをしていると、見知った顔がドアから入って来た。西山さんだ。以前見かけた、年若い男性と一緒だった。歩きながら大きな声で話す二人の会話は店中に筒抜けで、しかも内容が卑猥《ひわい》なものだったので、客たちは眉《まゆ》をひそめていた。

西山さんの連れの男性が加奈のレジに並び、焼肉弁当とミートソーススパゲティとビール四本が入ったカゴを差し出し、「セブンスター二つ」と付け加えた。西山さんも一緒だったので、

「おはようございます」

と、加奈は笑顔で声をかけたが、完全に無視された。加奈は驚いて西山さんを見たけれど、西山さんは加奈を怪訝《けげん》そうな顔で一瞥しただけで、それきり顔をそむけた。

男性と一緒だから、声をかけられたくなかったのだろうか。それとも、力也くんの給食費が勇の机のなかにあったことと関係あるのだろうか。

考えても仕方がないので、加奈は気を取り直して会計を済ませ、ありがとうございました、と二人が出て行くのを見送った。

「加奈ちゃん。ほら、これ」

いつも新聞をくれる大和田さんが、今日はもう一冊雑誌を持って来てくれた。

「もう古いからいらんし、よかったらもらって」

渡されたのは、『近畿《きんき》の夏』という旅行雑誌だ。先日、加奈がどこかいい海水浴場を知って

ますか、とたずねたのを受けて、持って来てくれたのだった。十年以上前に、娘さんが買ったものらしかった。

「おおきに。えらい助かります」

「夏休み、どこか行くん？」

大和田さんにたずねられ、加奈は笑顔でうなずいた。

「子どもが小さいときだけやもんね。親と一緒に旅行なんて。たのしんで行ってきてな」

加奈は再度お礼を言った。

雑誌をめくると、きれいな海の写真がたくさんあった。須磨《すま》にしようか、白浜《しらはま》まで行こうか。想像するだけでうきうきした。勇の喜ぶ顔が浮かび、加奈はさらに心がはずんだ。

柴田先生から、加奈に電話があったのは、あと数日で夏休みというときだった。力也くんのお金が、またなくなったというのだ。サマースクールの代金の集金時のことらしい。

夏休みに学校で、サマースクールという、実験や工作をする教室があり、勇は「ドライアイスの実験」と「木工教室」を選んだ。ドライアイスのほうは無料だが、木工教室のほうは材料費が千円かかる。勇はモノ作りが好きなので、加奈はもちろんOKした。

そのサマースクールの代金集金時に、力也くんのお金がなくなり、それが勇の筆箱に入っていたというのだ。力也くんは「電池と回路」を選び、材料費は三百円だったそうだ。勇が、自分の筆箱のなかに三百円が入っているのを見つけ、自ら申告したらしかった。

「……そないなことがあったんですか」

加奈は勇の気持ちを思って、胸が痛んだ。勇が盗るわけない。

「ご理解頂いているかと思いますが、勇くんがなにかをしたとか、そういう話じゃないんです。一応のご報告です」

柴田先生が言う。

「給食費がなくなったのも、西山力也くんでしたね」

加奈が言うと、先生は「はい」と返事をした。しばらくの沈黙があった。

「クラスの誰かというより、力也くんが自分で勇くんの筆箱に入れた可能性が大きいです」

神妙な声で、先生が言った。先生が言うからには、少なからずの証拠や証言があるのかもしれない。加奈はそう考え、しずかに胸に留《とど》めた。

「勇の様子はどうでしたか」

「毅然《きぜん》としていました。けれど、」

「けれど?」

「力也くんと仲のよいグループの男子たちが少し騒ぎました。そのことについては、わたしのほうからしっかりと指導しておきました」

そうですか、と加奈は言うしかなかった。子どものことに、親が口出しするのは間違いだと思っている。

「学校での様子は、わたしのほうでしっかりと見ていきたいと思います。もうすぐ夏休みです。勇くんは学童保育だと思いますが、おうちでも少し気にして頂けるとありがたいです」

柴田先生に丁寧な口調で言われ、加奈は礼を言って電話を切った。

その日加奈は、可能ならば夜のコンビニでのパートを休みたいと店長に伝えた。ちょうど高校生バイトが一人多いなあと思っていたところだということで、問題なく休めた。

「今日は一緒に餃子《ギョーザ》でも作ろうや」

今日の夜の仕事は休みということを伝え、勇にそう声をかけると、

「おかんの手作り餃子、ひさしぶりや」

と返ってきた。加奈は日頃の食生活を反省する。餃子は冷凍食品に頼ることが多かった。

「おかんがキャベツ切ってや。おれミンチ肉と混ぜてこねるから」

「はいはい」

一緒に買い物に行ってから、二人で小さな台所に立つ。

「あ、サマースクールの木工教室やけど、正樹が行ってくれるって。よかったわあ。お母ちゃん、そういうのまったくできひんから」

勇が申し込みをした木工教室は、本棚作りということで保護者同伴が条件だった。持ち物に軍手、ものさし、カッター、ノコギリとあり、加奈にはとてもできそうになかったので、弟の正樹に頼んだのだった。

「ほんま!? やった！」

勇は正樹のことが大好きなので、一緒に本棚を作れることがうれしいのだろう。

力也くんのサマースクールのお金が紛失したことについて、勇は、加奈に言うつもりはないようだった。加奈も聞かなかった。ただ自分が勇を信じていればいいのだと、加奈は思った。


朝から、夏の熱気で部屋中が暑い。まだ寝ている勇に、扇風機を弱にして風を送る。

夏休み期間中の学童保育は、お弁当持参だ。加奈はいつもよりも三十分早く起きて、お弁当を作っている。暑さで傷みが心配なので、保冷剤を入れて備える。

夏の旅行は須磨に決めた。大和田さんからもらった雑誌に、にぎやかな海水浴場が載っており、海から近い旅館も安価で清潔そうだったのでそこにした。すでに宿代は振り込んだ。一泊だけど、これが勇とのはじめての旅行だ。たのしみすぎて、想像するだけで涙が出てきそうになる。

力也くんとのことが心配には違いなかったけれど、長い夏休みの間にはほとぼりも冷めるだろうと、加奈は前向きに考えた。子どもは、いろんな経験をして成長していくのだ。

昨日は勇の誕生日だった。ちょうど日曜だったので、勇の好物の焼肉とケーキでお祝いした。ケーキはホールではなく切り分けられたものだったけれど、ケーキ屋さんのおねえさんが、サービスでろうそくを九本入れてくれた。勇のショートケーキの表面が、ろうそくでいっぱいになり、二人でお腹を抱えて笑った。

「勇くん、お母ちゃんのところに生まれてきてくれて、ほんまおおきに。九年間も、こんなわたしをお母ちゃんでいさせてくれて、ほんまありがとう」

加奈は心から感謝して勇にそう言うと、勇は「なに言うてんねん」と照れたように、鼻の頭をこすった。

窓から差し込む朝日がまぶしい。加奈は目を細め、今年の夏はいいことがたくさんありそうだと、まっさらな気持ちで思った。

木工教室の日、朝から正樹が来てくれるというので、学童保育はお休みにした。平日なので、正樹の仕事が気がかりだったが、

「前もって言うといたから、大丈夫や。心配せんでええ」

と言われ、いろいろ思うところはあったが詮索《せんさく》しても仕方ないと思い、来てくれることだけを喜ぶことにした。

木工教室は九時からなので、加奈は正樹に会わずに家を出た。勇は正樹が来るのが待ちどおしく、加奈が出かけるときには起き出してさっそく準備をはじめていた。

「ほな、正樹によろしくな」

「うん。行ってらっしゃい」

夕方までは、正樹が勇と一緒にいてくれるというので、加奈は昼食用に、二人分の大きな梅干しおにぎりを用意して出かけた。今日も空が青くて気持ちがいい。

化粧品会社の仕事が終わると、加奈はいそいで家に帰った。正樹がまだいるかもしれない。

「ただいま。正樹はもう帰ってしもたんか」

靴を脱ぎながら、部屋を見渡して加奈は言った。玄関に正樹の靴はなかった。

テーブルの上には、木工教室で作ってきたらしい本棚が置いてある。

「わあ、すごいやん！　売りもんになりそうやわ。上手やわあ。かっこええなあ。これならずっと使えるなあ。なあ？　勇くん」

うん、とうなずく勇の顔が、少し変だった。

「なんや、勇くん。なんかあったんか。おかしな顔して」

勇がじっと加奈の顔を見つめる。

「なんや？　どないしたん？　言うてみ」

加奈は膝《ひざ》をついて、勇の顔をのぞきこんだ。力也くんのことで、なにかあったのかと思ったのだ。

「おかん。あんな……、まさ兄がな……」

勇の瞳《ひとみ》が揺れている。

「正樹がなんや？　どないしたんや」

「まさ兄が……」

と言って、勇が和室の箪笥《たんす》に目をやる。

「ん？　なんや」

加奈も箪笥を見た。と、その瞬間、頭のなかでなにかがつながり、加奈ははじかれたように箪笥に走り寄って引き出しを開けた。

「通帳は⁉　通帳がないっ！　ないっ！　印鑑もない！　どこやったん！」

勇は、目をごしごしとこすっている。

「勇、どういうこっちゃ！　正樹か？　正樹が盗ってったんかっ⁉」

小さく唇を震わせている勇に、加奈は詰め寄った。

「なんで通帳と印鑑があらへんのやっ！　あんたが通帳の場所、教えたんかっ！」

勇の目に涙がたまっている。加奈は、勇の肩をつかんでゆすった。

「ちゃんと言いっ！　なにがあったんや！　通帳はどこや！」

加奈は、なにも言わない勇の横っ面を一発はたいた。

「しっかりせえっ、勇！　なにがあったか言うてみ！」

勇は鼻水を何度もすすって、加奈の顔を見てようやく口を開いた。

「……まさ兄がな、お金貸してくれへんか言うたんや。おれ、そないなもんあらへんて答えたんやけど……。まさ兄、すぐに返すから通帳貸してくれ言うて、知らん言うたら、勝手に家んなかさがしはじめたんや……。やめてえや、ってずっと言うてたんやけど、聞いてくれへんかった……。箪笥のなかから通帳見つけ出して、やめてえ言うて腕引っ張ったら、どつかれて……、そのまま出て行ってもうた……」

見れば、勇の肘《ひじ》のところが傷になって血がうっすらとにじんでいた。

「……おれ、まさ兄、止められへんかった……。おかん、どないしよ……どないしよ……」

「この、あかんたれがっ！」

加奈は急いで、預け先の信用金庫に電話を入れたが、呼び出し音を聞いている間も惜しく、自転車に飛び乗って支店に向かった。すでに窓口は閉まっていたが、ＡＴＭのカードは加奈が持っている。暗証番号を入れて、残高照会をタッチする。

表示された数字を見て、血の気が引いた。

「……うそやっ！」

加奈は声をあげた。残高は３４９２円だった。千円からの端数だけが残っていた。三十八万円あったお金は、きれいに消えていた。

「うそやっ！　うそやっ！」

加奈は機械をばんばんと叩いた。奥から信金の人がやって来て、どうされましたか、と怪訝そうな顔で加奈を見た。

「あんたんとこは、本人じゃなくても金が下ろせるんかっ！　必死になって貯めたお金、返してやっ！　返せえっ！　これからどないするんっ！　どないすればいいんやあああ！」

加奈はその場で泣き崩れた。いつの間にか人だかりができていた。

正樹の携帯は、何度かけても通じなかった。実家に電話すると母が出た。正樹はいなかった。加奈は、夜のパートを休みたい旨を店長に連絡した。急に言われても困ると言われたが、加奈の切羽詰まった声色に思うところがあったのか、最後にはしぶしぶ了承してくれた。

加奈は勇を連れて、実家へ向かった。呼び鈴を鳴らすと、母が憔悴《しょうすい》しきった顔で出てきた。腕に湿布を貼っていた。

「お母ちゃん……、その腕どないしたん？　正樹か？　正樹がやったんか」

加奈がたずねると、母は、大きなため息をついて、

「正樹はもうだめや……。あんなん息子やないわ」

と眉間にしわを寄せて、苦々しい顔をした。

「加奈。もしかして、あんたんとこにも行ったんか」

母に心配されるように言われ、加奈は、言わないでおこうと決めていたのに、

「貯めてたお金、全部下ろされてもうた……」

と、思わず口にしてしまった。語尾がかすれて、思いがけず涙が出てきた。慌ててこすっても拭《ぬぐ》っても、新しい涙は次から次へと出てきた。

小さな座卓を三人で囲み、加奈は今日の出来事を洗いざらい話した。話していると、情けなくてみじめで、また涙があふれた。勇は顔を歪《ゆが》ませて、じっとしていた。

日が落ちてもまだまだ蒸し暑く、年代物の冷房の冷気は、加奈の額にへばりついた前髪や頰の涙を、簡単に乾かしてはくれなかった。

母は、加奈の話が終わると、勇のほうを見て、

「そら、勇くん、しんどかったなあ。ばあちゃん、正樹をしょうもない息子にしてしもた。堪

忍な。嫌な思いさせてしもたな」

と、勇の背中をさすった。勇は、ずずっと大きな音を立てて洟《はな》をすすり上げた。

「なんや、勇くん。泣くことあらへんでえ。勇くんのせいやない。勇くんはひとっつも悪いことあらへん」

母が勇の背中をさすり続ける。

「……なあ、おばあちゃん、おかん」

勇が顔を上げる。

「あんな、まさ兄を怒らんといてや。まさ兄、泣きそうな顔しとってん……。きっとどうしようもなかったんやと思うねん……。せやから怒らんといて。まさ兄は悪くないねん。もっと悪い奴がおんねん、きっと……。絶対そうや……」

加奈は母と顔を見合わせた。母が泣き笑いのような顔になる。

「勇くんは、ほんまええ子やなあ。ばあちゃん、今、心がすーっとしたわ。ほんまおおきにな」

加奈はこの段になってようやく、勇の気持ちを考えることができた。正樹への怒りと、お金がなくなった絶望感で、勇の気持ちにまで頭が回らなかった。まんまと通帳を正樹に盗られたことが腹立たしく、感情的になって勇の頬まで張ってしまった。勇に落ち度はないのに、勇に怒りの矛先を向けてしまった。

「勇くん、堪忍。ごめんやで。お母ちゃん、勇くんに当たってしもた……」

きっと自分がその場にいたって、通帳と印鑑は盗られていただろうと加奈は思う。力ずくでやられたら、こっちはどうすることもできないのだ。むしろ、勇が無事だったことに感謝しなくてはならない。

加奈は自分の頬を両手でぱちんと叩いて、気合いを入れた。それから、紙と鉛筆を用意して、支払いの計算をはじめた。間の悪いことに、コンビニと化粧品会社の給与が、入金されたばかりだった。それを全部下ろされてしまったのだ。

これから、家賃、消費者金融への返済、水道光熱費、学童保育料、携帯料金、国民年金などが引かれる。この先一か月分の生活費も、これから下ろす予定だった。

夕方、信用金庫に行った際、加奈が落ち着くのを待って支店の人と話をした。本人確認をしなかったことについて謝罪され、丁寧に応対してくれた。その場で紛失届を書いたので、正樹が持っていった通帳と印鑑はもう使えない。加奈の現在の全財産は六千円ほどだ。

返済どころではなくなってしまった。また借り入れをしなければ、この先の一か月、家賃を払うことも、食べていくこともできない。

「……あかん。どないしたらええんや……」

頭を抱えて、思わずつぶやく。

母がおもむろに立ち上がって、米びつを引っ張り出した。夕飯のことなど、加奈はすっかり忘れていた。

「堪忍な、お母ちゃん。勇がまだ食べてないねん。うちがお米研ぐわ」

と、加奈は立ち上がった。

「座っとき」

母は加奈を制して、米のなかに手を突っ込んだ。しゃらしゃらとお米の音がする。

「あったで」

母の手には、銀行の通帳があった。表面についた米の粉をサッサッとはたく。加奈は目を丸くした。

「お母ちゃん、こんなところに通帳隠してたんか。そら、正樹も見つけられんわ」

正樹は、加奈の通帳と印鑑を持ち出したあと実家に戻り、家探しをしていたところ、母が帰宅したらしかった。

正樹は印鑑をすでに探し当てて手にしていたが、母は印鑑と通帳をべつの場所にしまっており、絶対に通帳の場所は教えなかったそうだ。正樹は土下座をして頭を下げたらしいが、母は断固として通帳を渡さなかった。ＡＴＭカードは最初から作っていない。

正樹はひとしきり騒いで、母につかみかかったらしい。そのときに、腕を強くつかまれてアザになったということだった。

「あの子、どこぞの悪いところからお金借りてるらしいねん。払わな殺される言うて、ちょっと前に二十万、正樹に渡したんや」

二十万……、と加奈はつぶやき、大きく息を吐き出した。正樹は一体なにをやっているのだろう。ふがいなくて泣けてくる。

「だから、加奈にも二十万や」

そう言って、母が加奈に通帳を渡した。

「え、なに？　なんで？　ええよ。受け取れへん」

「ええからっ！　もうこれであんたたちには、びた一文やらん。生前贈与や。これで仕舞いや」

母はそう言って、ポケットから印鑑を取り出した。

「正樹の奴、このはんこ、お母ちゃんの額に当ててん。コツン！　て音がしたわ。痛かったわあ」

額をごしごしとこすって、母が笑う。

「……お母ちゃん、ほんまおおきに。ほんまおおきに。助かります……。ほんま、ありがとう。必ず返すから、待っててな」

これで今月はなんとかなる。なによりも、最後の返済ができる。加奈は深々と、床に付くほど頭を下げた。

📖

あすみはなにがなんだかわからないまま、倒れている義母を抱き起こした。この状況がまるで理解できなかった。自分というものが宙に浮いて、庭にいるあすみを見ているような感覚のまま、身体を動かした。

「……くそばばあ」

優がつぶやく。憎しみに満ちた目で義母を見つめる我が子を、あすみは不思議な気持ちで眺める。まるで映画でも見ているような感じだった。自分自身と、今、目の前にある現実が乖離《かいり》していて、距離感がうまくつかめなかった。

あすみに抱えられた義母が、ああ、うう、とうめきながら、立ち上がる。あすみに全体重をかけるようにしなだれかかるので、あやうく一緒に倒れそうになったが、あすみは渾身《こんしん》の力で踏ん張り、そのまま義母宅へ連れて行った。

義母の家の引き戸を開けた瞬間、妙な違和感を感じた。三和土《たたき》や玄関回りが、膜をかぶっているように見えたのだ。色のトーンが二段階ぐらい落ちている感じがした。

以前、あすみが義母宅に足を踏み入れたのは、もう一年以上前のことになる。必要なときは、義母のほうがあすみたちの住まいを訪れていたし、義母は自分の家にはあまり来てほしくないようだったので、遠慮していた。

入ってすぐが、リビングダイニングとなっている。ドアを開けた瞬間、あすみは息を呑《の》んだ。床にはものが散乱していた。まるで荷造りの途中のような様相だ。箱に入ったままになっていた皿や鍋《なべ》やタオル類を、すべて出したようだった。テーブルの上には、調味料やお皿が広がっていた。そこらじゅうがべたべたしていて、靴下が何度か床にくっついた。形容しがたい臭いが充満している。

あすみは義母を、とりあえずソファーに座らせて和室へ向かった。寝室に入った瞬間、畳がたわんだ感触があった。靴下が濡れる。布団は敷きっぱなしで、いくつかのシミが確認できた。嫌な臭いが鼻をつく。あすみは箪笥の引き出しを開けた。汚れて丸めてある衣服が乱雑に押し込まれている。

——ああ、そうか。お義母《かあ》さんは認知症なのだ——

と、あすみはこのときはじめて、天啓のように理解した。宙に浮いていた自分が、現実の自分に戻ってきたような感覚があった。

いくつかの引き出しをあけて、洗ってありそうな下着と服を取り出した。リビングに戻り、ぼうっとした顔で座っている義母に声をかけて、着替えを手伝う。

「少し横になったほうがいいですよ。たまにはうちのほうに来てください」

あすみがそう言うと、義母は素直にうなずいて立ち上がった。手を貸そうとするあすみを断り、一人であすみのあとをついてきた。さっきとは一転して、足元はしっかりしていた。

「はあ？　うちに来るの？　冗談でしょ？」

外で待っていたらしい優が、あすみと義母を見て言う。あすみが小さくうなずくと、

「絶対にいやだっ！」

と、大きな声を出した。あすみは優を見て、目で合図をした。あすみが言いたいことは伝わったようだが、優は、

「やだよ！　おばあちゃんを家に入れないでっ！」

と、声を荒らげた。

「優。あとで話すから、今は言うこと聞いて。お願い」

「いやだよ！　家のなかが臭くなるだろっ！」

「優っ！」

義母に目をやると、義母は悲しそうな顔でうつむいていた。さっきまでの、ぼうっとした顔つきとは違っている。この状況をきちんと理解しているのだ。

「……絶対入るなよ。くそばばあ」

優のつぶやきは、義母の耳に充分届く大きさだった。あすみは唇をかんだ。

「優ちゃん、ごめんね……」

義母だった。義母が優に謝っているのだった。あすみは胸がふさがれる思いだった。

「お義母さん、さあ、行きましょう。冷たいお茶をいれましょうね」

あすみは義母の背に手を当て、行く先を促した。

「入るなよっ！　くそばばあ！　臭いんだよっ！」

「優っ！　黙って！」

あすみはたまらず優の頬を打った。

「なにするんだよっ！」

優が頬をおさえて、怒りで顔を赤くしている。

「ムカつくんだよっ！」

優が足元の芝をむしり取って、あすみのほうに向かって投げた。芝はあすみまで届かず空を舞ったが、一緒に投げられた土があすみの顔にかかった。優は次々と芝生をむしり取って、投げつけてきた。うしろにいる義母にも、土粒がふりかかる。

「痛い……」

土が目に入ったのか、義母が目元をこする。優は顔を真っ赤にして、芝生と土を投げ続けている。

「やめてっ！　優、やめなさいっ」

あすみは優を押した。優が尻もちを突く。「……このやろう」と優がつぶやいて、あすみを強くにらむ。

「暑いですから、なかへ」

と、あすみが玄関ドアを開けたときだった。ギャーッ、と突然、優が尋常ではない声で叫んだ。

「……優？」

「助けてくださいっ！　誰か助けて！　痛い痛い！　虐待です！　ぼく虐待されてます！　誰

か警察を呼んでください！　助けてえっ！」

「え？　ちょ、ちょっと優」

「虐待ですっ！　誰か助けてっ！　殺されるっ！」

丘の上にある閑静な住宅街に、優の声が響く。優の叫び声に、義母が耳をおさえるようなしぐさをする。

「お義母さん、とりあえずなかへ」

あすみは義母を家に入れ、水分をとらせ、和室に布団を敷いて横になってもらった。疲れていたのか、義母はすぐさま寝息を立てて眠りはじめた。

義母の家を片付けなくてはならない。太一が帰ってきたら相談しよう。それまでは、うちにいてもらおう。あすみは頭のなかで、今後のことをめまぐるしく考える。

外からは、優の声が聞こえ続けている。あんな声を出していては喉を痛めてしまう。優は昔から喉が弱いのだ。あすみは庭に出て、優の肩に手を置いた。優はあすみに目もくれず、叫び続けている。

「誰か助けてえ！　虐待です！」

「優ってば。こっち向いて」

優の腕をつかんだとき、ふと門扉のところに誰かいることに気が付いた。お隣の娘さんだった。娘さんといっても、二十代後半だ。あすみは軽く会釈をしたが、娘さんはそのまま顔をひっこめてしまった。

隣の娘さんに見られてつまらなくなったのか、満足したのか、それとも大声を出して疲れたのか、優は突然「やーめた」と言って、家のなかに入っていった。

「暑かったでしょ」

あすみがそう言って優に麦茶を出すと、立て続けに二杯飲んだ。

「優、さっきはごめんね。痛かったよね」

優はなにも言わない。

「ねえ、優。ママが帰ってきたとき、どうしておばあちゃんを蹴ろうとしていたの？　おばあちゃんのこと、なにか知ってたの？　教えてくれる？」

優はしばらく黙っていたが、急にテーブルをどんっ、と叩いて、

「キモいんだよ」

と、口を開いた。

「学校から帰ってきたら、おばあちゃんがおかえりって言ってぼくを呼ぶから近くに行ったら、そしたら急にズボンとパンツを下ろしておしっこをしはじめたんだ。ありえないよ！　ふつうじゃないよ！　汚いし臭いしムカつく！　なんなんだよ、あいつ！」

一気に言う。

「前から臭いと思ってたんだ。超臭い超臭い！　不潔だっ！」

「……そうだったんだね。ママ、おばあちゃんのこと、ぜんぜん気が付かなかった」

あすみが言うと、優は小さく舌打ちをした。

「あんたはいつもなんにも気が付かないじゃん」

「え？」

優を見たが、優は乱暴に椅子を引き、無言で二階へ行ってしまった。

大きなため息が自然と出る。学年主任の宇津木先生は、優の変化について、「いい兆候です」

と言っていた。家でいい子でいるよりも、思った通りに行動できるほうがいいのです、と。今は、これまで我慢していたいろんなものがどんどん出てくる時期です、家は安心できる場所でないといけないのです、と。

宇津木先生が言っていることは理解できたが、そうすると優は今まで、無理をしていい子を演じていたのだろうかと、疑問に思う。もちろん、そういうケースもあるだろうが、優の場合に限っては、ちょっと違うのではないかと思うのだ。親にいいところを見せたかったわけではないだろう。

あすみにはわかっていた。優は自分のことをばかにしているのだと。自分ばかりではない。父親である太一のことも、祖母である義母のこともばかにしているのだ。あの子は頭がよすぎるのかもしれない。いろんなことを持て余して生きている。

太一が帰ってきたのは二十三時を過ぎていた。すぐに風呂場に向かおうとする太一を呼び止め、お義母さんが和室で寝ていることを伝え、今日の出来事をかいつまんで話した。

「はあ？　なにそれ、母さんが認知症だってこと？」

「ううん、それはまだわからない。そういう可能性もあるってことなの」

なわけないだろ、と太一は吐き捨てるように言って、風呂場へ行ってしまった。

「あすみさん」

「あっ、お義母さん」

「すっかりお世話になってしまって……」

寝起きで少しぼうっとしているようだったが、足取りはしっかりしている。義母は家に来てから今までずっと眠っていた。

「お腹空《す》いてませんか。用意してありますのでどうぞ」

ダイニングテーブルに座ってもらい、お茶を淹《い》れる。義母は両手で湯呑を持って、しずかに口に運んだ。鶏《とり》つくねのシソ巻き、豚汁、ホウレンソウのおひたし。こうして義母がここで食事をするのは、お正月以来だ。

風呂から戻ってきた太一が髪をタオルで拭《ふ》きながらやって来て、

「母さん、どう、調子は?」

と、声をかける。

「あら、太一。あなた、太ったわねえ」

義母が驚いたように目を丸くした。義母が太一に会うのは、もしかしたら数か月ぶりかもしれない。同じ敷地内に住んでいても、生活の時間帯が違うので、互いに顔を合わせることは少ない。

「あら、もうこんな時間。わたし、うちに戻るわ」

義母が立ち上がる。

「いえいえ、今日はもう遅いですし、こっちに泊まっていってください」

「大丈夫よ、すぐそこじゃない」

そう言ってさっさと玄関に歩いていく。

「いえ、今日はこちらで!」

あすみは義母を追いかけて腕をつかんだ。

「おいっ」

太一が目を吊《つ》り上げて、あすみの手の甲を叩いた。痛くはなかったが、太一のその行動に、あすみはびっくりした。

「よせよ。すぐそこなんだからいいだろ。母さん、おれが送っていくから。って言っても、ほんの目と鼻の先だけどね」

太一と義母は、笑いながら出て行った。

あすみは叩かれた手の甲をじっと見つめる。最近の太一は、あすみに対してひどくつめたかった。あすみだけではない。優に対してもだ。家庭でのいろいろなことを、放棄しているように思える。

あすみは壁にかかっている時計を見た。今頃太一は、義母の家の惨状を見て驚いていることだろう。いいチャンスだったかもしれないと、思う。仲のいい母と息子だから、太一が自分の目で見て確認してくれるのがいちばん手っ取り早い。

しばらくして、太一が戻ってきた。義母も一緒だった。太一は呆然《ぼうぜん》とした顔をしていた。あすみと目が合うとさっと視線を逸《そ》らして、今にも泣きそうな表情になった。

義母はすんなりと、布団の敷いてある和室に戻った。自宅を見て、自分の状況を思い出したのかもしれない。これまでの勝気な義母と違ってとてもおとなしく、あすみは見ていて気の毒になった。

その後、太一と今後のことについて、少し話し合った。義母を病院に連れて行くこと。義母の家を片付けること。介護保険の申請をすること。しばらくはうちにいてもらうこと。あすみは優の義母に対する態度が心配だったが、太一には言わなかった。

あすみが寝支度をして、二つ並べてあるベッドに入ろうとすると、太一が寝返りを打った。

「ごめんね。起こしちゃったかな」

小さな声で謝って、なるべく音を立てないようにベッドに入る。

「ずっ、ずずっ……」

「え？」

太一は泣いていた。

「たいちゃん……」

「どうしよう、どうしたらいいんだ……」

枕に顔を押し付けるようにして泣いている。あすみが太一の背中をさすると、こらえきれなくなったように、あすみにしがみついて泣き声をあげた。あすみの胸に顔をうずめて、おいおいと泣いている太一を見て、やっぱりたいちゃんはやさしい人なのだとあすみは思った。太一が落ち着くまで、あすみはそっと背中をさすり続けた。


習字教室のあと、あすみはひさしぶりに菜々とファミレスに寄った。お菓子教室はすでに辞めており、習字教室もしばらく休む予定だ。今日がその、最後の教室だった。

あすみは優のことと義母のことを、包み隠さず菜々に話した。レオンくんの一件で、学校に呼び出されてから少し時間が経ったこともあり、あすみ自身、開き直っている部分もあった。これで菜々が離れていくのだとしても、それはそれで仕方ないと思えた。

「そんなことがあったのね。ぜんぜん知らなかったわ」

菜々が言葉少なに言う。

出来のいい菜々の息子と比べたら、優の行動など想像の範疇《はんちゅう》を超えていることだろう。今このとき、あすみは菜々がうらやましくてたまらなくなった。笙安くんの健やかさに嫉妬《しっと》し、なんで？　どうしてなの？　という、優に対しての疑問ばかりが頭に浮かんだ。

「あすみちゃん、大変だったね……。相談に乗ってあげられなくてごめんね。すごく辛《つら》かったよね……」

菜々がやるせないような表情で、絞り出すようにやさしく言った瞬間、あすみの目から、どうっ、と涙があふれた。思いがけないことで、あすみ自身戸惑った。

「やだ、わたし、なんで涙なんか……。ごめんなさい」

あたふたと言いながら、頬に流れた涙を拭うが、涙は次から次へと落ちてきた。

菜々はあすみを励まし勇気づけ、やさしく見守ってくれた。聞けば、笙安くんも一年生のときに友達関係で苦労したとのことだった。また、菜々の祖母も認知症で、家族は長く辛い思いをしたそうだ。

思いもよらなかった菜々の話をいろいろと聞き、あすみは、自分だけではないのだと思った。誰だって、少なからず苦労をしているのだ。

「慌ただしいと思うけど、なにかあったらいつでも連絡してね。落ち着いたら、また一緒にお習字やろうね」

駐車場で菜々に言われ、ぎゅっと抱きしめられた。あすみは、またあふれそうになる涙をこらえ、礼を言って菜々と別れた。菜々がいてくれて本当によかったと、心から思った。

義母は認知症だった。しかもかなり進んでいるという診断だった。ついこのあいだまでしゃきっとしていたのに、いつの間にこんなことになってしまったのだろう。

あすみたちには、弱いところを見せない義母だった。太一から、「母さんは一人で気ままに過ごすのが好きだから、あまり向こうの生活に介入しないで」と言われていたこともあり、少し距離を置いて接していた。けれど、実際の義母の気持ちはどうだったのだろうと、今頃になって考える。

病院に行くことを勧めたときも、てっきり拒否されるかと思いきや、あっさりと了解し、素直にあすみについてきた。あすみの提案には従順で、ときおり甘えるようなしぐさも見せる。そんな義母を見ていると、本当はずっとさみしかったのではないかと思うのだった。

「本当にご迷惑かけてごめんなさいね、あすみさん。わたし、もうろくしちゃったみたい。頭のなかがおかしいのよ……」

そんなふうに言われると、義母自身、自分の症状に自覚があるのだと思え、ひどくかわいそうになるのだった。

義母の診断に大きなショックを受けたのは、太一だった。義母の家の様子を目にしたあとでも、まだ信じたくない様子だった。義母も太一の前だと、すっと背筋が伸び表情も引き締まる。

とりあえず、義母にはあすみたちの家でしばらく暮らしてもらうことにし、あすみは時間を見つけては、義母の家を片付けた。

箪笥のなかにあった汚れ物は、暑さのせいもあり強烈な臭いを放った。下着類はすべて新調した。台所にあった調味料や食材も、ほとんど処分した。

おそらく義母は、あるとき賞味期限切れの調味料をたまたま見つけたのだろう。それが気になって、家にあるすべての調味料や乾物を引っ張り出して確認しようとしたのではないか。箱に入ったままになっている引き出物なども開け出し、そのうち自分でもなにをしているのかがわからなくなったのかもしれない。片付けていると、義母のあせる気持ちが迫ってくるようで、あすみは切なかった。

介護保険の申請をし、いくつかのサービスを利用することにもなった。認知症になると、攻撃的になる人がいると聞くが、義母は反対だった。あすみの前で娘のようになる義母に、あすみはこれまで感じたことのない親しみを感じるようになっていた。

問題は、優だった。優は義母のことをあきらかに嫌悪していた。義母に手伝ってもらって作ったおやつや夕飯のおかずを、優は頑として食べなかった。

「こんなの食べたくない。おばあちゃんが触ったものは絶対に食べないから」

そういうことを平然と義母の前で言い、義母はそのつど、

「優ちゃん、ごめんね」

と謝るのだった。義母の悲しそうな顔を見るのは辛かった。そういう病気なのだと、いくら優に言い含めてもだめだった。庭で義母の排尿行為を見せられたことが、優にとっては許しがたいことのようだった。

夏休み、優は習い事には通っていた。学校での友人関係は心配だったが、塾の友達と遊びの約束をしてくることもあり、その点では少し安心できた。

「今年は旅行に行けないいな」

夕飯を終えた席で、太一が言った。義母はすでに寝ていて、優はテレビを見ていた。

「今年の夏はちょっと無理そうね」

義母が少し落ち着くまでは一緒にいたほうがいいだろう。ギリギリまで様子を見ようと思い、かなり前に予約していた宿をそのままにしておいたが、キャンセルするしかないようだ。

「優。この夏は我慢して、秋の連休には旅行に行こうね」

あすみが優に声をかけると、「べつに」と、気のない返事がきた。太一はほとほとうんざりしたような顔で優の後ろ姿に目をやり、それでも精一杯の口調で、

「行こうな、優」

と言った。

「……汚いんだよ」

優がつぶやく。

「え、なあに？　なんて言ったの。聞こえなかったわ」

あすみはやさしく問いかけた。本当に聞こえなかったのだ。

「汚い奴とは行きたくない」

そう言って、優が立ち上がった。

「優、おばあちゃんは無理だと思うの。三人での旅行の話よ」

あすみは、思わずそう言っていた。日頃の義母に対する優の態度から、てっきり義母も一緒に旅行に行くのだと勘違いして、そんなふうに言ったと思ったのだった。

「どういう意味だよ」

太一が耳ざとく聞き返す。しまった、とあすみは思った。

「お前、母さんのことを汚いって思ってるのか？　優、どうなんだ！　あすみ！」

太一が声を荒らげた。

「ごめんなさい、違うのよ。そういう意味じゃないのよ」

「じゃあ、どういう意味なんだっ」

と、太一がいきり立って言ったとき、優が、パパのことだよ、と言った。

「汚い奴って、パパのことだよ」

「なんだって？」

「ぼくがなにも知らないとでも思ってるの？　パパは汚いんだよっ」

「なにを言ってるんだ！」

太一が机をこぶしで叩いて、立ち上がる。

「パパ、浮気してるでしょ」

優の言葉に、太一が絶句する。あすみも驚いて、太一の顔と優の顔を交互に見た。

「……お前、なに言ってんだ」

「パパのツイッター、別アカあるよね。そこで特定の女の人とやりとりしてるよね。『林檎《りんご》』ってハンドルネームの人。会社の人でしょ、バレバレだよ。ねえ、なんでそんなバカみたいなことするの？　わざわざ公に会話する必要ないでしょ？　どうして個人的なメールやＬＩＮＥでやりとりしないわけ？　みんなに見せたいの？　気持ち悪いよ。本当に汚らしい。最悪だ。こんなみっともない真似をして、ぼくはものすごく恥ずかしい」

優が太一を見つめながら、たんたんと言った。

あすみは太一の顔を見て、ああ、優が今言ったことは本当のことなんだな、と思った。そう考えたら、最近の太一の態度や遅い帰宅時間などの説明が容易につく。

「……このっ！」

太一がいきなり優の頬を張った。

「父親に向かって、その口の利き方はなんだっ！」

叫ぶように言って、もう一発頬を打った。

「やめて！」

あすみが止めに入る。

優は頬をおさえて、怒りで顔を真っ赤にさせていた。そしてそのまま外に出て行った。

「優っ！　どこに行くの」

あすみは慌ててあとを追った。優は庭に出て、ギャーッ、と声をあげた。

「誰か！　誰か、助けてください！　虐待です！　痛いっ！　痛いっ！　やめてよ、パパ！痛いよーっ」

腹の底から絞り出すような大声を張り上げる。夏の午後八時半。窓を開け放している家も多いだろう。

「優、ご近所迷惑よ。やめて」

あすみが優の背中に手をさしのべると、

「痛いっ！　誰か助けて！　警察を呼んでくださいっ！」

と、さらに大きな声でわめいた。

太一が猛然と家から出てきて、優の頭をバンッと打った。

「しずかにしろっ！　いいかげんにしないかっ！」

そう言って、優の腕をつかむ。

「ギャーッ、痛い！　助けて！　痛いっ！　頭が割れるっ！」

大きな声を出し、今度はわんわんと泣きはじめる。

「優、家のなかに入って」

あすみの声など、まったく優の耳には届かないようだった。なにかに憑《つ》かれたように、泣きわめく。

「このやろう、黙れっ！」

太一が優の胸に手を回し、もう片方の手で口をふさぎ、そのまま引きずるようにして、家のなかに連れて行った。優はそれでもまだ、大きな声で「虐待ですっ！」と叫んでいる。

あまりの騒ぎに目が覚めてしまったのか、義母がリビングに出てきた。

「どうしたの、大きな声を出して。優ちゃん、大丈夫」

義母のパジャマのズボンに、小さなシミができていた。あすみはすぐに気が付き、義母の手を取った。尿パッドをし忘れたらしかった。太一も気付いたのか、すぐに目をそらす。太一は義母のパジャマ姿さえ、見るのが辛いらしかった。

「ねえ、おばあちゃんのそれ、もしかしておしっこじゃない!? やだっ、汚い！ 汚い汚い汚いっ！ おばあちゃんなんか死んだ方がいいんだ！ 死んでよ！」

優が叫ぶ。

「優、黙れよ」

太一が優を見据えて、低い声で言う。

「こんな家いやだっ！ 汚い奴ばっかりだ！ 死ね死ね死ね！」

優がわめいた瞬間、太一が優の頰を思い切り打った。優が横倒しになる。

「今すぐ黙らないと殺すぞっ！」

太一のこめかみに血管が浮き、目が血走る。

「たいちゃん、やめて」

優がわあっと泣きながら二階へかけて行く。あすみはとりあえず、義母を着替えさせた。幸い、布団は汚れていなかった。起き上がった拍子に、失禁してしまったのかもしれない。病院から処方された薬を飲んでもらい、すぐに休んでもらった。

リビングに戻ると、太一はビールを飲んでいた。あすみの顔を見て、

「あいつはどうなってるんだ！　一体誰に似たんだよっ！　ふつうじゃないだろ、あんな子ども！」

と怒鳴った。ごまかそうとしている、とあすみは思った。問題をすり替えて、浮気をバラした優に怒りの矛先を向けている。

浮気のことは事実だろう。もちろんショックだった。太一が浮気をするなんて、これまで想像したこともなかった。

「ったく！」

ひときわ大きな声で言って、ビールを流し込む。あすみは、頬を紅潮させている太一を眺めた。悲しみや怒りは、ほとんどなかった。こんな人だったっけ、とぼんやり思い、こんな人だったかもしれないと思った。

そのときチャイムが鳴った。心臓が跳ねる。常識から考えて、こんな時間に訪ねてくる人はまずいない。まさか、優がまたなにかしでかしたのだろうか。クラスメイトの保護者だろうか。

「はい、どちら様でしょうか」

モニター越しにあすみはたずねた。

「警察です。石橋さんのお宅ですね。少しお話伺えますか」

「えっ？」

太一と顔を見合わせる。

優だ！　さっきの騒ぎで、虐待の通報をされたのだ！

先日、門扉のところにいた隣の娘さんの姿が脳裏に浮かぶ。太一は、おびえたような顔をして、洗面所にかけていった。アルコールの匂いを消すために、歯磨きをするつもりだろう。

あすみが玄関ドアを開けると、年配と年若い警察官の二人が立っていた。警察手帳を見せられる。

「突然すみません。助けを求めているような、お子さんの声がしたという通報が入ったのですが」

年配の、人の好《よ》さそうな警察官が口火を切る。

「子どもが大きな声を出したんです。申し訳ありませんでした」

「ご主人はおられますか？」

警察官の声に、太一が飛ぶように出てきた。あすみと一緒に頭を下げる。状況を聞かれ、太一が説明をはじめる。

「今、お子さんはいますか」

若い警察官に言われ、あすみが優を呼びに行こうとすると、優はリビングで待機するように立っていた。警察が来たのを察知して、二階から下りてきてドアの陰に立ち、聞き耳を立てていたらしい。

「なにかあった？　話してくれる？」

年配の警察官が腰を折って、優にたずねる。

「この人にぶたれました。ここが赤くなってます。今、冷やしてました」

ぶたれた左の頰を優が見せる。太一の顔色が変わる。

「虐待です。この人を逮捕してください」

優が冷静に言い放ち、あすみは思わず年配の警察官と顔を見合わせた。

「なに言ってんだよ、優」

太一が慌てたように言い、困ったふうを装って笑う。

「殺すぞ、って言われました。逮捕してください」

あすみはなぜ今、自分は太一とではなく、警察官と目を合わせたのだろうと思った。隣にいる太一よりも、目の前に立っている年配の警察官を信頼しているのだろうか、と。

警察官に促されて、優はさっきの出来事を話しはじめた。義母に対しての暴言など、自分にとって都合の悪いことは言わなかったが、父親である太一が浮気していることは堂々と言い放った。それを疑ったらぶたれたのだと説明した。太一は顔を真っ赤にして、かすかに震えていた。怒りなのか羞恥《しゅうち》なのか恐れなのかは、わからなかった。

それから、年配の警察官が太一だけに話を聞きたいと言って、二人で庭に出ていった。優は若い警察官に、自分の窮状をしつこく訴えていた。

太一が戻ってきて、今度はあすみが呼ばれた。年配の警察官にいくつか質問をされ、児童相談所について説明され、最後は、大変だと思いますが身体に気を付けてがんばってください、とねぎらわれた。

「なんで逮捕しないんですか？　重大な怪我をしてから逮捕なんて遅すぎると思います！　未然に防ぐのが警察の仕事でしょ！」

警察官の二人が帰るとき、優が大きな声をあげた。

「大丈夫。そんなことないように、しっかりパトロールするからね」

若い警察官は優に向かって笑顔で言って、二人は石橋家をあとにした。太一は、二人が見えなくなるまで頭を下げたままだった。

家に入ったと同時に、太一は壁をこぶしで強く打った。太一は怒りで震えていた。どすどすと音を立てて歩き回り、テーブルを蹴飛ばした。それから、優のTシャツをつかみ、

「優っ！　お前はなんなんだよ！　父親をバカにしやがって！　ただで済むと思うなよっ！」

と、声を荒らげた。

「ねえ、今言われたばっかりでしょ。それ全部、虐待なんだよ。壁を打ったり蹴ったりするのも、脅しだよ。ぼく、パパが言ったことやったこと、証拠として全部ノートにつけてるからね」

太一が脱力したように手を放すと、優は勝ち誇ったように小さく笑った。


カーテンを開けたとたん、ハレーションしたみたいな日差しが部屋に飛び込んできた。一瞬目がくらんで、留美子はとっさに手をかざす。

明け方まで仕事をしていた。ようやく目処《めど》がついたときには、空が白々と明るんでいた。そこからベッドに入って、今は九時四十分。五時間は眠ったことになる。

昨日までの三日間、留美子はほとんど寝ていなかった。子どもが不在の今日こそは、ゆっくり寝ていようと目覚ましもかけなかったのに、すっ、と目が覚めてしまった。普段は目覚まし

が鳴っても起きるのが辛くて仕方がないのに、こういうときばかり目覚めがいい。うまくいかないものだと留美子は思う。

昨日から、悠宇と巧巳は千葉の実家に遊びに行っている。留美子の兄が海水浴に連れて行ってくれるとのことで、嬉々《きき》として出かけて行った。

兄は会社員だが、土日ともなれば子どもたちを遊びに連れて行く子煩悩な父親だ。兄のところの二人の甥《おい》も悠宇と巧巳と同い年なので、いとこ同士とても仲がいい。

毎年夏に帰省しているが、今年はどうしても時間が取れなかった。仕事の締め切りが重なり兄に泣きついたところ、子どもたちだけでも連れてこい、ということで、快く子どもたちを引き受けてくれたのだった。兄と留美子はタイプこそまるで違うが、昔から仲はいい。

大きく伸びをして、留美子は喉を鳴らして浄水器の水を飲んだ。気温はすでにぐんぐんと上昇している。窓を開け放して、気休めにリビングのシーリングファンのスイッチを入れる。

千葉の実家までは、豊が車で子どもたちを送ってくれたが、実家には寄らずにそのままとんぼ返りしたと、兄からの連絡で知った。昨夜、豊は帰ってこなかった。留美子もわざわざ連絡はしなかった。子どもたちを送り届け、そのままどこかに行っているのだろう。子どもたちは一週間滞在の予定だから、帰りにまた迎えに行ってくれれば、こちらに戻ってこなくてもかまわない。むしろそのほうが気が楽だと、留美子は思う。

顔を洗ってコーヒーを飲みながら、たまっていた新聞にざっと目を通す。部屋は散らかったままだ。昨日、子どもたちの泊まり支度をしていたときの慌ただしさがそのまま残っている。

セミの声が耳に届く。ああ、夏だなあと、留美子は思う。スマホをチェックすると、兄からＬＩＮＥが届いていた。すでに海水浴場に着いているらしい。青い空と濃紺の海、ベージュの砂浜の画像。続いて子どもたちの画像。なにがおかしいのか大爆笑をしているようで、全身ブレまくりだ。夏の日差しと、彼らのたのしさが画面から伝わってきて、自然と頬が緩む。

子どもを育てていると、子ども時代をもう一度疑似体験できるからおもしろい。一年生の行事、三年生のときのクラスメイト、子どもがいなかったら思い出さなかったであろう、遠い昔の記憶が、ふいに目の前に立ち現れたりする。

今だって、実際に自分が海水浴場にいなくても、子どもたちのうれしさや感動を一心同体のように感じられる。それはとても幸せなことだと、留美子は思う。

それなのにどうだ。今の自分ときたら、子どもと一緒に過ごす時間はないくせに、子どもの顔を見れば小言ばかりを言い、最近は手を出してしまうことも多い。子どもを待っていてあげる余裕がなくなって、イライラしっぱなしだ。

「次に言うことを聞かなかったら叩くよ」「宿題しないとアイス食べられないよ」「片付けしないなら、遊びに連れて行かないよ」と、脅し文句を次から次へと並べ立てている。してはいけないと、育児本に書いてあることを、順番にやっている昨今だ。

こうして子どもたちと距離を置いていると、猛烈な後悔と反省が押し寄せてきて、留美子は今すぐ二人を抱きしめて謝りたくなる。そんな自分を、なんて勝手な親だろうかと呆《あき》れてしまう。

仕事を減らせばいいのだろうか。いや、そんなことはしたくない。石橋留美子という一人の人間として、ライターの仕事は続けたいし、今は生活のためにも働かなくてはならない。

「お母さんって、いつも眉毛と眉毛の間に線があるよね」

このあいだ巧巳に言われてはっとした。気付けば、いつも眉間にしわを寄せて怖い顔で子どもたちをにらんでいた。

「笑顔、笑顔」

留美子は一人、大きな声でそう言って頰をぱしぱしっと叩き、口角を意識して上げた。伸びあがるようにして大きく伸びをすると、わき腹や膝の裏に刺激が走り、ようやく通常の感覚が戻ったような気になった。留美子はそのまま身体を動かし、部屋の掃除にとりかかった。


豊が帰ってきたのは、それから二日後だった。部屋にこもって仕事をしていた留美子が、お茶を飲もうと台所に出たところ、豊が立っていた。豊は留美子の顔を見て、ああ、とつぶやき、留美子は鼻息を吐き出して返事とした。

「どこに行ってたの？」

と、聞くことすら面倒だった。先日やり合って以来、豊とはほとんど口を利いていない。女、子どもに暴力を振るうなんて、世の中でいちばん最低の男だ。

豊を無視して、留美子はダイニングチェアに腰かけて麦茶を飲んだ。送られてきた雑誌に目を通す。留美子が書いたページに付箋《ふせん》が貼ってあった。記事に関連した四コマ漫画も掲載されていて、目を引く構成になっている。仕事はきついけれど、こうして目に見える形でできあがってくるのを見ると、すべてが帳消しになるうれしさだ。

「スイカ切ったから」

豊が留美子の前に皿を置く。訝《いぶか》しげに豊を見上げると、豊は、

「千葉で買ってきたんだ」

と言った。留美子はスイカをかじった。甘くてみずみずしかった。汁が滴る。豊もいつの間

にか留美子の前に座って、スイカを食べている。

「悪かったな」

留美子は、豊をまじまじと見た。

「なんのこと」

と口に出して聞いたとたん、ああ、このあいだのケンカのことか、と思い当たった。豊はそれきりなにも言わなかったが、表情は心なしか穏やかに見えた。

のほほんとスイカを食べている豊を見ていると、むかつくような、呆れるような心持ちになる。今さら謝られても、なんとも思わない。

「二度と子どもたちに手を出さないでよ」

低い声で留美子は言った。

「うん、わかってる」

「なにより子どものことを第一に考えて行動して」

鋭く言い放って席を立ち、留美子は仕事の続きにとりかかった。


子どもたちが留守の間、豊は機嫌よく家事をこなし、仕事中の留美子にコーヒーまで淹れてくれた。調子がいいと思いつつも、留美子はつかの間、懐かしい気持ちになった。子どもたちが生まれる前のことを思い出したからだ。

豊はこうして丁寧にコーヒーを淹れたり、壊れた本棚を直して色を塗ったり、のんびりと根気よく革靴を磨いたりするのが好きな性質《たち》だった。

留美子は、豊のそういう姿に好感を持ったのだった。あせり屋でガチャガチャとうるさい自分には、こういう人が合っているだろうと思い一緒になった。慌ただしい日々に身を置いているうちに、そんなことすっかり忘れていた。

子どもができてから、豊の仕事は忙しくなり家を空けることも増え、家には寝るだけに帰ってくる日も多かった。ゆっくりとお茶を飲むような時間は、ほとんどなかった。

もしかしたら、豊は、自分よりも家庭的な人なのかもしれない。そんなことを、今さら留美子は思う。けれど子どもの存在如何《いかん》で、話は大きく変わってくる。特にうちのように、騒がしい男児が二人いるような家庭では、家事はただただ追われるものとなる。仕事を持っていればなおさらだ。

三食食べさせて歯を磨かせ、日々の洗濯をし、サイズに合った洋服を着せ靴を履かせ、ほこりがたまらないうちに掃除をし、それぞれが学校から持ってくるお知らせに目を通し、PTA活動に参加し、必要な学用品を用意して、風呂のカビを取り、トイレを清潔に保ち、週末に上履きを洗う。一週間はあっという間に過ぎていく。桜の花が咲いたと思ったら、瞬く間に夏休みとなり、秋を感じる間もなくクリスマスや正月がやってくる。自分の誕生日なんて、とうに過ぎてから思い出すほどだ。

夫婦おそろいで買った、お気に入りのコーヒーカップは、食器棚の奥に追いやられたままだし、九谷焼のお皿も、子どもが生まれる前までの活躍だった。どうせすぐに倒すだろうと、花瓶も仕舞ったままだ。子どもたちの茶碗《ちゃわん》やカップを新調しようと思いつつ、落として割るのが関の山だと、相変わらず幼児のようなプラスティック製を使っている。

ゆったりと落ち着いて、心地よく理想通りに過ごすなんて、子どもたちがいたら無理だ。けれど、子どもたちがいない生活は考えられない。悠宇と巧巳がいてくれるからこそ、自分はこうして生きているのだと留美子は思う。

　子どもを実際に持ったあとでは、子どもがいなかった頃の自分には戻れない。最初からいないのと、存在したものをなくすのとでは、当たり前だがまったく違うのだ。だから、子どもがいなかったら？　子どもを産まずにいれば？　などの「たられば」は、ありえない。

　子どもがいて、たのしかったことと大変だったこと、これまでどちらが多かっただろうかと留美子は考える。大変だったことのほうが断然多かった。命を預かるというのは、並大抵のことではない。けれども、それでも、悠宇と巧巳がいてよかったと思うのだ。やんちゃでいとおしい二人の子どもたち。

　どうにか締め切りの山を越え、仕事部屋から出ると、リビングはきれいに掃除されていた。フローリングはぴかぴかと艶立《つやだ》ち、ずっと気になっていたエアコンフィルターの掃除を知らせるランプも消えていた。豊の姿は見えなかった。きっと、夕飯の買い物にでも行ったのだろう。子どもたちがいないと、豊は気が利くしやさしい。

　取り込んだ洗濯物が、カゴに入って置いてある。これから畳んでくれるつもりなのだろう。子どもたちの分がないと、洗濯物もほんの少しだ。

　留美子は洗濯物を畳みながら窓の外に目をやった。オレンジ色の西の空が、明るい光を放っている。開け放した窓からぬるい風が入ってきて、カラスの鳴き声が聞こえた。

　留美子はやけに郷愁じみた気持ちになった。子どもの頃の夕方が胸によみがえる。海に暮れていく大きな太陽。家路を急ぐ子どもたち。よその家からただよってくる焼き魚の匂い。留美子はなんだか泣きたいような気持ちになった。しんとしたさみしさが迫ってきて、すぐにでも悠宇と巧巳に会いたくなった。

子どもたちが帰ってきた。きれいに整えられたリビングは、悠宇と巧巳が帰ってきて、ものの五分もしないうちにめちゃくちゃになった。手も洗わないで、持ち帰った荷物の中身を逆さにしてぶちまけフローリングを砂だらけにし、お土産に買ってもらったおもちゃで遊び出し、些細《ささい》な言い争いから小突き合いのケンカがもうはじまっている。

「ほら、あんたたち！　帰ったら、うがい手洗いでしょ。それに洗濯物くらい自分で洗濯機に入れてきて」

最終日の今日も海水浴に行ったのか、海水パンツとバスタオルは濡れていた。持っていった着替えは洗濯してくれたらしい。これを洗濯してきれいに畳んで持たせてくれたのは、母ではなく、おそらくお義姉《ねえ》さんだろう。お礼になにかおいしいものでも贈ろうと、留美子は頭のなかにメモをする。

悠宇と巧巳はすっかり日に焼けて、夏の子どもそのものだ。たのしかっただろうなと思うと、留美子もうれしくなる。

「ちょっと、パパ。なんで横になってるわけ？　食事の支度をするか、荷物を片付けるかどっちかやってくれる？」

帰ってきた早々ソファーに横になり、テレビのチャンネルを変えている豊に、留美子は声をかける。

「おれ、車を運転して帰ってきたばっかりなんだけど」

休むのは当然だと言わんばかりに、豊はまるで動こうとしない。子どもたちが不在中は嬉々として家のことをしていたというのに、子どもたちが帰ってきたら、まるで人が変わったような態度だ。

車の運転は、確かに疲れたかもしれないが、そんなことは毎年留美子が当たり前にやっていることだった。しかも実家に行けば子どもたちと一緒に遊びつつ、三度の食事の支度を手伝い、洗濯や掃除を率先して買って出て、疲れた身体のまま車を運転して家に帰ってきて、大量の荷物を片付け、食事の支度をして、子どもたちを風呂に入れ、寝かしつけるのだ。そういうことを、留美子はこれまで全部一人でやってきた。手伝ってくれる人など、誰もいなかった。

留美子は腹立たしさをおさえつつ、子どもたちの荷物を片付ける。てっきり夕飯は食べてくると思っていたので、なんの支度もしていなかった。豊は子どもたちを実家に迎えに行き、家には上がらずに帰ってきたのだろう。帰りの車のなかでは、子どもたちは眠ってしまい、外食もできなかったのだろう。それならそうと、連絡ぐらいくれればいいのにと思う。

「じゃあ、ちょっとスーパーまで買い物に行ってくるわ。出来合いのお弁当でいいよね」

子どもたちが、なんでもいーよ、と答える。この時間なら、お弁当やお惣菜《そうざい》が割引になっているだろう。ここのところ身体をろくに動かしていなかったので、自転車で行くことにした。

外は、夏の夜の匂いだった。留美子はまた、郷愁じみた気持ちになる。子どもの頃、こんな匂いの夏の夜に、家族で花火をしたなあと思い出す。庭にバケツを用意して、飽きることなく手持ち花火に火をつけた。縁側で、おじいちゃんがたばこを吸いながら見ていたっけ。

あれからたくさんの年月が経って、おじいちゃんもおばあちゃんも亡くなってしまった。当時の家も建て替えて、縁側もなくなった。庭にあったクロマツももうない。

スーパーでお弁当を選びながら、留美子はふと、人間というのはこうして死んでいくのかもしれないと思った。悠宇は、来年はもう四年生だ。すぐに中学生になってしまうだろう。中学、高校時代はありえないくらいに早く過ぎてしまうと、いろんなお母さんたちから話を聞く。巧巳が保育園に通っている頃までは、まだまだ先が長いと思っていた。子育ては永遠に続くものなんだと、あきらめにも似た漠然とした感覚があった。けれど巧巳が就学し、悠宇も話がわかるようになってきた今、子どもと一緒にいられるのもあと少しなんだと、突然のように感じるのだった。

旅行に一緒に行けるのも、ほんのあと数年だろう。母親とたのしく会話してくれるのも、今のうちだろう。中学生になれば友達がなにより大事になるし、高校生になったら今度は彼女のことで忙しくなるだろう。

小さなことでガミガミ言うのはやめようと、留美子は思った。子どもは、もっとおおらかにのびのびと過ごさなければいけない。子ども時代は短いのだ。

留美子はいても立ってもいられない気持ちになり、帰り道、自転車をこぐ足に力が入った。やさしく接しよう。たのしく接しよう。笑顔でいよう。そう思いながら、家への道を急いだ。

マンションのエレベーターを降りたところで、子どもの泣き声が聞こえたような気がした。まさか、と思いながら、足早に部屋に向かう。自宅の玄関ドアの前まで来ると、泣き声はひときわ大きくなった。怒鳴り声も聞こえてくる。あきらかに、自分の家からだ。留美子は慌ててなかに入った。

「なに、どうしたの。声が外まで聞こえてるわよ」

そう言いながら入って、目の当たりにしたリビングはひどい状態だった。お菓子やらおもちゃやらが散乱しており、テーブルの上に置いてある牛乳パックは横倒しになって、ぽたぽたと中身が垂れている。床は牛乳浸しだ。

「ちょっとやだ！　なんですぐに元通りにしないのよ！」

留美子が金切り声をあげると、豊が「こいつらだ！」と大声をあげた。

「こいつらがケンカをはじめて、お菓子を投げ合って牛乳をこぼした」

「はあ？」

いきなり子どものせいにする状況説明をはじめた豊に、開いた口がふさがらない。牛乳をこぼしたなら、すぐに拭けばいいではないか。

「お母さん、痛いよう！　お父さんがぶったあ。目が痛いよう！」

巧巳が泣きながら、床を拭いている留美子の腰にしがみつく。

「どうしたの、大丈夫？」

左側のまぶたが赤くなっている。

「おもちゃをおれに投げつけてきたからだ」

豊が言う。

「わざとじゃないもん。おもちゃがちょっと当たっただけなのに、お父さんが顔をぶってきたんだあ！」

巧巳の泣き声が大きくなる。

「くっそお！　お父さんなんか死ねよ！」

今度は悠宇が涙声で叫ぶ。

「おいっ！　誰に向かって口利いてるんだっ！」

豊が声を荒らげる。

「お母さん、これ見てよ！　お父さんがおれのノートを破いたんだ！　おれの宿題のノート！」

見れば、悠宇の算数のノートが引きちぎられている。

「やだ、なにこれ、なんでこんな……」

「お前がノートをおれに投げたからだろ」

「宿題を教えてって言ったのに、お父さんが教えてくれなかったからじゃん！」

「こっちは疲れてんだ。宿題ぐらい自分でやれよ。そのくらい考えたらできるだろ。学校でなに勉強してんだよ。お前はバカなのか」

悠宇が涙を拭って、唇を嚙《か》む。自分の子どもに対して、なんてことを言うのだろうか。これが父親のセリフだろうか。頭に血がのぼり、身体中が熱くなる。

「バカはあなたよっ！　子どもを傷つけてなにがたのしいのよ！」

「バカをバカと言って、なにが悪い」

こめかみが、締め付けられたようにぎりぎりと痛む。我慢ならなかった。脳みそが爆発するのではないかというくらい、留美子の頭のなかは怒りの炎で沸騰していた。

ほんの三十分留守にした間に、どうしてこんなことになるのか？　ついさっき千葉の実家から帰ってきたばかりじゃないか。

「ねえ、お兄ちゃんて、バカなの？」

巧巳が聞き、悠宇が「黙れ」と言って、巧巳の肩を押す。巧巳がまた泣きはじめる。

「うわーん、お兄ちゃんが押したあ」

「お前がおれのこと、バカって言ったからだ！」

「だってお父さんが言ったんだもん」

そう言って今度は巧巳が、悠宇を押す。

「これでおあいこでしょ！」

「いってえな！　このやろうっ！」

悠宇が巧巳につかみかかる。二人のケンカがはじまる。

「うるせえ！　お前らは本当にバカだ」

豊が、憎々しげに子どもたちに向かって言う。

「……少ししずかにしてよ」

留美子の声は届かない。悠宇と巧巳は互いに大声でわめきながら、取っ組み合って床を転げまわっている。

「しずかにしてっ！　うるさいっ！　うるさいっ、うるさいっ！　いいかげんにしてよっ！　なんでこんなふうになっちゃうのよおっ！　なんでふつうにできないのよおっ！」

留美子は、喉が壊れるんじゃないかというほどの声をあげた。子どもたちが動きを止めて、留美子を見る。

「全部こいつらのせいだ」

豊がどうでもいいように言った。その瞬間、留美子のなかでなにかがキレた。留美子は、豊の頬を思いきりひっぱたいた。ばちんっ、といい音がした。

「いってえな！　なにすんだよ！」

留美子は続けてもう一発、豊の頬を打った。豊の目の色が変わる。

「このっ……」

豊に頬を張られた。打たれて熱を持った頬が、生き物のように拍動する。留美子はその痛みにあおられるように、そこらじゅうのものを豊に投げつけた。

「やめろ、よせ」

リモコンが豊の顔に命中し、逆上した豊に頭を思い切り叩かれた。痛みよりも、もっともっと強い怒りが留美子を支配していた。

両親の殴り合いのケンカを、子どもたちは驚いた顔で見ている。愚かな親だ、情けない。こんな姿を子どもたちに見せてはいけないと思いつつ、留美子はなにかに突き動かされるように、豊に向かってこぶしを振り上げた。豊がかわして、留美子の腕をつかんでねじ上げる。

「お父さん、やめて！」

悠宇が豊にしがみつく。

「あっちへ行ってろ」

豊が悠宇の首元をつかんで、そのまま押し投げた。悠宇が床に叩きつけられる。

「悠宇っ！」

尋常ではない泣き声をあげた悠宇を抱いて、留美子は声を張り上げた。

「あんたなんか死んでいい！　今すぐ死んでよ！　わたしの前から消え失せろっ！」

豊に向かって叫びながら、留美子は涙が出てきた。こんな夫、こんな父親、いないほうがましだ。

「なんでなのよ！　なんでそうなのよっ！　どうしてこうなっちゃうのよお！」

なんで、どうしてと言いながら、留美子は泣けて泣けて仕方がなかった。

「お母さん、大丈夫？」

巧巳が留美子の泣き顔を、めずらしいものでも見るかのようにのぞきこむ。悠宇が、「お前、ウザい。あっち行ってろ」と巧巳を突き飛ばし、巧巳がわざとらしく泣いて、悠宇に蹴りを入れる。あっという間に、また兄弟ゲンカがはじまる。

「……もうっ！　いいかげんにしてっ！　あんたたちもいいかげんにしてよっ！」

留美子は怒鳴った。

「なんでこんなときまでケンカするのよっ！　わたしの気持ち、少しは考えてよっ！」

留美子が涙を見せながら叫んでも、子どもたちはケンカをやめる気配がない。わたしは子どもたちを守るために、ここまでしているのに……！　留美子は腹立たしくて情けなくて、さっきとはべつの涙が出てきた。

「勝手にしてっ！　もう知らないからっ！」

留美子はすべてが嫌になった。なんで一人で、こんなにがんばらないといけないのだ。仕事に家事に子育て。卑屈で幼稚な夫と、バカでわがままな子どもたち。もううんざりだ。勝手にしろ。みんないなくなればいい。

留美子は仕事部屋にかけ込んだ。唯一の自分の居場所だ。

「……は？　なによこれ」

きれいに整理して本棚に並べていた本や資料が、床に散らばっていた。奮発して買ったお気に入りのサイドデスクは引き落とされ、なかに入っていたホチキスやセロハンテープやはさみ、付箋やクリップなどが散乱している。落ちた引き出しは、角が欠けてしまっている。

「……ひどい」

つぶやいたとたん、燃え立つように内臓が熱くなった。留美子は仕事部屋のドアをこぶしで殴り、

「なんなのよ！　これはぁっ！」

と、身体を折って叫んだ。喉がひりつくように痛い。

猛然とリビングに戻ると、留美子の怒りを察した巧巳が、

「お母さんの部屋に入ったの、お兄ちゃんだよ」

と、告げ口した。

「お兄ちゃんがさっきやったんだよ。自分のがあるくせに、お母さんのはさみを借りようとしたの。そうしたら、棚をひっくり返したんだよ」

悠宇が「うるさい！　しゃべるな！」と、巧巳の肩を押し、巧巳が、えーん、と大げさに泣き出す。留美子は無言で、悠宇の頭をひっぱたいた。

「仕事部屋には入るなって言ってある。ふざけんな」

そう言って、もう一発平手で頭を叩いた。

「なにすんだよ！」

向かって来た悠宇を、留美子は突き飛ばした。それでも起き上がって、まだ向かってくる悠宇の腕をつかんで押し倒し、馬乗りになった。手足をおさえつけるも、悠宇は全力で抗《あらが》ってくる。

三年生の男の子というのは、こんなにも力が強いんだな、大きくなったんだな、と留美子は頭のどこかで冷静に思った。でもそれでもまだ、こちらの思い通りになる程度の力と身体だ。

「いてえな！　放せよ！　このババア！」

悠宇が顔を赤くしながら、ブッと唾を吐いた。留美子の頰に唾がかかる。留美子は思い切り、悠宇の頰を殴った。泣きわめく悠宇のＴシャツの首元をつかんで、頭を床に打ちつける。

「おい」

豊が声を発する。

「うるさいっ！　あんたに口を挟む資格はない！」

今さら父親ぶった顔を見せる豊に反吐《へど》が出る。自分はさんざん暴力を振るったくせに！　元はといえば、あんたが悪いくせに！

「いいかげんにしてよっ！　なんでわたしを怒らすことばっかりするのよ！　いつになったら、まともになるのよ！　どうして通じないのよっ！　みんなでわたしをばかにしてっ！」

全身が腫《は》れたように熱かった。留美子は、自身の身体を流れる血液をつぶさに感じていた。体内をめぐる赤い血はどくどくと脈打ち、自分は今まさに生きていると感じた。留美子は鬼のように我が子を殴りながら、そんなことを考えている自分が滑稽《こっけい》だった。

⚽

「正樹のあほんだらのせいで、この夏もエアコン買えへんわ。ほんま、しょうもなっ」

汗だくで自転車をこぎながら、加奈は朝のパートに向かっている。今日も暑くなりそうな青空だ。すでにTシャツは汗ばんでいる。あほんだらからは、あれから一切連絡がなく、どこにいるかもわからない状況だ。

加奈は店長に頼んで、土曜日と夜のコンビニのパート時間を増やしてもらうことにした。少しでもお金を貯めたい。勇は少なからず責任を感じているのか、素直に承知してくれた。そしてこれからは、食事の支度は自分がやるとまで言ってくれ、昨日は、味噌汁《みそしる》の作り方を教えてと言ってきた。

「ほんまは、鰹節《かつおぶし》でだしを取るねんけどな。お母ちゃんは横着して、既製品の粉末だしや。具はなんでもいいねん。たくさん入れたら栄養たっぷりや」

勇は加奈の教えた通りに、しめじの石づきをぎりぎりのところで切り取り、豆腐もさいの目に丁寧にそろえて切った。

「勇くんはほんま器用やなあ。お母ちゃんより上手やわ」

感心して加奈が言うと、

「料理っておもろいなあ」

と、今度はモロヘイヤのゆで方を聞いてきた。モロヘイヤに鰹節をかけて、しょうゆを垂らして食べるのは、勇の夏のお気に入りだ。昨日は出来合いのコロッケが特売だったのでおかずはそれだったが、勇はコロッケも最初から作りたいようだった。加奈は本棚から古い料理本を出して、勇に差し出した。

「これにいろいろ書いてあるから、時間あるときにでも見たらええよ」

加奈が高校生の時に買った本だ。料理をしながら濡れた手でページをめくっていたので、ぼろぼろになっている。

「めっちゃ年季入ってんな。おおきに」

「揚げ物だけは、お母ちゃんと一緒のときにしてや。火傷《やけど》したら大変やしな」

勇はうなずいて、さっそく料理本を読んでいた。その姿を見て、料理の道に進ませるのもいいなあと加奈は思い、親ばかだなあと、ふっと鼻から息を吐き出した。

夏休みのコンビニは、若い人たちの姿が多い。学生だろうか。朝早くから男女グループでわいわいと、おにぎりやお菓子を選んでいる。これからみんなで遊びに行くのだろう。彼らのたのしさが伝わってきて自然と頬が緩む。

「おはようさん」

いきなり肩を叩かれ、検品をしていた加奈が振り返ると、すぐうしろに西山さんが立っていた。

「あ、おはようございます」

明るい口調で挨拶《あいさつ》を返した。巻かれていたであろう髪が伸び、化粧はほとんど落ちていた。高いヒールのサンダルと、丈の短い水色のワンピース。近くに男性の姿はない。今日は、西山さん一人のようだ。

加奈は、力也くんのことについてちょっと話してみようかと思ったが、なにをどうやって聞いたらいいのかわからず、結局口をつぐんだ。

「石橋さんは働き者やなあ。朝から晩まで」

西山さんが言う。

「昼間は、またべつのところで働いてるんやろ?」

加奈は小さく微笑んでうなずいた。

「勇くんは学童なん?」

「そうです。夏休みは弁当持ちやから大変ですわ。力也くんは、おうちにいはるんですか」

加奈が何の気なしにたずねると、西山さんは瞬時に表情を変えて加奈をにらんだ。

「そんなこと、あんたに関係あるん?　人のうちのこと、詮索せんといてや!」

きつい口調で言われた。加奈は、えらいすんません、とすぐに謝った。前に学校で会ったときは親しく話せたが、先日は無視され、今日は機嫌が悪い。相当な気分屋だと、加奈は思った。あまり深入りしないほうがいいらしい。

レジが混んできたので、加奈は西山さんに軽く会釈してレジに戻った。

「なあ、肉まんないの？」

加奈のあとをなんとなくついてきた西山さんが、大きな声を出す。近くにいた店長が、

「夏はないんですわ。秋になったら出しますんで」

と、気軽に答えた。

「うち、この人とママ友やねん。なあ、石橋さん」

加奈を指さして、西山さんが言う。店長が加奈に目をやり、加奈は小さくうなずいた。

「うちの子の給食費、この人んちの子どもに盗まれて大変やったんやで」

西山さんの声に、近くにいたお客さんがぎょっとして加奈を見る。

「なに言うてはるん」

眉間のあたりが熱くなったが、ここで騒いだらいけない。穏便に済ませようと加奈は思い、笑顔でそう言った。

「はあ？　なに言うてはるん、てなんやそれ。まるっきり他人事《ひとごと》やんか。あんたんとこの息子が、力也のお金盗ったんやろ。謝ったらどうなん？　なあ？」

加奈は無視して、レジを打った。

「なあ！　なんとか言ったらどうなん！　いけしゃあしゃあと図々《ずうずう》しい！」

お客さんたちは、興味深そうに加奈と西山さんを見ている。店長に肘で突《つつ》かれ、ちょっと外

に行っといてや、と耳打ちされた。加奈はさりげなくカウンターから出て、そのままドアを出た。

「逃げるんかいっ！　卑怯者！」

西山さんの大きな声が追ってきたが、西山さんは加奈を追ってはこず、店内を物色しはじめた。

検品も途中だしレジも混んできたので、加奈は店のなかに戻りたかったが、西山さんがいるうちはお客さんに迷惑がかかると思い、仕方なく外の掃除をした。

しばらくすると、西山さんが出てきた。買ったばかりであろうペットボトルのお茶を開けて、さっそく飲んでいる。

「精が出るなあ」

と、ほうきを手にしている加奈を見て言った。笑顔だった。

「西山さん。勇のことですけど、力也くんのお金を盗ったいうんは誤解です。そのあとのサマースクールのお金に関しても、勇がやったわけやしません。今、仕事中なので、今度、柴田先生と三人で話し合いませんか」

加奈が言うと、西山さんは「そうかー」と、なんてことはないようにうなずいた。

「ようわかった。勇くんはお金を盗ってないんやな。わかったわかった。了解やで。おおきに、ありがとう」

適当すぎる言い方に、加奈は頬が熱くなる。西山さんは、はじめから勇が犯人ではないと知っていて、それなのにさっき大きな声でみんなに聞こえるように言ったのだ。

「もう二度と勇のこと言わんといてください。仕事中に話しかけるのもやめてください」

加奈は強い口調で言った。

「はあ？　なんや、やけに突っかかるやないの。何様のつもり」

西山さんの目の色が変わる。

「わたしのことはともかく、子どものこと言われるんは我慢ならへん。あんただってそうやろ。気になることあるんやったら、先生交えて話そうや」

西山さんは黙ったまま加奈を見ている。

「うち、仕事中やねん。時給分、働かなあかんねん。失礼するわ」

「時給っていくらやねん」

店に戻ろうとする加奈に、西山さんが声をかける。

「早朝は九百円や」

「うわっ、やっすいなあ！　辞めたらええねん、そんなちっちゃい仕事！」

西山さんが大きな声で言い、手にしていたペットボトルの中身をドアに向かってぶちまけた。加奈の足元にもお茶がかかった。

「なにしてるんっ！」

「ああ、ごめんやで。手が滑ってもうたわ」

西山さんが高らかに笑う。店長がこちらを見て、眉《まゆ》をひそめている。

「……西山さん、なにかわたしに恨みでもあるんですか？」

加奈の問いに、西山さんは真顔になり、

「ムカつくねん！」

と叫んだ。

「……なにがですか。うち、あんたになんかしましたか？」
加奈のつぶやきを無視して、西山さんは帰って行った。

来週から化粧品会社も夏休みとなる。その期間、勇と海水浴に行く日以外は、日中のコンビニでのパートを入れてもらった。今の時期は休みたい若い子が多いらしく、店長も喜んでくれたが、今朝の西山さんの一件については、苦々しい顔をしていた。加奈は平謝りに謝り、明日はいつもより早めに入ろうと決めた。今日サボってしまった分、働かなければ申し訳なさすぎる。

それにしても一体なんだというのだろう。西山さんに、ムカつかれるようなことをした覚えはない。勇だって学校では、力也くんとさほど仲がいいわけではないだろうから、子ども関係のことでもないだろう。

「考えてもしゃあないわ。もう考えるのやめよ」

頭を振って、小さくつぶやく。実際加奈には、西山さんのことを考える余裕などなかった。今、頭にあるのはお金のことだけだ。勇とのはじめての旅行。ケチケチしないで勇の欲しいものを買ってあげ、食べたいものを食べさせてやりたい。

次の給料が入ればなんとかなるはずなので、家賃と消費者金融への返済以外のものについては、今回はあえて支払わずに、給料が入ったときに二か月分まとめて振り込むことにしようと、加奈は考えていた。その分は旅行に持っていきたい。

朝からいい天気だった。旅行の準備は、ずいぶん前からすっかり調っている。加奈は梅干し入りの塩おにぎりを六つ握り、向こうに着いてから買えばいいのに、お菓子やジュースも用意した。ペットボトルのジュースは冷凍庫で凍らせた。

「勇くんとお母ちゃんがこうして一緒に電車に乗るん、もしかして、はじめてかもしれんなあ」

電車に乗るのは、離婚後、今住む地域に越してきたとき以来だ。そのとき、勇はまだほんの赤ん坊だった。

「せや。おかんと乗るのはじめてや。おれ、電車乗ったん、今日で二回目やもん。この前、春の遠足ではじめて乗ったわ。電車ってええなあ。たのしいなあ」

はしゃぐ勇を見るのはうれしかったが、同時に、これまで電車にも乗せてあげなかったのだと、加奈は反省した。

車窓から見える街並み。それぞれの家に、それぞれの家族があるのだ。そんな当たり前のことがなぜかとても不思議で、奇跡のようにも感じられた。

途中大きな駅で乗り換えがあり、ひさしぶりの都会の喧騒《けんそう》に加奈は少々たじろいだ。はぐれないように、勇の手を握る。勇も不安だったのか、しっかりと握り返してきた。

最寄り駅から、乗り継ぎをして一時間弱。いったん家を出てしまえば、あっという間だった。その気になれば、いつだってどこにだって行けるのだ。加奈は、勇を産んでから自分がいかに小さな世界で過ごしてきたのかを実感した。

勇には、多くの場所を見せてあげたい、いろんな経験をさせてあげたい。自分が見ているような小さな世界ではなく、もっともっと広いところでたくさんのものを目にしてほしい。勇の身長が伸び、体重が増えてきた最近は、特にそう思う。

「これからは毎年、電車乗ってどっか遊びに行こな」

加奈が言うと、

「無理せんでええよ。サッカーも忙しくなるしな」

と、勇は笑顔で返してきた。我が子の気遣いに胸が熱くなる。なんてやさしい子だろうかと、いつも思うことを加奈は今また思う。

須磨海浜公園駅に着き、予約してあった宿に荷物を置かせてもらってから、二人で海へ向かった。

「海や！　めっちゃ海やあ！」

勇が喜んでかけ出す。青い空。紺色の海。潮の香り。夏の海が目の前にあった。勇にとっては、はじめての海だ。加奈も海に来るのは十数年ぶりだった。海を目にするだけで自然と気分があがり、笑顔になる。

加奈は思いきり息を吸いながら大きく腕を回し、ぶわーっと吐き出した。旅行中はお金のことは一切考えないと決めた。勇とはじめての海水浴。たのしまなくてどうするのだ。

浜辺はすでに多くの人でにぎわっていた。海の家が立ち並ぶ。サンオイルの匂い。熱い砂。波の音。持ってきたシートを敷く。

ふいに過去の夏が、加奈の目の前を通り過ぎていった。元夫の英明と、こんなところに来たこともあった。

「ほら、おかん。うきわふくらますで！」

すでに海水パンツになっている勇が、うきわを手にしている。意識はすぐに勇へと向かった。思い出に引きずられることはなかった。むしろ加奈は、これからの未来に思いをはせる。いつか勇に彼女ができて、二人でこんなふうに海にデートに来られたらいいねと想像する。加奈は、未来の勇の彼女に心から感謝する。勇を好きでいてくれて、大事に思ってくれて、どうもありがとう、と先走ってお礼を言いたい気分だ。

顔を真っ赤にしてうきわに空気を入れ終わった勇が、腕やら腰やらをぐるぐると回している。

「おかん、はよ、行こうや！」

「勇くん、泳げるん？」

小学校の体育の授業と、夏休みの開放プールぐらいしか、これまで泳ぐ機会はなかったはずだ。

「泳げへーん！」

勇がおどけて変顔を作り、加奈は声をあげて笑った。

Tシャツの下に着てきた昔の水着。時代遅れのスタイルのビキニだ。妊娠線も目立つことだし、Tシャツと短パンは身に着けたままでいいだろう。

「先におにぎり食べへんの」

「あとでええ！」

勇が海に向かって走り出す。

「沖に行ったらあかんで！」

「わかってるて！」

勇を目で追いながら、加奈は持ってきたおにぎりを食べた。夏の太陽はすでに猛威をふるっている。何年か前に買った日焼け止めが残っていたので、顔、首、手足に塗った。勇はうきわに入って、波打ち際でたのしそうに遊んでいる。

幸せだ、と加奈は思った。自分のなかのどこかにある、普段は忘れている遠い昔の記憶の断片に触れたような気持ちになる。子ども時代、辛《つら》かったことは多かったけれど、きらめくような瞬間だって確かにあったのだ。ふいにあふれてきそうになった涙に、加奈自身が驚く。

「さあ、泳ぐで！」

目尻《めじり》を拭《ぬぐ》って、加奈は勇に向かってかけ出した。海水をかけ合って、歓声をあげる。

「なあ、おかん！　海水ってほんまにしょっぱいねんな！」

勇が笑う。勇の髪や顔から海水が滴る。

「めっちゃ、たのしいなあ！」

「めっちゃ、たのしい！」

夏の太陽が容赦なく照りつけてきて、海面を輝かせる。すべてがまぶしくて、すべてがきらめいている夏の日だった。

「ずいぶん焼けてるやないの。どっか行ってたん？」

コンビニの店舗の外でゴミ出しをしていたら、声をかけられた。西山さんだった。

「仕事中なんで、すんません」

加奈が丁寧に頭を下げると、はんっ、と西山さんは片頰を持ち上げて笑った。

「お客がたずねてるんやから、素直に答えたらええやないの。かわいげないなあ」

美しい笑顔で、そんなふうに言う。

「ほんと困るんです。申し訳ないですけど、話があるなら、仕事終わってからにしてもらえますか」

努めて誠実に加奈が言うと、西山さんは仕事終わりの時間を聞いてきた。化粧品会社が夏休みなので、夕方までの長時間勤務となっている。終わりの時間を告げると、「無理」とひとこと返ってきたので、休憩時間帯を教えた。

「その時間なら、まあいいわ。あそこの角にある喫茶店でええな」

「わかりました」

と加奈が答えると、西山さんは素直に帰って行った。店長には見られていないようだったので、ほっとした。

額の汗を拭うと、日焼けした頬に当たってピリッとした痛みが走った。腕の皮もむけはじめている。これでまたシミが増えるなあと、加奈は思う。

けれど、日焼けもシミもどうでもよかった。そんなことがまったく気にならないほど、勇との旅行は最高だった。海でたくさん遊んで、旅館で大きなお風呂に入って、おいしいご馳走《ちそう》を食べた。布団を並べてたくさんおしゃべりをし、二人で早起きして海から昇る朝日を眺めた。こんな幸せなことが、この世にあるのかと思うくらい、充実した一泊二日だった。

来年も絶対に行こうと、加奈は決めている。夏休みじゃなくたっていい。冬休みも春休みもある。普段の土日だっていいのだ。今回の旅行で、気力が充分に充電できた。加奈は今、生きる気力に満ちあふれている自分を感じていた。

休憩時間になり、加奈は持参した大きな塩おにぎり二つを一気に食べ、水筒に入れてきた麦茶で口をゆすぎ、すぐに自転車を走らせて、西山さんと待ち合わせた喫茶店に向かった。

昭和的な店構えの喫茶店だ。ドアを開けてなかをのぞく。来るのかどうか半信半疑だったが、西山さんはすでに来ていた。加奈に気付いて、たばこを持っていない側の左手をひらひらと振る。

「お疲れ様。なに飲む?」

西山さんはアイスコーヒーを飲んでいた。

「うちはいらないです。水だけで」

「はあ? なにシケたこと言うてんねん。飲みもんぐらいおごったるわ。同じもんでええか」

少し考えてから、加奈は小さくうなずいた。

「お話ってなんですか。勇のことですか?」

西山さんは大きく煙を吐き出して、ちゃうわ、と言った。

「すんません、あんまり時間ないんです」

「せやろな。朝から晩まで働いてるもんな。それなのに、喫茶店のお茶代も払われへんとはな」

思わずムッとなり、「払います」と、加奈は声を張った。そこにちょうどアイスコーヒーが来たので、加奈はごくごくと飲んだ。

「あんたさ、もっと稼ぎたいと思わへん?」

西山さんはそう言って、短くなったたばこを乱暴に灰皿にこすりつけた。

「朝から晩までちまちま働いて、アホらしない? お金なくて大変なんやろ。顔見てればだいたいわかるわ。貧乏くさい顔やもん」

西山さんの言い方にカチンときたが、お金がないのは本当のことなので加奈は黙っていた。

「あんな、うち、デリヘルで働いてんねん」

西山さんが快活に言う。

「石橋さんも一緒にどうやろ思てな、こうして声かけてん」

そう言って、西山さんが強い視線で加奈を見つめる。喉が詰まったようになって、すぐに言葉が出てこなかった。加奈はしばらく頭のなかで、言葉をさがしてから口に出した。

「……ごめんやけど、うちはそういうの無理やわ」

「なにが無理なん？　子どもらが学校行ってる間に稼げんねん。あんたが一日中働いて稼ぐ金額を、たった一時間でもらえるねんで。効率いいで」

加奈が黙っていると、西山さんは詳細に仕事の説明をしはじめた。

「だから、なんも心配することあらへん。シングルのママさん、みんなやってるわ。人妻や年上の需要も多いねん。ここだけの話、力也の小学校のママさんもおるしな。あんたまだ若いし、化粧したらかわいくなるわ」

西山さんがきれいに整った笑顔を、加奈に向ける。

「生保もろてても働いてる人もおるし、抜け道かてようさんあんねんから」

「……心遣いしてもろておおきに。でも、うちは今のままでいいです」

加奈は深々と頭を下げた。

「すんません。もう休憩時間終わりなんで戻ります」

立ち上がろうと椅子を引くと、

「何様なんっ！　あんたのそういうところがムカつくねんっ！」

西山さんが大きな声をあげた。

「ほんまめっちゃ腹立つわ。朝から晩まで働いて一生懸命真面目に生きてます、みたいな顔して！　貧乏やけど幸せです、つましく暮らしてます、がんばってます、って！　鼻につくねん！」

店内には男性客が一人いたが、ヘッドホンをして本を読んでおり、まるで気付いていないようだった。マスターらしき人がこちらをちらと見たが、特に気にしてはいない様子だ。

「あんたみたいな女、ほんま迷惑なんや！　世間はなあ、あんたみたいなのとうちらを、すぐに比べたがるんや！　かっこつけよって！　うっとうしい！」

加奈は立ち上がって、失礼しますと頭を下げた。

「育ち盛りの子どもがおって、そんなん続くわけないわ！　みんな子どもがかわいくて、生活のために身い削ってんねん！　立派な仕事や！　見下してるんか！」

西山さんの声を背中で聞きながら、いくらですか、と加奈はマスターにたずねた。

「四百五十円ね」

財布のなかには千六百円しかなかった。五百円玉を出して、五十円のお釣りをもらう。残り千百五十円で、給料日までの十日間を過ごさなければならない。加奈は唇を噛んで、店を出た。いそいでコンビニに戻り、仕事の続きに取りかかった。胸のうちをさまざまな感情がうずまいて、気を抜くと、ふわっと膝《ひざ》からくずれそうになった。

あんなふうに、あからさまな悪意を直接向けられたことなど、大人になってからはじめてのことだった。西山さんの憎しみのこもった目を思い出すだけで、加奈の鼓動は速まった。そしておそらく、勇の机のなかにお金を入れたのは力也くんだろうと思った。西山さんが、力也くんに命令したに違いない。

それから加奈は、西山さんの仕事に思いをはせた。想像すると、お腹の真ん中を穿《うが》たれたような感覚になった。お金はほしいけれど、自分には無理だと思った。

化粧品会社の夏休みが終わり、平常通りのシフトに戻った。日に焼けた加奈は、「どこ行ってきたん？」「シミになるで」などと、会う人会う人に声をかけられ、そのたびに、勇と海水浴に行ったことを話した。話すと、旅行のたのしさがよみがえり、さらに心に強く印象付けられた。お土産にと、職場に買ってきた安価なお菓子は、おいしいおいしいと瞬く間になくなった。

加奈は黙々と手を動かして、作業に取り組んだ。目の前にある与えられた仕事だけに集中し、余計なことは一切考えなかった。

仕事を終え、学童保育に勇を迎えに行った。

「勇くん、お腹空《す》かんかったかー？　おかずなくて、堪忍な」

勇の今日のお弁当は大きな梅干しおにぎり三つだった。給料日まで、お米や味噌《みそ》が残っていることだけが救いだ。

「おやつ、おかわりさせてもろてん」

勇がそう言って、ピースサインを作る。

「夕飯はシーチキンやで」

ここのところ、夕飯は買い置きしてあった缶詰類がほとんどだ。あと五日で給料日。それまで、勇には我慢してもらっている。

「シーチキンめっちゃ好きやで」

「お母ちゃんも好きや」

「あれ考えた人、天才やな。神や」

シーチキンの神様かあ、と加奈はおかしくなる。

まだまだ暑い日は続いているけれど、日は徐々に短くなってきた。じきに秋が来て、あっという間に今年も終わってしまうのだろう。ピンク色の夕暮れの空を見ながら、とりあえず、自分と勇が健康でいればなんとかなる。大丈夫、大丈夫、と唱えながら、加奈は先をかけていく勇を追いかけた。


「え？　うそや……」

加奈は思わずそう言っていた。

「なんでですか。うち、一生懸命働いてきました。これからも一生懸命働きますんで」

人事部の人が、申し訳なさそうな顔で加奈を見る。

「不景気で人員削減することになったんですわ。雇いきれませんのや」

九月二十日付となっている。一か月後だ。

「そんな……！　もうすぐやないですか。うち、これから、どないして生活してけばいいんですか」

申し訳ないですけど、と人事の人は言い、雇用保険やハローワークについての説明を簡単にした。加奈がなにを言っても、決定が覆されることはないようだった。

「うちにもっと学があったら、契約解除にならへんかったんですか」

加奈はたずねた。人事の人は、一瞬意味がわからないような顔をしたが、すぐに小さく微笑んで、

「まったく関係ないことです」

と言った。

加奈の他にも、契約更新されなかった人が何人かいた。営業不振というのは、本当のようだった。これからさらに人員を削っていくという。

小林さんに「加奈ちゃんもか」と、声をかけられた。どうやら小林さんも同じ時期で、契約解除になったらしかった。

「大和田さんは残るんやて。なんで大和田さんが契約更新されて、大和田さんより若いうちが辞めさせられなあかんのや。納得いかへんわ」

小林さんは誰にでも聞こえるような声量で言い、大和田さんはうつむいた。契約更新された人と、解除された人の間には、見えない線がはっきりと引かれていた。いつもにぎやかで和気あいあいとしていた職場は静まり返り、険悪な雰囲気に包まれた。

加奈は、自分の底の浅さを痛感した。会社という大きな単位に思いをはせることを、これまでしてこなかった。会社の業績など、自分とは関係ない世界のことだと思っていた。言われたことだけをやっていればいいのだと思っていた。

誰にでもできるライン作業だったかもしれないけれど、もっと頭を使って、もっと想像力を働かせて、仕事をすることもできたのかもしれない。

「加奈ちゃん、堪忍やで。こんなおばちゃんが続けて働いて、加奈ちゃんみたいな若い子が辞めるなんておかしな話や。せやから、人事の人に加奈ちゃんと替わらせてくれ言うてお願いしたんやけど、聞いてもらえへんかった。堪忍やで、加奈ちゃん」

申し訳なさそうに、大和田さんが言った。

「なんで大和田さんが謝るんですか。大和田さんは、この職場に必要な人やから残るんです。

大和田さんが気にすることなんてあらへん。全部、自分の責任です」

大和田さんは、いつも気配りを欠かさなかった。誰よりも早く来て職場をチェックし、気になることはすぐに上の人に伝え、毎朝必ずトイレ掃除をしてくれた。みんなが安全に気持ちよく働けるようにいつでも配慮していた。契約更新は当然だ。人事の判断は正しい。

「大和田さん、長い間、新聞をどうもありがとうございました。旅行雑誌もおおきに。助かりました」

加奈が頭を下げると、大和田さんは目尻に涙を浮かべ、「困ったことがあったら連絡してな」と電話番号を書いたメモを渡してくれた。


給料日が来て、ようやくまともな食事ができるようになった。とはいえ、節約はしばらく続けるつもりだ。

土曜日、コンビニで仕事中にポケットの携帯が震えた。自宅からだった。今日は午前中にサッカーの練習があり、勇は今頃、家で昼食を食べている時間帯だ。勇から電話がかかってくるなんて、はじめてのことだった。ちょうど店内が空いていたこともあり、加奈は店長に断って電話に出た。

「もしもし勇くん、どないしたん?」

「おかん。おれ、火傷《やけど》してしもた。どないしよ……」

心細い声だ。ただ事ではないと、加奈は直感した。

「大丈夫か? どの程度なん」

「……痛い」

と言ったあと、洟《はな》をすする音が聞こえた。痛みに強い勇が泣くなんて、よほどのことだった。心臓がどくんどくんと大きく波打つ。

聞けば、熱湯を入れたカップラーメンをお腹にこぼしてしまったらしい。

「勇くん、すぐに風呂場に行って、シャワーの水をじゃんじゃんお腹に流しといて！　こっち終わったらすぐに行くからな！　大丈夫や、勇くん。お母ちゃん行くまで気張れ！」

加奈は店長に説明し、なるべく早くあがらせてほしいと頼んだ。

「次の人が来るまで無理や。今日は人が足らんから」

西山さんの一件があって以来、店長の加奈に対する態度が少しきつくなったような気がしていたが、化粧品会社の仕事を続けられなくなった今、コンビニの仕事だけでも確保しておかなければならない。勇のことが気が気ではなかったが、時間が早く過ぎるのを祈りつつ、加奈は黙って働いた。

次のアルバイトの人が来たのと入れ違いに、大急ぎで帰宅した。

「勇くん！」

勇は上半身裸で横になり、ぬれたタオルでお腹を冷やしていた。しばらくシャワーの水をかけていたけれど、気分が悪くなってしまい横になっていたと言う。台所は、こぼしたカップ麵《めん》が飛び散って大変な惨状だった。

勇のお腹は広範囲にわたって火傷しており、赤黒くなっていた。

「ひどい状態やないの！　どないしよう。どないしたらええんや」

こんなときどうしたらいいのか、加奈にはまったくわからないのだった。これまでほとんど病院にかかったことはなかった。とりあえず、予防接種に行った病院に電話をしてみたが、土曜の午後は休診らしく電話がつながらない。

「冷やしすぎて寒い」

勇が言う。

「でも冷やさな」

加奈は冷凍庫に入っていた保冷剤を勇のお腹に載せ、その上からタオルケットをかけた。加奈が帰ってきて安心したのか、勇は少し眠った。

明日も日曜で、病院はやっていない。加奈はドラッグストアに行って、火傷用の軟膏《なんこう》を買ってきて、勇のお腹に塗った。

「痛むか？」

「うん、でももう大丈夫や」

「明日のサッカーの練習試合は、残念やけどお休みやな」

たのしみにしていた勇は、がっくりとうなだれていたが、この状態ではとても無理だった。

日曜日、加奈は精のつくものを作って勇に食べさせた。動くとひりひりと痛いようで、勇はほとんど一日中仰向けで寝ていた。

月曜日になり、朝のコンビニのパートを終えてすぐに、加奈は勇を病院へ連れていった。この日、八月三十一日は化粧品会社へ仕事に行く最後の日だった。退職は九月二十日付だが、有休消化のため九月は出社しない予定だった。

勇のお腹の火傷は、ところどころ水ぶくれになっていた。

「なんでもっと早く連れてこなかったんですか！」

看護師に言われた。病院が休みだったことを告げると、救急外来がありますよね!?　と、強い口調で返ってきた。

「救急車はおおげさかと思て……」

と、加奈は答えた。

「救急車じゃなくて、救急外来ですよ。医療センターに併設されてますよね」

加奈は、救急外来というものを知らなかった。耳にしたことはある。けれど、どういうときに使っていいものなのかわからなかった。

「それに、どこに行ったらいいかわからないときは、救急センターに電話して相談するように、各小学校にもお知らせしてあると思うんですけど」

「……すみません」

救急センターについても、加奈は知らなかった。勇の就学時に、お知らせをもらったかもしれないが、すっかり頭から抜けていた。加奈は、必要な情報を自らすすんで知ろうとしなかった自分を悔やんだ。

水ぶくれの範囲が広かったので、医師が患部を切り体液を出した。勇が顔をしかめる。痛みをこらえる勇を見るのは辛かった。ガーゼを貼られ、痛み止めと軟膏をもらった。

「勇くん、明日から新学期やけど、痛むようだったら休みや。お母ちゃんも明日からは、しばらく暇やねん」

勇がこくんとうなずく。勇には化粧品会社を辞めることはまだはっきりとは伝えていなかったが、なんとなくわかっている様子だった。

空いた時間は、コンビニのほうでできるだけ働きたかったが、失業給付をもらう関係上、そういうわけにもいかなかった。早いところ、新しい仕事を探さなければならない。

ふと、自分はいざとなったら、西山さんのように風俗で働くことができるだろうかと、加奈は考える。究極にお金がなくなって、お米すら買えなくなったら？　家賃も払えず、勇の上履きも買えなくなったら？　給食費も払えず、小さくなったＴシャツをいつまでも着ているのだとしたら？

答えはＹｅｓだった。それで勇が生きていけるなら、自分はどんなことをしてもお金を稼ぐ道を選ぶだろうと、加奈は思った。

ピンポーン、とアパートの呼び鈴が鳴り、加奈は我に返る。時計を見ると十二時近かった。

「はーい」

お昼ご飯はなににしようかと考えながら、加奈は玄関に出た。

「石橋さんのお宅ですか」

「そうですけど」

「児童相談所の相良《さがら》と申します。市立病院から連絡があって来ました。勇くんいますか」

はあ？　と呆《ほう》けた声が出た。頭のなかは混乱していた。加奈は、目の前に立つ五十代とおぼしき女性をぽかんと見つめた。

「勇くん、火傷したそうですね。勇くんに会わせてもらえますか」

確固たる意志のある声を聞いて、頭のなかで絡まっていた糸がほどけた。線と線がゆるりと結ばれ、加奈は自分が虐待を疑われているのだと理解したのだった。

9月21日月曜日、午後8時40分頃、「子どもがぐったりして動かない」と女性から通報があった。警察と消防がかけつけたところ、この住宅に住む男児（9）が居間で倒れているのが見つかった。男児は病院に搬送されたが、間もなく死亡が確認された。死因は、外傷性硬膜下血腫《けつしゅ》とみられる。

頭部を強くぶつけたことが直接の死因とみられ、通報してきた女性が、自分が子どもの頭を床に打ちつけたと話していることから、傷害容疑で逮捕。傷害致死容疑に切り替えて調べている。女性は男児の母親とみられる。

亡くなった男児の名前は、イシバシユウくん。市内の小学校に通う小学三年生で、夏休み明けの新学期は元気よく登校していた。

これまで虐待の報告はなく、ユウくんと口論になった母親の突発的な犯行とみて、警察は捜査を進めている。母親の名前はイシバシ……

十月になった。日中はまだ暑い日もあるが、朝晩は涼しいを通り越して肌寒く感じる。

「あすみさん、いやだ、わたし、どこに行くの？」

介護職員に支えられた義母が振り向き、泣きそうな顔であすみを見る。

「デイサービスですよ。夕方には帰ってきますよ」

夕方？　そんな遅くまで？　と言いながら、義母は捨てられた子犬のような瞳《ひとみ》を震わせたまま、車に乗った。

「どうぞよろしくお願いいたします」

あすみは頭を下げて、大きなワゴン車を見送る。行くときは毎回、嫌がる様子を見せるが、「センターではたのしそうに過ごしていますよ」と、デイサービスの担当の人やケアマネジャーには言われている。動画や写真を見せてもらうと、本当にたのしそうに笑っている。

義母は要介護認定を受け要介護2となり、介護保険サービスを利用しはじめた。義母の家の片付けも終わり、先月中頃からは元通りそこで過ごしてもらっている。

ずっと一緒に住んでもいいのではとあすみは思っていたが、優がどうしてもだめだった。このままでは、優にとっても義母にとってもいいことはないと思い、あすみは太一に相談し、結局これまで通り、別々の家で暮らすことになった。

介護保険外の自費で、ヘルパー兼家政婦さんを頼むことにした。週に何度かは義母宅に泊まってもらっている。かなりお金がかかるが、義母の貯蓄は思った以上にあった。ヘルパーさんが泊まらない日は、あすみが義母の家に泊まっていたが、最近は太一が行くことも多い。

太一は口には出さないけれど、優と二人で夜を過ごすのが苦痛のようだった。警察官が来て以来、太一はすっかり自信をなくしたように見えた。一方の優は、太一をきれいに無視していた。

「仕方ありません。優くんは父親より、出来がいいのです。前世で、優くんは太一さんの上官でした」

あすみは、父親と息子の不自然な関係を心配していたが、スナガミ先生にそんなふうに言われると、それなら仕方ない、と妙に納得できるのだった。

夏休み明けから、優はきちんと学校に通っている。あすみは、担任の佐伯先生と連絡を取り合っているが、今のところ特に問題はないようだった。一時、レオンくんとは遊ばなくなったようだが、近頃また復活して、一緒にいる時間も増えているとのことだった。そのこともあすみは心配だったが、どちらかというとレオンくんのほうが優と仲よくしたい様子だと聞き、それならまあいいでしょう、と少し安心した。

宇野光一くんは、新学期から、一日の大半の授業を特別支援学級で受けることになったそうだ。これまでもサポートの先生がついていたが、本人とお母さんの希望もあって、これから徐々に特別支援学級のほうに移行していくらしかった。

あすみはなぜか、光一くんのお母さんを折に触れ思い出す。夏休み前、レオンくんと光一くんを交えた保護者同伴の話し合いのときの姿だ。やさしくて強くて、どこかさびしそうだった。そして、誰よりもまともだった。

「あすみちゃん、ここよ」

　はじめて入ったインド料理の店で、菜々があすみを見つけて手を振る。店内には、食欲をそそられる香辛料の香りが満ちている。

「すごい混んでるのね。待っている人たちが大勢並んでるわよ」

「そうなの、予約しといてよかったわ」

　夏にオープンしたばかりの人気店らしい。菜々は本当によく知っている。菜々オススメのランチコースを頼んだ。喉が渇いていたあすみは、先に飲み物を頼んだ。

「あすみちゃん、すごい。ラッシー一気飲み」

　そう言って菜々が笑う。

「今日はお義母《かあ》さんのデイサービスだったから、支度が大変だったの。着替えさせたと思ったらすぐに脱いじゃうわ、粗相もするわで、片付けやら洗濯やらで時間かかっちゃって。しかもタイミング悪いことに、今、車を車検に出してるから、バスで駅まで来て、そこから走ってきたのよ。ああ、汗だく」

　あすみが言うと、菜々は、

「やだー、言ってくれれば迎えに行ったのに」

　と、八の字眉を作った。

「いいのいいの。ぜんぜん大丈夫」

「あすみちゃんは、本当にえらいよね。感心しちゃう。わたしははっきり言って、義母の面倒を見る自信はないなあ。一緒に住んでいないから、将来的に介護する可能性は低いとは思うけど。まあ、あんまり仲もよくないし」

菜々の話し方から察すると、きっと菜々のお義母さんのほうが、嫁である菜々のことを快く思っていないのだろうと思われた。

雑談しているうちに、サラダが来てナンが来て、ハーフ&ハーフのシーフードカレーとチキンカレーが来た。おいしそう！　と二人で声をあげて、さっそく食べはじめる。ナンの絶妙な甘みが辛いカレーと合って食が進む。

「その後、旦那《だんな》さんどう？」

菜々が、どう？　と聞いているのは、太一の浮気のことだ。義母の認知症、優の言動、太一の浮気、あすみはすべてのことをすでに菜々に打ち明けている。

「最近は帰りも早いし、たぶんもう切れたんじゃないかなあ」

あすみが鷹揚《おうよう》に答えると、菜々は「他人事ねえ」と声をあげて笑った。

浮気について、あすみは直接、太一にたずねてはいなかった。つまらない言い訳をするであろう太一を見たくなかった。あすみは、太一のことを好きなままでいたかった。たいちゃんを好きな自分が好きだった。

なによりも驚いたのは、菜々の旦那さんも以前、浮気していたと聞いたときだった。

「男っていうのは少しお金を持つと、必ず浮気するからね。しょうがないよね」

菜々のほうこそ、他人事のように言って笑った。

「ねえ、あさって大丈夫？」

菜々に念を押され、あすみは、うん、とうなずいた。あさっては、スナガミ先生の講演会がある。

発端は、イシバシユウという小学三年生の男の子が虐待死したニュースだった。菜々が慌てた様子で、あすみに電話をしてきたのだった。菜々から連絡があったとき、あすみはまだその事件を知らなかった。まさか、優と同い年で同姓同名の子どもがニュースになっているとは思わず、ただただ驚いた。その頃は、義母のことや太一や優のことで、テレビや新聞を見る暇もなかった。

誰とも会わず、太一とも優ともほとんど会話がなく、義母と四六時中過ごしていたときに、ひさしぶりに菜々の声を聞き、あすみは凝り固まっていた心がほぐれた。ぽつりぽつりと現状を話しているうちに、菜々にあるところに一緒に行こうと誘われた。それが、スナガミ先生の道場だった。

スナガミ先生というのは未来を見通せる人で、どのような道を歩んでいけば、その人にとっていちばんいいのかを教えてくれる先導師だ。

あすみは占いなどについてほとんど興味はなかったが、あすみがなにも言わないうちからズバリとすべてを言い当てられ、心底驚愕《きょうがく》した。前世で、あすみは優の妹だったと聞いたときには、自然と涙があふれた。

スナガミ先生のところには、芸能人や著名人も訪れているらしいが、それも納得だった。スナガミ先生に道筋をつけてもらえば、悩むことなく気持ちよく生きられる。皆がこぞって行くのも当然のことだ。

「菜々さんには本当に感謝してる。スナガミ先生を紹介してくれて、本当によかった。どうもありがとう」

「ううん、わたしもうれしい。あすみちゃんとわたしって、なんだか境遇が似てるんだもの」

菜々がおかしそうに笑い、通りかかった店員を呼び止めて、ナンのおかわりをもらう。あすみ一枚もらった。ランチのナンはおかわり無料だ。

「それにしても、あすみちゃん、本当につわりがないのね。わたしはひどかったから、うらやましいわ」

ナンにカレーをつけてぱくぱくと口に運ぶあすみを見て、菜々が言う。

「わたしも優のときはひどかったから、びっくりしてるの。今回はまったくつわりもなくて、体調もすごくいいの。太りすぎに気を付けなくちゃ」

「予定日いつだっけ」

「来年の四月七日」

「ほんとたのしみ！　赤ちゃん抱かせてね」

もちろんよ、とあすみはうなずいた。

妊娠がわかったのは先々月だった。毎月きっちり二十八日周期で生理が来るのに、一週間ほど遅れていた。まさかと思い、ドラッグストアで妊娠検査薬を買い、確実に判定が出るまで待って試したところ、陽性だった。

太一との夫婦関係はしばらくなかったが、義母の認知症がわかったあの日。太一があすみにすがるようにして泣いたあのあと、皮肉にも新しい命を授かったのだった。

その後すぐに太一の浮気が発覚したこともあり、妊娠はまさに思いがけないことだったけれど、あすみは素直にうれしかった。夫である太一の子を身ごもり、また十月十日の妊婦生活を味わえ、出産を体験でき、ふにゃふにゃの新生児を抱き、最初からもう一度子育てができるのだ。こんなに喜ばしいことはない。ただ、ひとつ心配だったのは、生まれてくる子を優ほどにかわいく思えるかという点だったが、まったく心配には及ばない、とスナガミ先生が太鼓判を押してくれた。

太一は最初とても驚いていたけれど、うれしいよ、と言ってくれた。女の子だといいなあ、と言った。優みたいにならないでくれよと言って、あすみのお腹をさすった。

優に告げると、汚いものでも見るような顔であすみを見て、

「あいつとヤッたの?」

と、開口いちばんに言った。

「優」

と、あすみがたしなめようとすると、優はそれを制して、

「でも、まあいいや。ぼくの弟か妹でしょ。うれしいよ。一緒に遊ぶのたのしみ。賢い子だといいなあ」

と笑顔を見せた。ひさしぶりに見る優の笑顔だった。

あすみは、まだぺたんこのお腹に手をあてる。きっといい子が生まれてくる。

「この子は、石橋家の救世主となります」

スナガミ先生もそうおっしゃっていた。

ふいにあすみの脳裏に、光一くんのお母さんが浮かぶ。あすみは、その姿をとてもまぶしく感じるが、自分とはまったく違う人生なのだと、あきらめにも似た気持ちで思う。

インド料理店の窓から見える秋の空。青空がきらきらと輝いているように見える。

――未来は明るい――

根拠はない。けれど確信に満ちた気持ちで、あすみはそう思った。未来は明るいのだと。

児童相談所から来た相良さんという職員は、勇の火傷を見て、眉根を寄せた。

「火傷をした経緯を教えてもらえますか」

と厳しい口調で聞かれ、加奈はありのままを話した。横になっていた勇は、相良さんのことを病院の先生だと思ったらしく、途中まで素直に質問に答えていたが、相良さんが児童相談所の職員で、虐待の疑いで訪問した旨がわかると、これまで見たことのないような顔で怒りをあらわにした。

「おばはん、あんた一体なんなん？　むっちゃ腹立つわ！　なにしに来てん？　あんたに、うちのなにがわかるんや！　おかんをいじめる奴は許さへんからな！　帰ってくれ！　帰れえ！」

加奈は思わず泣いてしまった。勇と相良さんの気持ちが、加奈の心を大きく揺さぶって、我慢できずに、わっ、と泣き出してしまったのだった。

「おかん、泣かんといて。ごめんやで。おれがカップラーメンの汁こぼしたからや。おれのせいや。堪忍や。おかん、泣かんといてや。なあ、おばちゃん。うちのおかんが虐待なんてするわけないやろ。ほんま帰ってや」

勇の言葉に、相良さんはうなずいた。話を聞いて、誤解だったことがわかったようだった。

「大変失礼しました。ごめんなさい」

相良さんは深く頭を下げて謝った。

「……ちゃう。ちゃうんや、相良さん、謝らんといてください」

加奈は涙を拭い、垂れてきた鼻水を盛大にかんだ。

「相良さんが謝る必要なんてあらしません。ほんまおおきにやわ。虐待の可能性があるかもしれへんと思って来てくれたんやろ。勇のことを心配して来てくれたんやろ。こんなありがたい話あれへん。市立病院の先生かってそうや。勇のことが気になって、わざわざ相良さんに連絡入れてくれはったんやろ。ありがたいなあ。ほんまおおきに。ほんまありがとうございます」

加奈は、相良さんに向かって深々と頭を下げた。本心だった。勇のことを気にかけてくれる人がこの世にいるのだと思ったら、もうそれだけでありがたくて、胸がいっぱいになって泣けてくるのだった。

「勇くんの火傷はお母ちゃんの不注意や。もっときちんと教えといたらよかったんや」

「おかんのせいやあらへん！　おれが容器を手に持ったままで、お湯注いだんがあかんかったんや」

相良さんはゆっくりとうなずいて、

「今回のことは、ほんま申し訳なかったです。勘違いでした」

と、再度頭を下げた。それから、加奈と勇に交互に目をやり、

「でも虐待は本当に多いんです」

と言った。

「たとえ間違いだったとしても嘘だったとしても、通報があったらわたしたちは伺います。気分を害される方もたくさんいます。罵倒《ばとう》されることもしょっちゅうです。でもそれでも、わたしたちは通報があったら必ず行かせてもらいます。万が一、本当に虐待の事実があるんやったた

ら？　そこで救える命があるんやったら？　ほんの少しの可能性に賭《か》けたいんです。助けを求めている子どもの声をちゃんと聞いてあげたいんです」

相良さんの真摯《しんし》な言葉に、加奈は強く胸を打たれた。思いがけず視界がにじむ。自分と似た境遇の母子を思い、いろんな感情が押し寄せてきた。加奈は鼻の奥にぐっと力を入れて、目をごしごしとこすった。

「今日はほんますみませんでした。勇くんの火傷が早く治るよう祈ってます。ほな、失礼します」

相良さんが立ち上がる。

「あ、あのっ！」

帰ろうとする相良さんを、加奈は呼び止めた。

「相良さんみたいな仕事をするには、どうしたらいいんですか？　なにか資格が必要ですか！」

相良さんが驚いたように、加奈を見つめる。

「うち、今、求職中で、高卒やし、そんな夢みたいな話ありえへんのですけど、二十年後とかやったら、もしかしたら、ちょっとは自分の身に寄せて考えられるんやないかなって思たんです」

相良さんはふっ、と微笑んで、

「そんなふうに言ってもらえて、うれしいです。この仕事を認めてくださったんやねえ。ほんまおおきに。あなたみたいな人が働いてくれたら、とても頼もしいです」

と言い、それからいろいろと加奈に教えてくれた。児童福祉司という資格について、任用資格の取得条件について、地方公務員について。加奈には、話の六割程度しか理解できなかったが、道がはるかに遠いことだけはよくわかった。

「えらい大変ですね……」

加奈がぼやくと、

「子どもたちの命を守るんですから、大変に決まってるやないですか」

と、ぴしゃりと言われた。

「あきらめたらそこで終わりです。子どもを守ることも同じです。あきらめたところで、その子は死にます」

小さな静寂があった。絶望と悲しみが加奈の胸のうちを覆ったが、その暗闇のなかを、清らかで明るいなにかが走っていくような感覚があった。自分にだって、手をさしのべることはできるはずだ。

「……ええ話やな」

勇がぼそりとつぶやいた。その瞬間、加奈は相良さんと目が合い、思わずぷっと噴き出してしまった。

「な、なんやっ。おもろいこと言うたんちゃうで。真剣に言うてん！」

「わかってる。わかってるけど、絶妙なタイミングやったから笑ってしもた」

相良さんもおかしそうに笑っていた。

相良さんを見送りながら、加奈は身の内に広がってゆく小さな希望を感じていた。子どもたちを守るという仕事が、こんな身近に存在するのだ。夢みたいな目標だけど、ちょっとずつちょっとずつ進んでいったら、いつか、もしかしたら、たどり着けるかもしれない。

相良さんが帰ったあと、加奈は化粧品会社に向かった。結局仕事には出られず、最終出社日は一日持ち越されることになったのだが、そのつもりで加奈を待っていたみんなにきちんと事情を説明したかったし、その日が最後となる同僚にも挨拶《あいさつ》をしたかった。加奈は終業間際の会社に出向き、お世話になった人たちと言葉を交わした。

勇の火傷のことを話すと、大和田さんはおおいに心配してくれ、その場で専門の医院を紹介してくれた。親戚《しんせき》の子どもが、腕にコーヒーをこぼして火傷をしてしまったが、そこの医院で治療をしたら、痛みもなく、まったく痕が残らなかったというのだ。

加奈は大和田さんを信じて、思い切って病院を変えることにした。痛みがないというところに惹《ひ》かれた。我慢強い勇が痛がる姿を見るのは忍びなかった。

加奈がイシバシユウの虐待死事件を知ったのは、新聞でだった。

一念発起して、新聞の定期購読をはじめた矢先だった。月々の購読料の支払いはきつかったが、自分の知らないことを知る喜びは大きい。大和田さんから前日の新聞を譲り受けていたときは、一面の見出しを読むのがせいぜいで、他はほとんど目を通さなかった。なんてもったいないことをしていたのだろうと、今になって思う。

イシバシユウくんという、勇と同じ名前の子どものニュースはショッキングだった。

「石橋さん、ニュース見ましたか」

と、児童相談所の相良さんからも連絡があった。

「ほんまびっくりしました」

と、加奈は答えた。

「わたしもですわ。勇くんと名前が同じやったから驚いたのなんのって。でもまあ、あの事件は大阪やないですけど」

相良さんは言い、石橋さんを疑ったわけじゃないですよ、と慌てて付け加えた。

「勇と歳も同じなんで、胸がつまりますわ。死んでしまったなんて、ほんまかわいそうや……」

加奈は、亡くなったイシバシユウくんに思いをはせ、安らかに眠ってくださいと祈ったが、祈ったそばから、母親に殺されて安らかに眠れるわけがないと思う。どんな事情があるにせよ、断じて子どもに危害を加えてはならないのだ。加奈は見ず知らずの、イシバシユウくんの母親に憤りを感じる。自分の母親に命を奪われた、イシバシユウくんの無念さ、悲しさがひしひしと胸に迫ってくる。

「痛ましいニュースでした……」

相良さんは神妙な声でつぶやいた。加奈以上に心を痛めているに違いなかった。

「その後、勇くんの火傷はどないですか」

相良さんにたずねられ、加奈は、病院を変え、順調に完治に向かっていることを伝えた。大和田さんの言った通り、痛みもなく治療は進み、傷は順調に癒《い》えていった。今ではもうあんなにひどい火傷をしたのが嘘のようだった。

それから加奈は、ハローワークに通っていることを話した。相良さんからエールを送られ、お礼を言って電話を切った。

相良さんは、疑っているわけではないと言っていたが、もしかしたらまだちょっと気になっていたのかもしれない。そう考えると、少々情けなかったが、それでも相良さんには感謝しかなかった。こうしてわざわざ連絡をくれるなんて、とてもありがたいことだと加奈は思う。

亡くなったイシバシユウくんのお母さんにも、相良さんのように親身になってくれる人がいたら、イシバシユウくんは死なずに済んだかもしれないと思った。


弟の正樹から連絡があったのは、十月も半ばを過ぎた頃だった。

「勇の運動会行けなくて残念やったなあ」

といきなり言われ、一瞬いたずら電話かと思ったが、正樹の声だとわかったとたん、加奈は
「この、あほんだらっ！」と声を荒らげた。

「なにが勇の運動会やねん！　今さらどのツラ下げて電話してきた！　言うてみい！　正樹いっ！」

電話口で加奈が怒鳴ると、

「……ほんまごめん。堪忍や。この通りや」

と、かすれた声で返ってきた。加奈はひとしきり怒り、正樹は観念したようにそのつど返事をよこした。

「で、あんた、今どこにおるん？」

正樹は、鹿児島にいると言った。以前働いていたところに口を利いてもらい、再び働きはじめたとのことだ。

「ほんまか？　信じてええんやな？　ちゃんと真面目にやってるんやな？」

「うん、ほんまや。心配かけて堪忍やで」

「無事ならええ。お母ちゃんには連絡したか？」

「これから電話しようと思っててん」

必ずしいや、と加奈は念を押した。

「金は必ず返す。堪忍や。勇にもひどいことしてもうた……」

「ほんまやで。あの子、あないなことされても、あんたのことかばってたで。勇は正樹のこと大好きやねんから、それにこたえてやらな。なあ、正樹」

しばらくの沈黙のあと、ひっ、と嗚咽《おえつ》をこらえるような音がした。正樹にも、きっと人には言えない辛いことがたくさんあったのだろう。

「めそめそせんと、気張りやっ！」

加奈が活を入れると、鼻声で、うん、と返ってきた。

電話を切ってひと息つくと、加奈は全身の力が抜けたようになった。お金のことはともかく、正樹が無事でよかったと心から思った。一時は憎んだ弟だったけれど、血を分けた姉弟《きょうだい》だ。元気でがんばってほしいと願う。母もきっと安心することだろう。


仕事はなかなか決まらなかった。いくつかの会社で面接を受けたが、採用には至らなかった。今度こそ正社員で働きたいと思ってはいたが、求人一人の枠に常に十人くらいの面接者がおり、高卒で子持ちの加奈は不利なようだった。コンビニでは働き続けていたが、気持ちも経済的にも心もとなかった。

朝のコンビニでひさしぶりに西山さんの姿を見たのは、十月の終わりだった。肌寒い時期なのに、ノースリーブの薄手のワンピース一枚でサンダル履きだった。長い髪が顔にかかり、近くにいた客が幽霊でも見たかのような表情で後じさったのが見えた。

声をかけるべきではないだろうと判断し、目をそらそうとした瞬間、西山さんの髪が揺れて顔がはっきり見えた。加奈は息を呑《の》んだ。両の目のまわりが真っ黒だったのだ。唇には血が固まったような痕があった。

「西山さん！」

加奈は思わず声をかけていた。西山さんがぼんやりと加奈を見つめる。

「どないしはったんですか。病院行きましたか」

西山さんは加奈を無視して、缶ビールを何本かカゴに入れレジに持って行った。店長が目を見張って西山さんの顔を見ている。よく見れば腕や手にも紫色のあざがいくつかあった。西山さんはそのまま会計をし、なにも言わずに帰っていった。

「ＤＶやな」

店長がつぶやく。加奈の脳裏に、子ども時代の場面がよみがえる。無抵抗の母を殴り続ける父は、得体の知れない怪物みたいだった。加奈は息苦しくなって、首元をおさえた。そのときふいに、加奈の身体に戦慄《せんりつ》が走った。力也くんのことが頭をよぎったのだった。

加奈は店長に断って小学校に電話をかけた。ちょうど休み時間で、タイミングよく担任の柴田先生に替わってもらえた。力也くんのことをたずねると、おとといから風邪で休んでいると返ってきた。

加奈は、今見た西山さんの様子を話した。柴田先生は驚いた様子で、授業が終わったら家のほうに寄ってみると約束してくれた。

学校に連絡はしたものの、加奈はいても立ってもいられずに、児童相談所の相良さんにも続けて電話を入れた。相良さんは不在だったが、十分ほどあとに折り返してくれた。加奈は状況を説明し、力也くんの様子を見に行ってほしいと頼んだ。

「西山力也くんですね。わかりました。あとはこちらに任せてください。石橋さん、ご連絡どうもありがとうございました」

相良さんはてきぱきと言って電話を切った。すぐに動いてくれそうだった。嫌な予感を抱えながら、どうか、どうか何事もありませんように、と祈った。


――同居する9歳の子どもに怪我を負わせたとして、大阪府警は、無職の大野《おおの》隆《たかし》容疑者（36）を傷害容疑で、子どもの母親でサービス業勤務の西山明奈《あきな》容疑者（33）を傷害幇助《ほうじょ》の疑いで逮捕した。

淀川《よどがわ》署によると、大野容疑者は10月28日の未明から31日の早朝にかけて、西山容疑者の長男（９）の胸や腹、顔や頭を殴ったり、足を木刀で殴るなどの暴行を加え、全治2か月の怪我を負わせた疑いがある。西山容疑者は、暴行を阻止できたのに放置して幇助した疑いがある。

大野容疑者は「しつけの範囲内だ」と話し、西山容疑者は「わたしは止めた」と、容疑を否認している――


いつかの夢のための最初の小さな一歩は、新聞を読むことからはじめようと、加奈は決めたのだ。

西山さんの名前が載った日の新聞は、処分しないでとってある。何度も何度も読み返し、ほとんどそらで言えるようになってしまった。

――「わたしは止めた」と、容疑を否認している――

西山さんは、本当に止めたのだと加奈は思う。自分も殴られてボロボロになった身体で、それがたとえ蚊の鳴くような小さな声だったとしても、西山さんは、力也くんへの暴力を止めたのだと思うのだ。そう思いたい。

イシバシユウくんの事件を知ったとき、加奈は虐待をした母親をただ憎んだ。母親の問題や、家庭の背景に思いをはせることをしなかった。それは簡単で楽なことだけれど、はたしてそれでいいのだろうかと、加奈は考える。結果だけを見聞きして、それで納得して終わらせてしまっていいのだろうかと。それは、考えることをやめるのと同じではないだろうかと。

新聞を読みはじめ、世の中と少しつながりができてからは、加奈は気になる物事について、自分なりに考えをめぐらすようになった。いろんな問題が積み重なって、最終的に事件が起こるのだ。

新聞を読むのは、かなりの時間がかかったが、それでも最初に比べたら多少は早く読めるようになった。そこには加奈の知らない世界がどこまでも広がっていた。

西山さんの事件後、相良さんと話す機会があった。

「恋人ができると、子どもを邪魔に思う人も実際たくさんいはるんです」

そう、相良さんは言っていた。

「貧困はさみしさにつながっています」

相良さんの言葉の意味を、加奈はずっと考えている。

大和田さんから、うれしい連絡をもらったのは十一月に入って一週間が過ぎた頃だった。知り合いの酒屋さんが、働ける人を探しているというのだ。

「働いていた子が旦那さんの転勤で急きょ引っ越してしまうんやって。帳簿付けとか、加奈ちゃん、商業高校卒業してるからできるやろ？　力仕事もあるらしいんやけどな、すぐに人が欲しいんやって。どないかなあと思て」

すぐに伺います、とふたつ返事で加奈は答えた。面接には大和田さんが一緒について来てくれ、太鼓判を押してくれた。大和田さんが連れて来た人なら安心だと、その場で採用が決まった。大和田さんの人柄のおかげだった。夢のようだった。大和田さんには、どれだけお礼を言っても言い足りない。

酒屋の仕事が決まって、加奈はコンビニの仕事を早朝だけにした。それだけの給料をもらえるということだ。誠心誠意働くことを、加奈は心に誓った。


師走間近になり、朝の冷え込みが厳しくなってきた。勇はこのあいだのサッカーのリーグ戦で得点王に輝いた。力也くんのことが気になっている様子だったが、加奈に直接話すことはなかった。勇自身が乗り越えていくしかないのだ。

「今日は、白菜と豚バラ肉のとろとろ煮やで」

朝、家を出ようとした加奈に、勇の声がかかった。物音で目が覚めたらしく、隣の部屋の布団のなかから大きな声を出しているようだ。近頃、サッカーの練習がない日は、勇が率先して夕飯を作ってくれる。

「おいしそうやなあ！　たのしみにしてるわ。行ってくるで！」

大きな声で加奈は返した。

「気い付けて行ってきてや」

眠たげな勇の声を聞いて、家を出た。薄暗い空。日の出の時間は徐々に遅くなっている。

「今日も一日、気張ったるでぇ！」

つめたく澄んだ空気を頰に受け、加奈は今日という日に向かって自転車を走らせた。

●
●
●

――ユウの妊娠がわかったときは本当にうれしくてうれしくて、身のうちにあふれてくる喜びを持て余すくらいでした。つわりが軽かったこともあり、妊娠期間中はいつでもずっと柔らかな光に包まれている感じがして、とてつもなく幸せでした。今思い出しても、あのときの多幸感は忘れがたいです。

ユウはわたしのすべてでした。ユウの下に弟もいるのですが、わたしはなぜかユウのことがいつも気になっていました。二人ともかわいい自分の子どもです。ひいきはしていません。同じものを与え、分け隔てなく愛情を注いできました。

それでも心のうちで、わたしはユウとの強いつながりを感じていました。こんなことを書くとオカルトじみていると思われるかもしれませんが、なんというのでしょう、まるで前世でユウとなんらかの関わりがあったような、そんな気持ちだったのです。

わたしはユウに親しみを感じていました。心のどこかで通じ合っているような、言葉にしなくても互いにわかるような、そんな魂の結びつきのようなものを感じていたのです。

本当に大好きでした。世界中でいちばん好きでした。かわいくてかわいくて仕方なかったです。ユウがどんな大人になるかと考えるだけで、わくわくしました。中学、高校、大学、社会人と、ユウの未来の姿を想像するだけで、心が温かくなり、自然と顔がほころびました。

育てやすさという点に関しては、ユウも弟も同じくらいでした。二歳しか離れていないので、二人はしょっちゅうケンカをしていました。

一年生の弟はこの時期特有の反抗期で、三年生のユウは悪い言葉遣いを覚えてはそれを使いたがる年頃でした。やんちゃな盛りです。二人そろえば顔を寄せ合って笑い、ふざけ合い、そのうちにケンカがはじまるといったパターンです。

互いに手を上げることもありましたが、二人だけの兄弟です。どちらかが出かければつまらなそうにして、帰ってくれれば笑顔になりました。ケンカするほど仲がいい、という言葉がぴったりな二人でした。

主人は、ごく一般的な父親だと思います。仕事が休みの日は、子どもたちを遊びに連れて行ってくれることもありました。家事は気が向けばやるといった感じで、日々の担当はお風呂掃除ぐらいだったでしょうか。わたしも仕事を持っていたので、もっと家事をしてくれればいいのにと思うことが、しばしばありました。わたしの仕事が忙しくなったこともあり、夫婦ゲンカをすることもよくありました。


あの日のことはよく覚えています。忘れるわけがありません。どうかすると、まだ取り戻せるのではないか、とありもしない願望が頭をもたげてきて、実際にそれが叶《かな》うような気がすることがあります。でもそんなことは絶対にありえなくて、ユウはもう戻ってきません。その事実に気付くと、わたしはあまりの喪失感に死にたくなります。

わたしは、あのときなぜ、あんなにもイライラしていたのでしょうか。思い返すと、頭のなかは疑問符でいっぱいになります。

あの日は、祝日でした。土日、敬老の日、国民の休日、秋分の日、の五連休で、学校は休みでした。わたしは朝から動悸《どうき》とめまい、頭痛がありました。更年期障害の走りかもしれません。子どもたちに体調が悪い旨を伝え、寝室で横になっていました。

子どもたちは、近所の友達と遊びに出かけました。お昼に帰ってきたので起き出して、昼食を作って出しました。午後から子どもたちは、また友達と遊びに行きました。夫はテレビを見ていました。

朝より体調は少しよくなりましたが、まだ頭が痛かったので鎮痛剤を飲みました。ものすごくいい天気でした。掃除をして、ひさしぶりに布団を干したかったのですが、そこまでの気力はありませんでした。

わたしはリビングで寝転んでテレビを見ている夫に、「悪いけど、食器を洗っておいて」と頼みました。できれば掃除機をかけてほしいことと、布団を干してほしいことも付け加えました。聞こえているのかいないのか、夫からの返事はありませんでした。いつもだったら、ここで返事を促したり、さらに頼んだりするのですが、このときは頭が痛くて声を出すことすら億《おっ》劫《くう》だったので、そのまま寝室へ行き休みました。

次に目が覚めたのは夕方でした。寝不足が続いていたので、ぐっすり眠ってしまったようでした。リビングでは、昼に見た恰好《かっこう》のまま夫が寝入っていました。エアコンで部屋が冷えすぎて寒いくらいで、テレビはつけっぱなしでした。食器も昼のままでした。子どもたちはまだ帰ってきていませんでした。

頭痛の芯《しん》はまだ残っていましたが、ずいぶんましになっていました。わたしはエアコンを切りテレビを消して食器を洗い、洗濯物を取り込みました。取り込んだ洗濯物を畳もうとしましたが、子どもの食べこぼしがフローリングに散乱していたため、先に掃除機をかけました。その音で夫は目覚めたようでした。

子どもたちが帰ってきました。お腹が空いたというので、おやつを出しました。お米をとぎ、冷凍庫の豚肉を解凍しました。子どもたちがリビングで遊びはじめました。寝転んでいる夫の上を飛び越えた拍子に、弟の足が夫の頭に当たりました。夫は怒り、弟の頭をはたきました。弟はわたしのところに来て、「お父さんにぶたれたー」と泣いて訴えました。

弟をなだめているうちに、ユウの大きな声がしました。夫がユウの腕をつかんでいるのです。理由を聞いたところ、ユウが夫に向かって「うるせえ、クソおやじ」と言ったということでした。なぜ、そんなことを言ったのかユウにたずねると、ユウが友達にもらったお土産のメモ帳を、夫が勝手に使ったというのです。見ればメモ帳に、競馬の馬番らしき番号が書いてありました。

わたしは夫に、「まずユウに謝るほうが先じゃない?」と言いました。夫はわたしの言葉に激昂《げっこう》して、そのユウのメモ帳をわざと折り曲げて投げました。ユウは顔を真っ赤にして泣き叫びました。弟がそのメモ帳を拾い、「いらないならちょうだい」とユウに言いました。そこから兄弟ゲンカがはじまりました。

夫と子どもの三人で怒鳴り合っています。どうしてこうなってしまうのか、わたしはほとほと疲れていました。

「クソガキが!」と言って、夫が子どもたちの尻を蹴《け》りました。その行為にわたしは驚いて、夫に抗議しました。その日の夫の機嫌の悪さは、どうやら競馬での負けにあったようでした。夫は「うるさいっ」と言って、わたしを押しました。

押された拍子にバランスを崩し、わたしはテーブルに強くぶつかりました。テーブルの上には、用意したばかりの夕飯がありました。倒れた衝撃で味噌汁がこぼれ、熱い汁がわたしにかかりました。びっくりした様子の子どもたちでしたが、わたしの髪にワカメがついているのを見つけると、声をあげて笑い出しました（子どもというのは、怒っていても泣いていても、おかしなことがあると、すぐに笑えるんですよね）。

わたしは味噌汁をかぶった髪を拭き、濡れたTシャツを着替え、無残に散らばった夕飯や割れた食器を片付けながら、自分が自分でないような気がしていました。

「お腹空いたあ」と弟のほうが言いました。夕飯を作り直す気力は、もはやありませんでした。頭がまた痛くなっていました。吐き気もありました。

「弁当でも買ってこようか」

と夫が言いました。わたしを突き飛ばしたこと、それによって夕飯を台無しにしたことを反省してそのように言ったようでした（けれどわたしに直接謝ってはいません）。

お願い、とわたしは言いました。夫が買い物に行き、わたしは子どもたちに「少し片付けなさいよ」と言いました。おもちゃや学校の教科書やノートがリビングに散乱していました。

キッチンで後始末をしていると、火がついたような弟の泣き声がしました。見れば、弟の額に大きなこぶができて赤く腫《は》れていました。聞いてみると、「お兄ちゃんがおれの頭をテレビ台にぶつけた」と言います。ユウは、弟が自分のノートを触ったからだ、と怒っています。わたしはユウを叱りました。弟がちょっと間違えてノートを触ったくらいで、どうして手を上げるのか？　暴力を振るう人間は最低だ、と言いました。

「うるさい！」と言って、ユウがわたしのお腹にパンチをしました。ユウはかんしゃく持ちなところがあるので、これまでも何度かわたしに手を出すことはありましたが、そのときは、場所が悪かったのか、ものすごい痛みでした。わたしはうずくまって、しばらく動けませんでした。

さっき父親とケンカをした際のわだかまりが、ユウの心のなかに残っていたのかもしれません。ユウはすぐさま、わたしに謝りました。

けれど、わたしはそのとき、とても頭に来ていたのです。母親のお腹を思い切りなぐるなんて、あってはならないことです。ひどい言い争いになりました。怒鳴り合っている途中で、

「頭にワカメつけてんじゃねえよ！」

とユウが笑いました。そしてそうすれば、まるで全部が冗談になるとでもいうように、おもねるような顔でわたしの腕をきゅっとつねりました。

わたしはユウの肩を押してその場に倒し、頰に平手打ちをしました。わたしからそんなことをはじめてされたユウは、びっくりした顔をしていましたが、我に返ると、「くっそお！」と言って、向かってきました。それからは取っ組み合いのケンカです。わたしはユウに馬乗りになっていたと思います。ユウも負けじとわたしに向かってきました。

ただただ、猛烈な怒りがわたしを取り巻いていました。息をするのを忘れるほどの怒りでした。きっかけはお腹をなぐられたことでしたが、そのときはもう、正体不明の真っ黒ななにかがわたしを覆いつくし、理由なんてどうでもいいものになっていました。

五つ数えるだけでよかったのです。そうすれば、少しは冷静になれたと思うのです。

「お母さんなんて、死んじゃえよおっ！」

と、ユウが金切り声で叫び、わたしの首をひっかきました。わたしはユウの髪をつかみまし

た。

　ゴンッ、と大きな音がして、わたしは我に返りました。ユウがしずかになりました。まさか、と思っていました。そんなことがあってたまるものですか。だって、さっきまで元気だったのです。

　夫が帰ってきて、ユウを見て顔色を変えました。夫がすぐに救急車を呼びました。わたしはユウを胸に抱いて、ユウの名前を何度も何度も呼びました。その後、わたしが自分で警察に電話を入れたそうですが、まったく覚えていません。


　わたしはユウを殺してしまいました。世界でいちばん好きなユウを死なせてしまったのです。ユウに会いたい。大好きなユウの声をもう一度聞きたい。ユウに会いたい、ユウに会いたいです。

　時間を巻き戻してください。わたしが先に死んでいたら、ユウは生きていたのに、なぜわたしは生きているのでしょう？

　ごめんね、ユウ。本当にごめんなさい。わたしはひどいことをしました。ユウのこれからの人生を奪ってしまった。大事なユウを死なせてしまった。どんな罰を受けても償いきれません。

　ユウの弟にも深い心の傷を負わせてしまいました。たった一人の兄を奪ってしまいました。母親が殺人犯なのです。わたしはあの子の人生まで台無しにしてしまいました。これからどうしたらいいのか、まるでわかりません。

　ユウに会いたいです。ユウに会って抱きしめて百万回謝って、わたしを殺してもらいたいです。

ごめんなさい、ごめんなさい。ユウに会いたい。ユウに会いたいです。大好きなユウ。ごめんなさい。会いたい会いたい会いたい――

留美子は手紙を読み直した。涙があふれてきて、便箋《びんせん》にシミを作った。そのシミを袖《そで》でしずかに拭い、丁寧に便箋を折って白い封筒におさめた。

マンションを片付けながら、留美子は物の多さに改めて驚いていた。戸棚や納戸から、見たこともないような食器やタオル類がどっさりと出てきた。手に取ってみれば、そういえば昔あったかもしれない、と思い出すが、こうして実際目にしなければ一生忘れていたものばかりだ。留美子が結婚するときに持っていけばいいね、と母がとっておいてくれたものや、友人の結婚式での引き出物などの、手つかずの品々だ。留美子は、大きくため息をつく。こんなに新品がたくさんあるというのに、日頃は毛羽立ったタオルや、茶渋の付いた湯呑を使っていた。処分する機会すら逃し、ただ慣れているというだけで使い続けていた。

「ばかみたい」

留美子はつぶやく。こうしてずっと忘れ去られたまま、いつか悠宇や巧巳が一人暮らしをしたり結婚したりするときに、急に思い出して引っ張り出し、母が留美子にしてくれたように息子たちに持たせるのだろうか。なんて愚かなんだろう。留美子は自分に呆《あき》れながら、使い古したものをすっぱりと処分していくことにした。

衣類もだいぶ処分した。箪笥《たんす》の引き出しに詰め込んであった子ども服。ママ友からお下がりをもらい、悠宇が着て巧巳が着て、もう小さくて着られなくなった服などがけっこうあった。子どもの洋服を整理しただけで、かなり荷物が減った。

自分の服もこの際、思い切って処分した。去年まで着ていた服が、今年はすでに似合わなくなっているのだった。体重は変わらないけれど、肉の付き方が変わったのだと思う。

本も必要最低限のものだけにして、大量冊数を、買い取り業者に回した。本当は全部とっておきたかったが、今後の置き場所を考えるとそういうわけにはいかなかった。買い取り料金ははなから期待していなかったが、想像をはるかに下回る金額だった。

悠宇と巧巳が、学校を変わりたくないというので、学区内で新居を見つけた。見知った地域なので安心感があって心強かった。２ＤＫの賃貸マンション。そこで留美子と悠宇と巧巳、三人での新たな暮らしがはじまる。

豊との離婚は比較的スムーズに決まった。言い出したのは留美子だが、豊も思うところがあったのか、

「そのほうがいいかもしれないな」

と、しずかにうなずいた。

留美子と豊は、たんたんと物事を決め作業を進めていった。親権はもちろん留美子が持ち、養育費については豊の仕事がきちんと決まってからとした。友人たちに「そんなの甘いわよ」とさんざん言われたが、留美子は気にしなかった。そういうところは、ちゃんとしている人だ。

そもそもここしばらくは、留美子の稼ぎだけで生活していたのだから、今さらなんとも思わ

なかった。ローンが残っているマンションのことだけが懸念だったが、結局売りに出すことにした。

そういろいろと細かな事務作業を、豊は一手に引き受けてやってくれた。離婚が決まってからの豊は、憑《つ》き物が落ちたように穏やかで、そんな豊を見ていると、離婚なんてしなくてもいいのではないかと考えたりもしたが、それも一時の感傷だということを留美子はよくわかっていた。


新居と元のマンションを行ったり来たりして、めまぐるしく時間は過ぎた。子どもたちが幼い頃は、慣れない子育てに四苦八苦で掃除どころではなく、近年になってようやくガス台の下や、窓まわり、壁など、日頃手の届かない場所をきれいにしはじめたところだったが、結局きちんと手を入れてあげることなく、人手に渡ることになる。少しでもという恩返しの気持ちで、留美子は掃除に精を出した。

「ただいまあ」

悠宇と巧巳が帰ってきた。時計を見ると四時近かった。

「あんたたち、新しいマンションのほうに帰ってって言ったじゃない。鍵《かぎ》渡したよね」

「だって、誰もいないんだもん。お母さん、こっちにいるかなあって思ってさ」

留美子は二人の顔を見て、そっかあ、ごめんごめん、と謝った。急な引っ越しや環境の変化に、子どもたちもついていくのがやっとなのだろう。しばらくは、べったりでもいいからなるべく一緒にいて、甘えさせてあげようと思った。

離婚することを子どもたちに告げたとき、巧巳はひどく嫌がった。みんな一緒がいい、と言って泣いた。なだめて説明するのは大変だった。

一方の悠宇は、「もう決めたんでしょ」と、留美子と豊を見て言った。それから、だったらしょうがないよ、とはじめて見せるような表情でゆっくりとうなずいた。そのとき留美子は、悠宇を早く大人にさせてしまったのだと感じた。それは経験しなくていいことかもしれなかったが、いつか悠宇の糧にしてほしいとも思った。

豊は、都内のはずれの古い一戸建てに引っ越すことになった。今住んでいるところから電車で三十分以上かかる。月に一度、豊は子どもたちと必ず会う約束をした。それを聞いた巧巳は、まるで遠足にでも行くようなはしゃぎぶりで、それならべつにいいよ、と離婚についても了承してくれた。小学一年生の単純さに、笑いたくなり泣きたくなった。

豊とは、いつでも連絡をとれるようにしてある。子どもたちが男の子ということもあり、男同士、父親の力が必要になることも、今後きっとあるだろう。子どもたちがもっと会いたいというのなら、月に一度と言わず頻繁に会ったりしばらく泊まったりするのもいいと思っている。

豊だって、悠宇と巧巳のことはかわいいのだ。子どもたちにひどい態度をとっていたのは、自分へのあてつけに他ならないと、留美子は思う。留美子にとっていちばん大切な二人の子どもを傷つけることが、なによりも留美子を消耗させることだとわかって、わざとそうしていたのだ。まったくどうしようもない親たちだと、我ながら反省する。

しょせん自分という人間は心が狭いのだと、留美子は思う。自分が働いているときに、休んでいる豊が許せなかったのだ。正論を振りかざすだけで、豊に寄り添うことをしなかった。豊の手を借りずとも、最低限の家事ならば、自分の仕事をしていたってできる。留美子がさっさと自分で動けば、豊を感情的にさせることもなかったし、子どもたちにとばっちりがいくこともなかったのだ。それに、自分でやってしまったほうが時間的ロスも少ないように思える。だったら、今からでもそうしたらいいではないか、とも思うが、やはりそれはできないのだった。自分だけが損をしているように感じてしまい、なにもしていない豊をずるいと思ってしまう。広い心で受け入れるなんてことは、留美子には到底無理な話なのだった。

留美子は、利害関係だけで夫を見ていたことに気付き、自分という人間の思いやりのなさをつくづくと感じ、結婚には向いていないと実感した。この世で唯一、損得勘定なしに心を砕けるのは、二人の息子だけなのだ。

年明けから住民票を移し、本格的に新しい生活がはじまった。元住んでいたマンションは、思ったよりも早く、そして思った以上の価格で売れた。留美子は、豊の生活が少し心配だったので安心した。

留美子の仕事は順調にいっていた。三人暮らしで、どうなることかと心配していた子どもたちも、案外聞き分けがよかった。家庭に大人が一人だけ、しかもその一人が働いてお金を稼いでいるという現実を、子どもたちも体感的に理解しているようだった。口で言わなくても、環境や気配というのを、子どもは自然と受け入れて順応していく。留美子は、そのたくましさをまぶしく感じるのだった。

イシバシユウの母親である、石橋耀子《ようこ》から手紙の返事が来たのは、都内に初雪が降った日だった。その週末、子どもたちは豊の家にはじめて泊まりに行っていた。

寒い寒いと、肩をすぼめて腕組みをしながら、留美子がマンションのエントランスの郵便受けをのぞくと、見慣れない白い封筒が入っているのが見えた。手に取ると、裏面に端正な文字で、今いる住所地と、石橋耀子という名前が記してあった。

留美子は、雷に打たれたようにびくっとその場で飛び上がり、慌てて部屋に戻った。深呼吸をして心を落ち着かせてから、はさみで丁寧に封を切った。まさか返事が来るとは思っていなかった。留美子が、石橋耀子に最初の手紙を出したのは十月だ。その後、二通ほど投函《とうかん》していた。

留美子にとって、イシバシユウくんの死は衝撃だった。悠宇と同姓同名、同学年ということにまず驚き、詳細があきらかになっていくうちに、これは我が家で起こってもおかしくない事件なのだと感じ、震えが止まらなくなった。

ユウくんの下に、二歳下の弟がいるという家族構成も同じだった。留美子は不思議な気持ちだった。自分の身代わりに石橋耀子が逮捕され、悠宇の身代わりにイシバシユウくんが死んだような気がしたのだった。

いても立ってもいられなかった。留美子は、耀子宛に手紙を書いた。思うままに書いて投函した。ただただ耀子に寄り添い、ユウくんの冥福《めいふく》を祈る手紙だった。


石橋耀子の手紙は、拝啓からはじまっていた。石橋留美子さんのことは存じ上げています、と書いてあった。『ハレルヤ』を購読していて、そこから留美子のブログも読むようになったそうだ。ファンです、と記してあった。

その時点でもう、留美子は泣いてしまっていた。石橋耀子は、本当にどこにでもいるお母さんなのだった。生活雑誌を読み、誰かの子育てブログを読み、二人の小学生の男の子を育てている、日本中のどこにでもいる、ふつうのお母さんなのだ。

手紙には、耀子の正直な気持ちが綴《つづ》られていた。嘘偽りのない内容だと感じた。そして留美子は、これはまさに自分の話だと思った。まるでドッペルゲンガーのように、もう一人の留美子が事件を起こし、今、収容されているのだと。

留美子は嗚咽しながら、何度も何度も手紙を読み返した。読むたびに、耀子の魂の叫びが胸に迫ってくるようで、とても平静ではいられなかった。

亡くなった石橋祐《ゆう》くん。

もちろん無念だっただろう。母親に命を奪われて、たった九歳で人生の幕が閉じられてしまった。

祐くんの、春からの四年生の担任の先生は誰だったろう。小学校の卒業式はどんなだっただろう。中学校ではどんな部活動に入っただろう。高校では新しい友達がたくさんできたことだろう。大学では、もっとたくさんの出会いがあったに違いない。バイトはしただろうか。それはどんなところだったろう。就職はどこに決まったのだろう。社会の厳しさを知り、世界の広さを改めて知っただろう。はじめてもらった給料で、家族を食事に連れていってくれたかもしれない。そしていつか好きな誰かと出会って、結婚して、子どもが生まれて、耀子さんをおばあちゃんにしてくれたかもしれない。

会ったこともない祐くんは、悠宇だった。祐くんのこれからの人生は、悠宇の人生かもしれなかった。祐くんの弟は巧巳で、耀子さんのご主人は豊だったかもしれない。

何べん読んでもまったく目減りすることなく、耀子の咆哮《ほうこう》が迫って来て、読むたびに留美子は新たな涙を流し、むせび泣いた。

何十回読んだだろう。留美子は涙を拭い鼻水をかんで、窓の外に目をやった。朝から降り続いている雪が、まだ降っていた。空から落ちてくる白い雪。はらはらとしずかに地上に降り注いでいる。

ふいにスマホが鳴った。豊の名前が表示される。

「もしもし、お母さん！　めっちゃ雪だよ！」

悠宇だった。豊のスマホからかけてきたらしい。

「悠宇、悠宇……」

留美子はこらえきれずに、しゃくり上げた。

「なに、お母さん。どうしたの？　泣いてんの？」

そう言って、ゲラゲラと笑っている。

「お母さん、こっちすっごい雪だよ。これからお父さんと雪合戦して、雪だるま作るんだ」

いつの間にか巧巳に替わっている。

「それはよかったねえ。たくさん遊んでね」

「じゃあね、バイバイ！」

巧巳が元気よく、電話を切った。

留美子はスマホを手にしたまま、窓を開けた。つめたい空気が、一気に部屋に流れ込んでくる。

書きたい、と留美子は思った。自分かもしれなかった、石橋耀子の人生を。悠宇かもしれなかった石橋祐くんの短い人生を。丁寧に丁寧に書きたいと思った。その愛情を。その思いを。

初雪が降ったこの日、留美子は強く決心した。

初出
「小説 野性時代」
二〇一五年十一月号～
二〇一六年七月号

装画
今井麗

装丁
坂詰佳苗

椰月美智子（やづき　みちこ）
1970年神奈川県生まれ。2002年『十二歳』で第42回講談社児童文学新人賞を受賞してデビュー。『しずかな日々』で第45回野間児童文芸賞（07年）、第23回坪田譲治文学賞（08年）を受賞。著書に『フリン』『消えてなくなっても』『るり姉』『伶也と』『14歳の水平線』『その青の、その先の、』などがある。

明日《あした》の食卓《しよくたく》

2016年 8 月31日　初版発行
2016年10月10日　3 版発行

著者／椰月《やづき》美智子《みちこ》

発行者／郡司 聡

発行／株式会社KADOKAWA
東京都千代田区富士見2-13-3　〒102-8177
電話　0570-002-301（カスタマーサポート・ナビダイヤル）
受付時間　9:00～17:00（土日 祝日 年末年始を除く）
http://www.kadokawa.co.jp/

印刷所／旭印刷株式会社

製本所／本間製本株式会社

ISBN 978-4-04-104104-8　C0093